中國古典文學基本叢書

李夢陽集校箋

第三册

〔明〕李夢陽 撰
郝潤華 校箋

中華書局

李夢陽集校箋卷二十六　五言律四

贈答二

邊君生日來訪時近中秋不虞雷雹①〔一〕

怪爾生辰日，高軒特過吾。秋驚飛雹至，雨逐去雲無。上壽須君子，同聲愧老夫。毋勞問隱顯，乘月有清壺。

其二

雹過天仍雨，庭空晚復雷。連牀慨往昔，阻馬得徘徊。暗藥香賓席，秋燈焰壽杯。非君有家慶，肯放夜韶迴？

【校】

①詩題，弘德集作「邊君生日來訪其日逼近中秋不虞雷雹遽至二首」。

【箋】

〔一〕邊君，指邊貢，見發京别錢邊二子（卷二十）箋。夢陽明故奉訓大夫代州知州邊公合葬志銘：「奉訓大夫代州知州邊公既卒之四年，是爲正德甲戌，而其子貢復按察副使，提學於河南。」邊貢華泉集卷十四有俟軒解，曰：「正德甲戌仲冬之月，華泉子將如梁，道過黄池之津。」按，邊貢於正德十年（一五一五）起任河南按察司提學副使，正德十三年因母卒回鄉守制，正德十六年改任南京太常寺少卿。自正德十年至十三年間邊貢在開封任學官，故再得與夢陽相往來。該詩當作於此時，時夢陽已由江西歸居大梁家中。

繁臺院閣餞沈子之雲南並懷劉子①〔一〕

斗酒重陽後，危樓萬里前。停雲忽蔽地，起鶴故横天。斜日留傾蓋，疏花影别筵。忍看驄馬使，遥向碧雞邊〔二〕。

其二

豈料吾劉沈，提刑繼入滇。經過此臺上，共醉菊花筵。日落杯光動，樓空海色連。無論即萬里，身世轉蓬前。

【校】

①詩題，弘德集作「季秋繁臺院閣餞沈子之雲南並懷劉子二首」。

【箋】

〔一〕繁臺，見早春繁臺（卷二十四）箋。沈子赴雲南途徑大梁，以詩贈之，劉亦早入雲南，兼懷之。沈子，據雍正雲南通志卷十八，即沈恩（小注：上海人，進士）。恩，字仁甫，上海人，弘治九年（一四九六）進士。明武宗實録卷一百三十九載：正德十一年（一五一六）七月「丙申，升山西按察司副使陳奎爲河南按察使，陝西副使沈恩爲雲南按察使」。劉子，疑即劉麟，生平見贈劉主事麟（卷十七）箋。明武宗實録卷一百二十五載：正德十年五月「己亥，升陝西布政使司右參政劉麟爲雲南按察司按察使」。該詩當作於正德十一年，時沈恩自陝西赴雲南途經開封。

〔二〕碧雞，在今雲南昆明西南。元李京初到滇池詩：「珍重碧雞山上月，相隨萬里更多情。」

送姪木甥嘉會試〔一〕

二子趨南省，同車向北燕。苦心銜雁雪，得意佇花天。合浦珠光會，豐城寶氣連〔二〕。諒懷鵬舉志，吐膽鳳樓前。

【箋】

〔一〕姪木，指李木，父李孟和。夢陽姪子。夢陽明故李母高氏之壙誌云：「子三：長孟和，義官，次夢陽，次孟章。……孫男四：曰根、曰木、曰枝，親見其長；曰葉，但見其生。」甥嘉，指曹嘉，字仲禮，夢陽外甥。生平見戊子元夕示曹甥（卷二十三）箋。曹嘉舉正德十二年進士，疑該詩作於正德十一年冬，夢陽送李木、曹嘉赴京參加三年一次的會試。詩中「二子趨南省」，南省，即尚書省之簡稱，唐以後進士考試均由尚書省禮部主持，唐代尚書省居宮城之南，故稱。

〔二〕豐城，即今江西豐城，見贈王生詩（卷十）箋。

繁臺冬餞翟子三首①〔一〕

野館逢君日，相逢復惜違。暖崖花尚發，冬樹果初肥。斧鉞從天至，家山傍海歸。懸知稱慶處，不獨錦爲衣。

其二

邦君榮大禮，星使返三台。路指東方入，尊留南郭開。館深松自静，筵暮月還來。明日山河異，無言不醉迴。

其三

爲慕梁臺勝，紆君駐馬觀。風霜當夜急，樓閣近星寒。酩酊猶更燭，徘徊數倚闌。知君有家國，忍向北雲看。

【校】

①詩題，弘德集作「繁臺院閣冬餞翟子三首倶用杜韻」。

【箋】

〔一〕繁臺，見早春繁臺（卷二十四）箋。翟子，指翟瓚。生平見贈青石子（卷十）箋。翟瓚時任河南按察司僉事，居開封。據詩意，疑作於正德十五年前後詩人閒居開封時。

丙子生日答内弟璣〔一〕

今夜今年聚，誰知骨肉稀。汝猶悲燎粥，予豈那于飛。對火霜威入，侵杯月色微。斗斜燈更續，不是醉無歸。

【箋】

〔一〕内弟璣，即夢陽左氏夫人之弟左國璣，字舜齊，號中川，尉氏（今屬河南開封）人，夢陽岳父左夢麟之次子，正德十一年（一五一六）中舉人，善書法，能作詩。本朝分省人物考卷八十七左國璣傳云：「舜齊風骨瑩爽，長身玉立。幼師其姊夫李夢陽，李公奇其才，挈之京師，俾受毛詩於慈谿姚鏌。舜齊跅弛不羈，性嗜酒，不汲汲仕進。束髮作詩賦古文，出語輒驚人，顧不甚攻舉子業，年幾四十，始舉於鄉，數試禮部不第。嘉靖庚子夏六月，飲南郊水亭，醉歸而病，病數日卒，時年六十一。……爲字畫遒勁奇古，四方之士得其片紙輒藏以爲寶。」可知左國璣卒於嘉靖十九年。雍正河南通志卷六十五文苑載：「左國璣，……七歲能詩，弱冠從李夢陽就學京師，正德丙子舉於鄉，才名籍甚，四方好古之士皆從之游，累試南宮不利，當路欲薦入官，辭弗就，歸老汴中，肆力著作，世稱中川先生。」千頃堂書目卷二十一著録其南郭集七卷。列朝詩集有傳。丙子生日，即正德十一年臘月，時夢陽四十五歲生日，正閒居開封。

雪後寺集夜別王子〔一〕

僧夜晴遊地，月高鐘磬聞。塔光斜照雪，香氣上蒸雲。客向杯前聚，途於醉後分。别離誰不爾，繾綣獨斯文。

【箋】

〔一〕王子，不詳。弘德集卷二十三收録此詩，當作於正德後期閒居開封時。

早春懷上方寺〔一〕

此寺城中僻，邊城野四圍。青天直塔上，落日稱僧歸。殿古松風入，臺春草雪微。覓碑吾不懶，所慮鳥驚飛。

【箋】

〔一〕上方寺，在開封城東北，疑即今鐵塔寺。見初秋上方寺别程生（卷十）箋。疑作於正德後期閒居家中時。

春日過李氏因贈①〔一〕

偶憶孩童日，能禁老大悲。向來門巷接，長是酒筵隨。禮樂儒門舊，風花世路疑。不須辭夜飲，春月正逶迤。

【校】

①詩題，弘德集作「春日過李氏兄弟因贈」。

【箋】

〔一〕李氏，不詳。詩疑作於正德後期詩人閒居開封時。

送鄭生〔一〕

河冰未盡脱，怪爾駕舟還。言向金陵去，春登江上山。綠波元楚徼，芳草自吴關。寶劍男兒在，那憂行路艱。

【箋】

〔一〕鄭生，似指鄭作，生平見和方山子歌（卷八）箋。該詩似作於正德後期。

柬張含〔一〕

戰國侯嬴里，梁園李白杯。夏驕惟溽雨，秋弱尚鳴雷。病館經旬滯，歸旌萬里催。別書期早寄，莫俟北鴻迴。

【箋】

〔一〕張含，生平見贈張含二首（卷十二）箋。從「戰國侯嬴里，梁園李白杯」句來看，詩當作於張含父張志淳致仕前。按，張含於正德四年至開封，不幸染疾，居城西客館，後返雲南。據國権卷四十八：張志淳於正德五年（一五一〇）九月致仕前任南京工部左右侍郎。

憩長葛端壁寺偶遇使人王卿齎監察毛君詩札到困頓中口占馳寄亦咎遊山之約〔一〕

遠爲長葛憩，忽接許昌吟。不睹暮雲句，那知春别心。早花連潁岸，晚日下嵩岑。咫尺盟難踐，何須問古今。

【箋】

〔一〕長葛，明屬許州，在今河南長葛東北。監察毛君，即毛伯温。伯温字汝礪（一作汝厲），號東塘（一作東堂），吉水（今屬江西）人。正德三年（一五〇八）進士，授紹興府推官，擢監察御史，巡按福建、河南。嘉靖初，遷大理寺丞，擢右僉都御史巡撫寧夏。嘉靖十九年，官兵部尚書兼右都御史，征安南，功成，加太子太保。嘉靖二十三年獲罪，因杖傷卒。天啓初追謚襄懋。著有毛襄懋集十八卷、東塘詩集十卷。本朝分省人物考卷六十七、明史卷一百九十八等有傳。明詩綜卷三十三云：「東堂數與夏公謹、李獻吉、方思道相酬和，故其詩頗具風格。」據明武宗實録卷一百五十五：毛伯温巡按河南在正德十一至十二年。又毛棟吉水毛襄懋先生年譜：正德丙子（十一年），「是年三十五歲，……出按河南道。八月，監臨鄉試，得王君教、杜君柟，多名士。公暇輒與崆峒李夢陽相唱和不倦」。是該詩當作於此時，夢陽正閒居大梁。詩中「不睹暮雲句」一聯，當指杜甫春日憶李白「渭北春天樹，江東日暮雲」二句。

月夜柬張含〔一〕

風餐涼雨過，露坐晚林幽。汝對梁園月，孰如金齒秋。常星皆北拱，滇①海獨西流。萬里清光再，應懷今夜遊。

【校】

①滇，原作「顛」，據曹本、四庫本、明趙彦復梁園風雅卷一改。按：張含家在雲南，故云。

【箋】

〔一〕張含，見贈張含二首（卷十二）箋。從「汝對梁園月，孰如金齒秋」句來看，詩當作於張含在開封養病時，時間爲正德四年或稍前。

送張含〔一〕

明發車南指，滇城更復南。秋驚洞庭葉，雪壓貴州嵐。念汝此行遠，求官今尚淹。保昌山塢側，好結望京庵。

【箋】

〔一〕據卷十八贈張含詩意，該詩似寫於大梁，時爲正德三年八月夢陽出獄離京歸家之後，或爲正德四年八月作，張含於此年六月至大梁，不幸染病，居城西客館，直至八月始動身返雲南。

秋日讀王子赴江西時諸曹贈行篇什感賦〔一〕

接攬西江轡，同懷振鐸年。匡廬並突兀，鄱水日悠然。子進薇花省，予歸蓮葉船。梁園邂逅地，把酒對秋天。

【箋】

〔一〕王子，不詳。或爲王溱。薇花省，即中書省。據詩意，似作於詩人於正德三年自京歸開封閒居前。

繁臺送張内史侍母還蜀同毛袁監察①〔一〕

幸值高秋霽，何愁蜀道難。顧瞻知國念，跋涉爲親歡。露菊沿江熟，風林過棧寒。故園如有夢，應在五雲端。

其二

翰苑飛名久，梁園接席初。文談白日下，涼露碧林疏。劍閣天真險，巴山錦不如。饌親知盡樂，日日有薑魚。

其三

飲暮不歸去，繁臺秋正深。侍臣軒偶遇，驄馬酒同臨。去國三川路，停雲萬里心。西南雁不到，吾遲尺魚音。

【校】

①詩題，弘德集作「繁臺送張内史侍母還蜀同毛袁二監察三首」。

【箋】

〔一〕張内史，不詳。毛、袁監察，毛，即毛伯温，見寄毛監察（卷二十六）箋。袁，即袁澤。按，雍正陝西通志卷六十人物六引馬志曰：「袁澤，字汝霖，醴泉人。弘治己酉舉人，兩署學政，矩範尊嚴，諸士翕然仰之。繼擢御史，糾劾奸惡，無所顧避。清理河南軍戎，兼刷文卷，並造軍器，俱有成法，以疾歸。」又據雍正河南通志卷三十一職官二：正德中，袁澤任河南清軍監察御史。據明武宗實録卷一百五十五：毛伯温、袁澤巡按河南在正德十一至十二年春。又毛棟吉水毛襄懋先生年譜：正德丙子（十一年），「是年三十五歲，……出按河南道。八月，監臨鄉試，得王君教、杜君柟，多名士。公暇輒與崆峒李夢陽相唱和不倦」。是該詩當作於此時。

丁丑重九繁臺酒集〔一〕

高會今秋始，重陽逐歲同。上臺寒日午，開閤古林風。且酌①黄花醉，休嗟白髮翁。舊游不須問，天際有飛鴻。

【校】

①酌，弘德集、黄本作「約」。

【箋】

〔一〕繁臺，見早春繁臺（卷二十四）箋。丁丑，指正德十二年（一五一七），時夢陽閒居開封。

寄王憲使①〔一〕

反側須開縣，安危亦仗兵。饒山夾岸密，鄱水向秋清。部使輕裘入，餘黎裹飯迎。怪來服從易，爲懼靖南名。

其二

傳爾提刑地，思予攬轡游。湖山不改秀，蛇虎向來憂。賣劍元能事，褰帷啻②此州。范公芳未泯，亭在北山頭。

【校】

①詩題，弘德集作「寄贈王憲使兵備饒州是新設萬年縣二首」。②啻，四庫本作「適」。

【箋】

〔一〕據明武宗實録卷九十一：正德七年八月，新設東鄉、萬年二縣，東鄉隸撫州，萬年隸饒州（今江西鄱陽）。是該詩當作於正德七年夢陽任江西提學副使時。夢陽有哭新縣（卷二十二），亦作於同時。王憲使，不詳。疑爲江西按察使王秩。按，嘉靖南安府志卷二十七宦蹟傳二：「王秩字循伯，崑山人，由進士歷升江西按察司副使，南贛兵備分巡，奏開鹽課以給軍餉。時閩廣寇作，撫剿有功，升本司按察使。」憲府，爲御史臺别稱，唐以後御史臺或都察院官員，奉旨監察或在外巡視，均稱「憲使」。

寄崔内史病還鄴〔一〕

漳浦新歸客，文園舊病身。乾坤金馬外，杖屨碧山春。書合虞卿著，耕非桀溺倫。漢庭文賦筆，誰及茂陵臣？

【箋】

〔一〕崔内史，指崔銑，字子鍾，安陽人，見贈崔子（卷十）箋。崔銑與夢陽私交甚深，崔父去世，夢陽爲撰墓志銘（見卷四十七明故中奉大夫四川右參政崔公墓志銘），夢陽卒後，崔爲撰墓志銘。徐縉明江西按察司副使空同李公墓表記夢陽遺言曰：「知我者，鄴郡司成崔子、吴郡少宰徐子也。我即死，崔當爲銘，徐爲表，我無憾矣。」據中州人物考卷一崔文敏銑：正德十二年（一五一七）春，崔銑引疾歸家，十四年，作後渠書屋，讀書、講學其中，直至嘉靖初方擢南京國子監祭酒。是此詩當作於正德十二年或稍晚。

早春宴黄宅〔一〕

岐路風花裏，乾坤醉眼中〔二〕。事隨年共異，春與昔還同。相聚今何夕，相看各已翁。夜和杯更暖，休負燭花紅。

【箋】

〔一〕夢陽蒸熱三子過我東莊（卷十）云：「黄公蒼鬢髯，二生頎而皙。」二生，自注曰：「鄭生作、程生誥。」黄公，據尚書黄公傳（卷五十八），當爲黄紱。詳見蒸熱三子過我東莊（卷十）箋。此黄宅之主人當爲黄彬。黄彬於正德十年至嘉靖八年間與夢陽交遊甚多。該詩當作於正德後期夢陽閒居開封時。

〔二〕「岐路風花裏，乾坤醉眼中」，杜甫九日登梓州城：「弟妹悲歌裏，乾坤醉眼中。」

送右轄王子逼除赴嵩山之役以獄事〔一〕

遽有嵩山役，恰然逢此春。旌旗拂袖入，車馬駐蘿新。坐愛溪花發，行憐寨獸馴。時雷蘇萬物，君重係纍民。

【箋】

〔一〕右轄，唐代左右丞管轄尚書省事，稱左、右轄。明代稱左、右副都御史爲左、右轄。王子，不詳，疑爲王藎，山東濰縣人，弘治九年進士，嘉靖二年任巡撫河南右副都御史，三年改陝西。逼除，即逼近除夕。嵩山，在河南登封北，爲「五嶽」之一。古稱外方、太室，又名崇高、嵩高。其峰有三：東爲太室山，中爲峻極山，西爲少室山。似此詩作於嘉靖二年。

送佘生南監〔一〕

江門柳色暗，四月浪花高。爾抱魚龍志，休隨雀燕曹。金山入紫氣，璧水動青袍。倘慮音書隔，南風有順毛。

【箋】

〔一〕佘生，疑指佘育。見佘園夏集贈鮑氏（卷十六）箋。南監，即南京國子監。據詩意，疑作於正德後期詩人閒居開封時。

繁臺秋餞何子〔一〕

會少憐君暫，臺孤引望頻。清秋屬過雁，落日有征人。華嶽元通洛，黄河不棄秦。異時愁獨上，千里見嶙峋。

其二

候吏催遲暮，遊人怨解攜。十年内供奉，萬里竟關西。地古饒文物，時平罷鼓鼙。巡行有佳興，應遍絶崖題。

【箋】

〔一〕何子，指何景明，見送何舍人齎詔南紀諸鎮（卷二十）箋。正德十三年（一五一八）春五月，何景明升任陝西提學副使，由京師赴任，該年秋，回信陽探親，途經大梁，與夢陽會面。該詩當作於此時。

再餞何子〔一〕

武場重布席，文士此分襟。人世東西路，秋天旦暮陰。杯光摇弱草，庭色下饑禽。他日關中使，無忘汴上音。

【箋】

〔一〕何子，指何景明，正德十三年（一五一八）春五月由吏部員外郎赴任陝西提學副使，至該年秋始回信陽探親。此詩當作於正德十三年秋何景明途經大梁與夢陽會面時。見送何舍人齎詔南紀諸鎮（卷二十）箋。

喜李生自京師歸〔一〕

北極星齊入，中原爾獨歸。田園自松菊，身世有庭闈。魚可一錢買，花常四季飛。感時臺莫上，恐濕賈生衣。

【箋】

〔一〕李生，疑爲李士允，見送李生京試（卷十六）箋。按，李中正德十二年進士，離開封前，夢陽爲其送行，作送李生京試等詩。該詩疑作於正德十二年。

送柳儀賓進聖節表〔一〕

萬國生辰表，天王北狩時。雞鳴元紫禁，虎拜亦丹墀。漢樹霜楓①古，堯蓂露莢移。無辭醉宫酒，當是舊朝儀。

【校】

①楓，四庫本作「松」。

【箋】

〔一〕柳儀賓，不詳。儀賓，明代對宗室親王、郡王婿的稱謂。續通典禮十四：「明年又更定公主、郡主封號、婚儀及駙馬、儀賓品秩。」明陸延枝説聽卷上：「身是秦府儀賓也，奉殿下命辨此。」按，據明孝宗實録卷二十六載：弘治二年五月，己卯，「賜周府相縣郡主並儀賓柳旺……誥命，冠服如制」。柳儀賓或即柳旺。又據明武宗實録：正德十四年七月，王守仁平定寧王之亂，次年，衆藩府上聖節表。詩疑當作於正德十五年秋。

中秋别鄭生〔一〕

别離誰獨免，此别是中秋。爾上袁宏艇，予登庾亮樓。羽衣飄北檻，漁笛起中流。炯炯共明月，那堪兩地愁。

【箋】

〔一〕鄭生，指鄭作，生平見和方山子歌（卷八）箋。據詩意，當作於正德後期閒居開封時。

己卯元日内弟璣見過二首〔一〕

内弟元朝過，柴門午一開。柏尊吾足辨，椒頌爾須裁。天地冰霜變，江湖日月催。鬢毛斑欲甚，誰忍復春來？

其二

汝今年四十，而我八年多。世路憐書劍，生涯笑薜蘿。遊將花並放，醉擬鳥同歌。莫問朝元日，傷心是玉珂。

【箋】

〔一〕内弟璣，即夢陽左氏夫人之弟左國璣，生平見丙子生日答内弟璣（卷二十六）箋。己卯元日，指正德十四年（一五一九）正月初一，時夢陽已四十八歲，閒居大梁。

送戴氏〔一〕

兩河飛雨盡，萬里不塵沙。白馬朝天客，春風御柳花。聲名新上計，袍笏舊傳家。諒有蘭臺擢，應難捨伏伽。

【箋】

〔一〕戴氏，不詳。夢陽作有刻戴大理詩序（卷五十二），末曰：「戴子今爲開封府同知，刻父詩於大梁。」疑即此人。此詩似作於正德末年作者閒居開封時。

寄毛監察〔一〕

江漢歸鴻雁，乾坤罷虎狼。薜蘿吾故土，驄馬爾何鄉。岸樹霜先赤，籬花晚自黄。向來杯酒地，臺柏但蒼蒼。

【箋】

〔一〕毛監察，指毛伯温，字汝礪（一作「汝厲」），號東塘（一作「東堂」），吉水（今江西吉水）人。正德三年（一五〇八）進士，授紹興府推官。正德擢監察御史，巡按福建、河南。嘉靖初，遷大理寺丞，擢右僉都御史巡撫寧夏。本朝分省人物考卷六十七、明史卷一百九十八有傳。明詩綜卷三十三云：「東堂數與夏公謹、李獻吉、方思道相酬和，故其詩頗具風格。」按，夢陽有送毛監察還朝是時皇帝狩於楊河（卷三十一），寫於正德十二年（一五一七）秋。詩似作於正德末年。

雪中鄭生見訪〔一〕

萬户風花起，吾門爾一開。驚看破履跡，笑指白鬚來。驢爲登橋熟，船非訪戴迴。今朝梁苑賦〔二〕，合試賈生才。

【箋】

〔一〕鄭生，即鄭作，夢陽友人。據詩意，似作於正德後期詩人閒居大梁時。

〔二〕梁苑，或在今河南商丘，或在今開封東南。此處借指開封。

雪中蘇生以詩見過〔一〕

楚楚眉山裔，儒林羡白眉。蝎來白雪裏，惠我陽春詞。結綬終相慶，投珠莫自悲。長安馬蹄疾，是爾看花時。

【箋】

〔一〕蘇生，不詳。疑作於正德末年。夢陽作有江都縣丞蘇君墓志銘（卷四十六）：「江都縣丞蘇君者，尉氏柏岡里人也，名琇，字彦器。……蘇君亦五子，第五曰濟衆，來請銘其父墓。」此蘇生，或即蘇濟衆。

春初大道觀訪蘇生①〔一〕

草生壇雪盡，宛宛孤雲輝。怪爾黄庭罷，雙鵝不换歸。窗鐙留夕照，欄竹伴春暉。安得頻過此，談玄兩不違。

【校】

①「蘇生」下，弘德集有「讀書處」三字。

【箋】

〔一〕大道觀，在今開封尉氏縣。見初春飲大道觀因題（卷二十四）箋。蘇生，見前詩箋。夢陽有大道觀會飲（卷二十四）詩，作於正德後期，疑該詩亦同時作。

寄陳浚〔一〕

借問垂雙翅，何時奮一飛。黄金不易就，黑髮漸應稀。山雪騎驢出，江風捲釣歸。所嗟冠蓋地，獨爾薜蘿衣。

【箋】

〔一〕陳浚，不詳。或爲夢陽弟子。

贈僧懷讓越人也嗜酒其居有借樹軒〔一〕

訪舊來東社，焚香對病禪。素琴真與寂，濁酒反通玄。鄰樹當經牖，春花落講筵。不逢支遁語，誰解越中傳？

【箋】

〔一〕懷讓，不詳。千頃堂書目卷二十八著録懷讓北遊集一卷，小注曰：「四明天童寺僧。」或即其人。

逢郟王子〔一〕

相思汝水月〔二〕，相見帝城春。紫邏雲煙迴，青門柳色新。豈如題鳳侶，疑是好鵝賓。醉即揮鞭别，金龜報主人。

【箋】

〔一〕郟，即郟縣，今河南郟縣。秦置，屬潁川郡，治所在今河南郟縣。北宋爲郟縣，屬汝州。後改郟城縣。元大德八年（一三〇四）復置，屬汝州。治所在今河南郟縣。王子，即王尚絅，字錦夫，郟縣人。生平見贈蒼谷子（卷十）箋。按，夢陽九子詠王職方錦夫詩曰：「職方昔垂髫，邂逅在梁汝。」又據雍正河南通志卷六十人物四汝寧府：王尚絅於正德年間曾「以母老疏請侍養，家居十九年」。二人在郟縣見面，共敘友情。

〔二〕汝水，淮水支流。明一統志卷三十南陽府：「源出嵩縣分水嶺，經流郟縣，會扈硐、長橋等水，戴液、團造等溪，東流入於淮。」又卷三十一汝寧府：「源出天息山，東流入境，經汝陽、上蔡、新蔡、西平入淮。」此汝水當指前者。

徐子過別因而留宿〔一〕

豈是陳蕃榻，能淹孺子棲。無言向春月，難寐及晨鷄。鈎幔回窗色，梳頭過鳥啼。如何艷陽節，與爾惜分攜。

【箋】

〔一〕徐子，疑指徐禎卿，見贈徐禎卿（卷十一）箋。疑作於正德元年二月。按，徐禎卿於弘治十八年舉進士後與夢陽相識，二人「良時出遊，則並櫪而趨；清宵燕寢，則共衾而寐」（徐禎卿答獻吉書）。正德元年二月，徐禎卿即受命赴湖湘編纂外史，便道歸鄉。直至次年方歸。而夢陽則於正德二年（一五〇七）初因劾劉瑾案而致仕歸大梁。

洪法寺遇鄉僧〔一〕

爛熳春遊處，重來冬日淒。風松猶故壑，露葉已新蹊。廢井浮陽出，巍阡凍霧棲。逢僧話鄉曲，寒望轉萋迷。

【箋】

〔一〕洪法寺，一名弘法寺，在京城西南之西山。萬曆順天府志卷二營建志：宛平縣「資福寺、洪法寺、天寧寺俱白紙坊」。詳見春日洪法寺後岡（卷十三）箋。據詩意，似作於弘治末正德初作者任職户部時。

送張生還金齒〔一〕

萬里來何事，三年此復過。高秋鴻雁下，落木洞庭波。歲月長途老，風雲後進多。百蠻家更遠，自愛莫蹉跎。

其二

大雅流重譯，殊方挺上才。批鱗書幾上，塌翅首頻回。白髮南荒路，秋風北宋臺。三杯邂逅地，爲爾一徘徊。

【箋】

〔一〕張生，即張含。金齒，今雲南保山一帶。據贈張含二首，正德四年八月，張含自大梁動身返雲南，次年冬，張自雲南返京，又過大梁。此似爲正德十年左右作，夢陽已由江西歸家賦閒。

送鄭淳入閩〔一〕

江海發春濤，南浮二月舠。花行浙口盛，雲近武夷高。土布離鄉貴，杉鷄詫客號。延平津倘過〔二〕，珍閟匣中刀。

【箋】

〔一〕鄭淳，不詳。夢陽有贈鄭淳（卷十）詩。雍正福建通志卷四十選舉八載：「鄭淳，梧州知事。」或即其人。

〔二〕延平津，古代津渡名。晉時屬延平縣（今福建南平東南），故稱。晉書張華傳載：豐城令雷焕得龍泉、太阿兩劍，以其一與張華。後華被誅，劍即失其所在。雷焕死，其子持劍行經延平津，劍忽躍出墮水。使人入水取之，但見兩龍蟠縈，波浪驚沸。劍亦從此亡去。唐黄滔浙幕李端公泛建溪：「更愛延平津上過，一雙神劍是龍鱗。」

送王左史入覲①〔一〕

帝里花應待，王筵醴暫違。舟從春水上，人是錦衣歸。日月瞻新衮，風雲壯舊畿。辭朝君即返，莫賦北山薇。

【校】

①詩題下，弘德集有小注「王京師人」四字。

【箋】

〔一〕王左史，或即左長史王春。長史，明代於藩王府爲幕僚所設官職，有左右長史。按，夢陽明故申宜人墓志銘（卷四十四）曰：「瀾娶王氏，周府左長史春女。」又，壽兄序（卷五十七）曰：「正德庚辰之歲，李有長公者，年六十矣。……于是都指揮同知霦、僉事臣、左長史春、右長史昆、……八人者，爲長公者壽。」左長史春即王春。庚辰，爲正德十五年（一五二〇），時詩人閒居開封。

送姪竹赴京聽除〔一〕

皇王寶曆開，汝上黃金臺〔二〕。氣色三光正，人心萬國來。拜除將檄入，辭謝袖香迴。幸會風雲路，行伸騕褭才。

【箋】

〔一〕姪竹，即李竹，夢陽堂兄李孟春之子，事跡不詳。按，夢陽爲其母所撰明故李母高氏之壙誌云：「子三：長孟和，義官，次夢陽，次孟章。……孫男四：曰根、曰木、曰枝，親見其長；曰葉，但見其生。」無李竹之名。又，夢陽族譜大傳：「孟春，陰陽公子。成化六年正月二日生。娶王氏。」則李竹或爲孟春之子。聽除，在家或赴都求仕。元典章吏部卷四典章十有「求仕有許赴都」條。弘德集卷二十三收此詩，疑當作於正德後期。

〔二〕黃金臺，即燕臺，見梁園歌（卷十八）箋。

送長垣尹赴召二首①〔一〕

君赴蘭臺召，誰看此縣花？久知驄是馬，當許鷺隨車。日月新明主，乾坤舊一家。異時縑帛賞，應首及孫伽。

其二

要地徵名尹，新朝急俊臣。班升玉笋曉，臺散紫蘭春。萬水元趨海，群星自拱辰。誰言大河上，白首有垂綸。

【校】

①詩題，曹本作「送伍長垣赴召二首」。

【箋】

〔一〕據曹本詩題，長垣尹即伍長垣，或爲伍餘福，姑蘇（今江蘇蘇州）人，正德十五年（一五二〇）爲長垣縣令，故稱伍長垣。見雙忠祠碑（卷四十一）。疑該詩作於正德十五年伍餘福被召入京之際，時夢陽閒居開封。

寄熊御史塞上〔一〕

漢官持斧處，天險惜離群。塞口孤城斷，峰腰細澗分。胡天秋更慘，殺氣暮還雲。定有憂邊計，緘馳達聖君。

【箋】

〔一〕熊御史，即熊卓，弘治九年（一四九六）進士。正德初任監察御史，奉敕出塞勞軍，檢御選明詩、明詩綜：熊卓作有出居庸、居庸館中等詩。按，夢陽有熊士選詩序（卷五十二），曰：「熊士選者，豐城人也。名卓，字士選，弘治丙辰進士，爲平湖知縣，擢監察御史。以劉瑾黜之歸，黜者四十有八人，而余亦與焉。瑾以其名詔天下，號曰『黨人』。瑾誅，起余官江西。過豐城，訪其人於曲江之濱，亡矣。余既往哭其墓，復收輯其遺詩，得六十篇。」熊卓卒於正德六年之前，是該詩當作於正德初夢陽任户部郎中時，熊卓時任監察御史。

秋日王子臺上〔一〕

暑霽名王會，臺成上客過。清秋疏草木，落日上笙歌。天地銜杯盡，風雲傍檻多。聖明今御極，誰復慮干戈？

【箋】

〔一〕王子，或即王溱。見寄贈玉溪子（卷十）箋。按，尾聯中「御極」即新天子登基。據明史，世宗於正德十六年四月即位。夢陽禹廟碑云：「是時，監察御史澶州王子會按河南，登臺四顧，乃亦愴然而悲。」王溱於正德十六年始任監察御史巡撫河南。詩似作於此時。

酬錢子錫山之招〔一〕

南遷公約我，北望我懷公。陽羨春芽秀，荆溪早稻紅。乘槎伍胥口，采藥洞庭東。何日酬吾志，江濤日夜風。

【箋】

〔一〕錢子，疑即錢榮，錢世恩，與夢陽自弘治間即始交遊。見酬錢水部錫山之招（卷十八）箋。該詩疑作於正德十年或稍後賦閒大梁時。

送王子如淞江〔一〕

寶劍寒無色，蒼然海上行。異書探戰伐，高論動公卿。何日爲毛遂，前身是賈生。誰憐同學子，章句獨虛名。

【箋】

〔一〕王子，或指王廷相，見寄王贛榆（卷二十五）箋。據高拱前榮禄大夫太子太保兵部尚書兼都察院左都御史掌院事浚川王公行狀（王廷相集附録三）：正德十二年，王廷相升任淞江府同知，疑詩當寫於此時，夢陽此時閒居開封。

晚過孟氏雷雨遽至會王子亦來〔一〕

王褒真畏友，孟浩復多才。下馬雲徐暮，開尊雨驟來。疾雷當户落，驚電觸檐迴。坐待明星出，無疑曉漏催。

其二

霽月出還没，驕雷東復西。千門螢火動，六月候蟲啼。共是天涯客，能忘雨後題。吾詩催仗汝，好放片雲低。

【箋】

〔一〕孟氏，或指孟洋，見贈孟明府自桂林量移汶上（卷二十五）箋。王子，疑指王溱，見寄贈玉溪子（卷十）箋。據秋日王子臺上箋，此詩疑作於正德十六年夏閒居開封時。

僧園秋集同田生〔一〕

榴竹晴相媚，秋光滿給孤。微風捎果重，殘暑入林無。寶塔金杯映，青天白鶴呼。不須談浩劫，吾醉亦忘吾。

其二

自笑紅顏日，僧今白首看。秋風修竹過，臺殿碧梧殘。鐘磬昏仍起，壺觴醉不乾。塔層思盡上，恐逼斗牛寒。

【箋】

〔一〕田生，即田汝耔，見雨後往視田園同田熊二子（卷十）箋。詩疑作於正德後期詩人閒居開封時。

春日宴山泉王子之第同左田二子〔一〕

入殿笙簫合，開筵錦繡圍。苑枝春競發，臺日晚猶輝。語燕窺吟管，飛花坐舞衣。二豪同酩酊，與爾月中歸。

其二

已恨韶華劇，能孤爛漫游。鶯啼檐樹换，蝶戲檻花流。賓客朝開苑①，笙歌晚入樓。但看今會者，孰與漢枚鄒。

【校】

①苑，原作「宛」，據四庫本改。

【箋】

〔一〕左，即左國璣，夢陽左氏夫人之弟，生平見丙子生日答内弟璣（卷二十六）箋。田生，即田汝耕，生平見雨後往視田園同田熊二子（卷十）箋。詩似作於正德十六年。王子，疑即王溱，字公濟，號玉溪子，開州（今河南濮陽）人。正德六年（一五一一）進士，曾官山西沁水知縣，正德末年任監察御史，巡按河南，與夢陽有往來。見寄贈玉溪子（卷十）箋。

酬贈閣老劉公〔一〕

雷奮龍猶卧，雲俱鶴自閒。一杯莘野月，雙屐謝公山。貴客常辭避，田夫數往還。桂庭秋偃蹇，公醉拉誰攀？

其二

大號更嘉靖，明公會古稀。老驚詩律健，閒愛醉游歸。庭户羅花竹，兒孫導彩衣。向非千仞覽，那見太平輝。

其三

壽席秋能半，賓庭月故圓。前身金粟佛，今代玉堂仙。兔巧元供藥，龜靈豈算年。蠅頭燈下字，猶注紫霞編。

其四 一作野緑。香山似穉。

緑野①情真逸，香山②望獨高。酒嫌裴相淺，詩掩樂天豪。公實當三老，吾虚受一毛。人遐室幸邇，音惠莫言勞。

【校】

①緑野，弘德集、曹本、李本作「野緑」。②香山，弘德集、曹本、李本作「山香」。

【箋】

〔一〕閣老劉公，指劉健，字希賢，號悔庵，洛陽人。天順四年（一四六〇）進士。弘治四年（一四九一）以禮部尚書入内閣，累官至吏部尚書兼太子太師、華蓋殿大學士。明史卷一百八十一有傳。從「大號更嘉靖，明公會古稀」句來看，該詩當作於正德十六年秋，時劉健、李夢陽均閒居河南，世宗已登基。曹嘉刻空同集卷二十九録有夢陽閣老劉公七十壽詩八月十五其生日也（見本書「補遺」）一詩，當亦作於此時。

送田生讀書上方寺〔一〕

嗜静甘違俗，藏修合就僧。緑移開徑竹，寒掃護窗藤。殿閣秋陰下，琴書爽氣增。不須匡氏壁，常有玉蓮燈。

其二

寺壓孤城斷，堂開積水圜。一僧當茗竈，群鷺狎荷衣。被酒時登塔，持書晚坐①磯。鶴騰知客至，嗟汝詠而歸。

其三

涼雨滿庭户，泠然松桂幽。隔雲清磬濕，向夜一燈留。螢火輝書幌，烏啼上佛樓。諒多今古意，先著宋春秋。

【校】

①坐，四庫本作「出」。

【箋】

〔一〕田生，即田汝耔。師事夢陽，但一生未曾考中進士，其兄汝耔中弘治十八年進士，生平見雨後往視田園同田熊二子（卷十）箋。上方寺，在開封城東北，見初秋上方寺別程生（卷十）箋。弘德集卷二十三收此詩。據詩意，疑作於正德後期詩人閒居開封時。

登鐘樓答田秀才①〔一〕

老足秋能健，朋游嶮益豪。眼當孤閣放，身已百層高。霜壁摇朱杞，風檐落白蒿。生平望東海，一釣有連鰲。

【校】

①目録原題作「登鐘樓答田秀才作」，據正文詩題改。

【箋】

〔一〕田秀才，即田汝耔。生平見雨後往視田園同田熊二子（卷十）箋。作時同前。

別鄭生〔一〕

白首還離別，長途倍苦辛。憤時惟按劍，避世謾垂綸。江海烟霜日，乾坤去住身。臨河見雙雁，杳杳向秋旻。

【箋】

〔一〕鄭生，指鄭作，生平見和方山子歌（卷八）箋。據詩意，疑作於正德後期詩人閒居開封時。

送白帥留守中都〔一〕

幕府開淮甸，山河繞漢陵。曉霜迎旆入，王氣及秋澄。弩卧銅牙澀，矛拋緑蘚增。黄金印如斗，應有異時徵。

【箋】

〔一〕白帥，疑即白珩。按，據明武宗實録卷一百二十四，白珩於正德十年閏四月起任河南都司署都指揮僉事。又卷四載：正德十六年七月，「命河南都司署都指揮僉事白珩爲中都留守司僉書副留守」。夢陽叙九日宴集（卷五十九）曰：「嘉靖四年九月九日，趙帥觴客於青蓮之宫，歡焉。於是空同子立韻賦詩焉，衆和之，裒然而珠聚，爛然而錦彰，主人賡焉，鏗然而卒章。……是集也，趙帥、張尹則彙征有期，藍帥、白帥、王帥則剥牀未釋，王尹則不遠復者也。」則疑與此白帥爲同一人。該詩疑作於正德十六年。夢陽與居開封之官員詩歌相往來，於此可見一斑。

中都，原在安徽鳳陽。明洪武二年（一三六九），以太祖出生地臨濠府爲中都，建中都城，在今安徽鳳陽西北隅鳳凰山南。有城三重，内城牆高約十五米，城内殿宇壯麗，雕飾奇巧，爲古代最華麗的都城建築之一。洪武七年（一三七四）改名鳳陽。現中都城僅存遺址。

再送白帥〔一〕

聖主下龍章，將軍入鳳陽。地盤淮海壯，天擁漢陵長。棨戟新開府，威名古辟疆。卜年元萬世，王道是金湯。

【箋】

〔一〕白帥，疑即白玠。見前箋。按，據明武宗實録卷一百二十四，白玠於正德十年閏四月起任河南都司署都指揮僉事。又卷四載：正德十六年七月，「命河南都司署都指揮僉事白玠爲中都留守司僉書副留守」。該詩亦當作於正德十六年詩人閒居開封時。

再送鄭生〔一〕

聞君數日住，使我百憂寬。池館杯觴易，天涯故舊難。久晴冬欲暖，近水晚猶寒。惜①取防身劍，慇懃醉裏看。

【校】

①惜，弘德集作「借」。

【箋】

〔一〕鄭生，指鄭作，生平見和方山子歌（卷八）箋。據詩意，當作於正德後期詩人閒居開封時。

譚劉二子過賞牡丹①〔一〕

載酒來朋遠，尋芳出郭遥。遇花雙蓋住，繫柳一驄驕。野席留香迴，晴尊助艷嬌。誰言闌百寶，吾有玉鸞簫。

其二

學舞花將起，矜歌鳥自來。日筵隨蔭徙，風袂入香開。李白昭陽調，姚黄洛下杯。古今君莫問，且促醉軺迴。

【校】

①詩題，嘉靖集作「郊園牡丹譚劉二子過賞二首」。

【箋】

〔一〕嘉靖集收録此詩，故當作於嘉靖元年至三年間。譚、劉二子，均爲駐守河南之官員。譚，即譚纘，夢陽有觀風亭記一文（卷四十九），云：「嘉靖七年夏，監察御史譚子巡而歷汝，而遊於亭。」又曰：「譚子名纘，蓬溪人。」即其人。雍正河南通志卷三十一職官二巡按監察御史條：「譚纘，四川蓬溪人，進士。」劉，疑即劉節，號梅國、雪臺。見七夕雪臺子過東莊（卷二十七）箋。按，據雍正河南通志卷三十一職官二：劉節，江西大庾人，進士。嘉靖間任河南左參政（明實録卷八十爲右參政，恐誤）。劉節先任浙江右布政使，轉河南右參政，後又升任浙江右布政使。雍正浙江通志卷一百四十八名宦三亦載：「劉節，字介夫，大庾人。弘治間進士，嘉靖初浙江右布政使，轉左。戊子，賓興疏增解額，浙藩出納最冗，親閲文籍，盡革吏弊，晉山東巡撫，官至刑部右侍郎。」戊子，爲嘉靖七年。又據明世宗實録卷八十：嘉靖六年九月，「升河南布政使司右參政劉節爲浙江右布政使」。是該詩作於嘉靖六年九月以前，當爲嘉靖三年或稍早。

春日寄題崔學士後渠書屋七首〔一〕

草閣臨何地，花天想後渠。傍墻應植柳，俯岸幾跳魚。好撰王褒頌，休親郭槖書。改元新禮制，側席待相如。

其二

石白雲花瑩，湍青水葉香。野情鷗鳥足，紗帽世塗忘。問字船能過，聽鶯客不妨。無言渾是暇，當有草玄忙。

其三

鮑客春還鄴，崔渠遂盛傳。水溶漳岸日，草碧魏城天。徑竹竿竿秀，汀花朵朵鮮。但無醒酒石，物物勝平泉。

其四

敞敞渠邊屋，煇煇座右銘。竹琴晴愈静，蘿燭夜還青。洹水明卿月，陳家聚德星。泥中雖近戲，僕隸解談經。

其五

是否鸕蒙鴨，將無逸少鵝。内官聊一戲，道士敢頻過。自坐莆磯飲，誰攀桂棹歌？絶弦知不易，白眼向山河。

其六

賦筆多崔瑗，朋車愧吕安。碧渠何日到，雲樹一春看。南果枇杷活，西郊苜蓿寬。覓君終繫馬，艤棹是何灘。

其七

且養岷山鳥，休焚學士魚。窮通不在我，水竹漫成居。緑薜深藏屋，丹花淺映渠。幾時朝聖主，人擬治安書。

【箋】

〔一〕崔學士，即崔銑，生平見贈崔子（卷十）箋。據中州人物考卷一崔文敏銑：正德十二年（一五一七）春，崔銑引疾歸家，十四年，建後渠書屋，讀書、講學其中，直至嘉靖初擢南京國子監祭酒。是此詩作於正德十四年以後，嘉靖二年（一五二三）以前。夢陽嘉靖集收此詩，該集所收詩限於嘉靖元年、二年、三年。又，詩中有「改元新禮制，側席待相如」句，改元，即武宗卒，世宗即位，改元嘉靖。故該詩當作於嘉靖元年。

小園花發譚劉二君訂遊涉夏始至①〔一〕

尚有春留賞，無言客過遲。砌紅殘芍藥，園緑半荼蘼。邂逅情真倍，追隨酒莫辭。有懷君盡放，得意是佳期。

其二

繾綣杯侵夜，紆徐月轉庭。醉尋松影立，涼愛竹風聽。老去朋情恕，年來世事經。玉繩天歷歷，誰識少微星。

其三

涉夏榴能綻，深更客尚遊。群行逢樹問，獨立爲花留。就月還移席，呼兒重洗甌。醉眸横北斗，曙角起城頭。

【校】

①詩題，嘉靖集作「小園花發譚劉二君久許來看不意涉夏始來即席賦三首」。又，目録中原題「始至」下有「席上」二字，據正文删。

【箋】

〔一〕嘉靖集收録此詩，故該詩當作於嘉靖元年至三年間。譚、劉二君，均爲駐守河南之官員。劉，疑即劉節，時任河南左參政，見七夕雪臺子過東莊（卷二十七）箋。譚，疑即譚纘，夢陽有觀風亭記一文（卷四十九），云：「嘉靖七年夏，監察御史譚子巡而歷汝，而遊於亭。」該詩似作於嘉靖三年。見譚劉二子過賞牡丹（卷二十六）箋。

送吕廣文四川衡聘①〔一〕

大省文衡重，名師禮聘遥。閣雲搴②暑旆，棧月引星軺。古帝蠶叢國，今人駟馬橋。好將楊馬輩，收取貢清朝。

【校】

①詩題，嘉靖集作「送呂先生四川衡聘」。目録原題亦作「送呂先生四川衡聘」，據正文改。②搴，嘉靖集作「搴」。

【箋】

〔一〕呂廣文，不詳。廣文，古代教職。嘉靖集收録此詩，故當作於嘉靖元年至三年間夢陽閒居開封時。

贈孟監司赴任三首

孟嘗知汶上縣，有寄我之作。〔一〕

南輟江湖棹，東飛海岱旗。勇辭知至性，强起爲名時。氣節聊城箭，文章孔廟碑。秋風立馬地，莫動季鷹思。

其二

汶上篇仍在，齊東節重過。繞臺新柏秀，匝縣舊花多。海色摇行幰，山雲護詠窩。談天君一問，稷下近如何？

其三

麋鹿游山性，蛟龍卧水心。得雲終一起，食野不孤吟。汝去觀滄海，予常慕孔林。何時挈尊酒，同躡太山岑。

【箋】

〔一〕孟監司，指孟洋，生平見贈孟明府自桂林量移汶上（卷二十五）箋。據國榷卷四十九：正德八年三月丁丑「試監察御史孟洋下獄。洋論大學士梁儲屢被劾，當去。禮部尚書靳貴陰求入閣，上責其排陷，謫桂林教授」。此後，孟洋由桂林府教授遷爲汶上（今屬山東）縣令。又據嚴嵩南京大理寺卿孟公墓誌銘：「嘉靖更化，……乃起公山東僉事，升布政參議。」（載嚴嵩鈐山堂集）又，嘉靖集當作於嘉靖元年至三年間，收録此詩，據詩意可知作於嘉靖元年（一五二二）。

送譚子〔一〕

國謚逾年至，王臣觸暑行。水花邀去節，山鳥勸離觥。久客交人廣，攜家念土輕。玉筵頒扇日，應注使回名。

其二

聚賞蜂初課，分攜燕已雛。泥驚落夏簟，花憶倒春壺。水路風旗進，晴船暑氣無。五雲赤日外，縹緲是皇都。

【箋】

〔一〕譚子，疑即譚纘，夢陽觀風亭記（卷四十九）云：「嘉靖七年夏，監察御史譚子巡而歷汝，而遊於亭。」又曰：「譚子名纘，蓬溪人。」即其人。雍正河南通志卷三十一職官二巡按監察御史條：「譚纘，四川蓬溪人，進士。」夢陽有譚劉二子過賞牡丹、小園花發譚劉二君訂遊涉夏始至二詩，均作於此時，即指其人。嘉靖集收録此詩，故當作於嘉靖元年（一五二二）。按首句「國謚」，當指上武宗謚號事。明史武宗紀：正德十六年「五月己未，上尊謚，廟號武宗，葬康陵」。

贈林監察阻雨郊館①〔一〕

積雨淹征旆，曾城隔論文。一尊真惜酒，萬里正横雲。京國驄謡屬，閩江道派分。美名吾實羨，何處接高芬？

【校】

①詩題，嘉靖集作「贈林監察阻雨於郊館」。

【箋】

〔一〕林監察，或指林俊，莆田（今屬福建）人，曾任右都御史巡撫四川。林於嘉靖元年任刑部尚書，二年致仕歸鄉。嘉靖集收録此詩，故疑作於嘉靖元年。

庭菊紛披有懷王喻二君子〔一〕

雁急秋真晚，園空菊自黄。露團番有色，風度不隨香。却憶初開日，君來夜把觴。忍今看爛漫，獨繞碧籬傍。

【箋】

〔一〕夢陽嘉靖集收此詩，該集所收詩限於嘉靖元年至三年間。王、喻二君子，喻，即喻漢，字宗之，廣西滕縣人。據國朝歷科題名碑録初集及粤西文載卷七十：喻漢爲正德九年進士，（按，雍正廣西通志卷七十八鄉賢作正德三年進士，誤。）授行人，擢監察御史，累官江西按察司副使。與李夢陽友善。據雍正河南通志卷三十一職官二：正德末至嘉靖初年，喻漢任河南清軍監察御史。下篇晚秋王喻二監察見過二首，亦即此人。又據夢陽河南省城修五門碑（卷四十一）：「於是巡撫都御史何公、巡按御史王公、清軍御史喻公暨三司長，稔知吕公賢，又計帑金，得十之六七。」此文作於嘉靖初年，故該詩亦當作於嘉靖元年或二年。何公，即何天衢，正德十六年至嘉靖四年任巡撫河南都御史。王，疑即王璜，據雍正河南通志卷三十一職官二：王璜，北直濬縣人，正德十六年進士，嘉靖初年，任河南清軍監察御史。

晚秋王喻二監察見過二首〔一〕

自種吾堂菊，無人共把巵。昨來三徑雨，忽與兩驄期。檻霽花逾爽，林寒酒故隨。坐忘俱酩酊，莫遣白衣知。

其二

霜日來驄並，晴杯汎菊頻。古今無逆旅，天地幾閒身。雁陣寒從急，籬香晚自新。豪吟不知夜，圓月在高旻。

【箋】

〔一〕王、喻二監察，見前詩。據前首箋，該詩似亦作於嘉靖初年詩人閒居開封時。

菊日任君見過①〔一〕

菊筵開遇雨，秋色轉增孤。泠翠元浮席，流香故灑壺。蕊沾卷袖摘，徑滑倩人扶。莫謂無開霽，斜陽酒重沽。

【校】

①嘉靖集「過」下有三首，此本僅有第三首，缺前兩首。今據嘉靖集補入，見本書補遺。

【箋】

〔一〕任君，不詳，或即任惟賢。據雍正河南通志卷三十一職官二：任惟賢，曾於嘉靖初年任河南右布政使，小注曰：「四川閬中人，進士。」嘉靖集有贈任使君開詔還朝上方寺會飲塔廟作，當爲同一人。嘉靖集收録此詩，故似作於嘉靖元年至三年間，時詩人閒居開封。

寄鄭生〔一〕

故菊開誰對，新醪悵爾違。耳憎木葉下，心與塞鴻歸。兒女催蓬鬢，家園滯彩衣。問君稱慶暇，何處采山薇？

其二

節序仍黄菊，乾坤更白頭。文章寧益世，衣食暫寬憂。遇客誰談劍，思君獨倚樓。遠江寒細細，似有北行舟。

【箋】

〔一〕鄭生，指鄭作，見和方山子歌（卷八）箋。嘉靖集收録此詩，故當作於嘉靖元年至三年間，時詩人閒居開封。

李夢陽集校箋卷二十七　五言律五

贈答三

月夜繁臺會兩監察〔一〕

路葉風交落，臺騘晚並行。時寒物色換，意遠世緣輕。異國同觴地，危樓片月情。暝烟凭檻裏，汴水凍猶聲〔二〕。

其二

萬里危樓夜，中天朗月時。快心真託酒，凝望轉停巵。野色霜元迥，林光燭並移。依依檐畔鵲，先占獨棲枝。

【箋】

〔一〕兩監察，似指在河南任監察御史的王璜、喻漢二人，見前卷庭菊紛披有懷王喻二君子。嘉靖集收録此詩，亦當作於嘉靖元年（一五二二）至三年間詩人閒居開封時。

〔二〕汴水，即古汴水。見十二月十日（卷二十三）箋。

送李生還郡〔一〕

宦美庭闈隔，情深郡檄催。臘江舟自穩，暮日首頻回。洞橘黄金摘，吴魚白雪來。汝親知更樂，願展治邦才。

其二

伯道吴門水，梁公冀北雲。依親歲聿暮，趨郡袂還分。臘動蘇臺色，春回震澤薰。重過應未遠，良吏漢廷聞。

【箋】

〔一〕嘉靖集收録此詩，故當作於嘉靖元年至三年間，時詩人閒居開封。李生，疑即李士允，正德十二年中進士，正德末任蘇州知府，夢陽相送，與詩意相吻合。見送李生京試（卷十六）箋。此詩作時疑在嘉靖元年。

甥嘉北來出其謁逢干廟之作予爲和之嘉時謫茂州判〔一〕

汝謁雙忠廟〔二〕，徘徊幾度吟。暴雲連海白，積水帶城陰。自拉看碑淚，誰知駐馬心。未須悲遠竄，不死是恩深。

【箋】

〔一〕甥嘉，指曹嘉，字仲禮，生平見戊子元夕示曹甥（卷二十三）箋。嘉靖四年乙酉（一五二五），「公甥御史曹君嘉以諫謫四川茂州判，過謁逢、干廟，有詩，公爲屬和」（李空同先生年表）。年表所記時間實有誤。據明通鑑卷五十載，曹嘉被謫茂州在嘉靖二年三月，又嘉靖集收此詩，故該詩當作於嘉靖元年至三年間詩人閒居開封時。

〔二〕雙忠廟，即雙忠祠，清一統志卷二十二載：「在長垣縣南關，祀關龍逢、比干，明弘治中建。」

送甥嘉之茂州次玉溪侍御韻三首①〔一〕

已詫齊東謫，能堪蜀道行。自甘窮塞竄，争奈倚閭情。劍閣雲中棧，蓬婆雪外城。大江秋見底，待爾濯長纓。

其二

蜀道元非易，人言此更難。虎風生萬壑，蛇徑動千盤。北望常思闕，西來不爲官。無言羌性異，汝當郡民看。

其三

雪山天地外，經夏雪難消。氣冷三城戍，光通萬里橋。誰言州不好，汝去路寧遥。縱使胡笳夜，猶能夢入朝。

【校】

①目録原題無「韻」字，據此補正。

【箋】

〔一〕甥嘉，指曹嘉，字仲禮，生平見戊子元夕示曹甥（卷二十三）箋。玉溪侍御，指王溱，生平見寄贈玉溪子（卷十）箋。夢陽嘉靖集收此詩，該集所收詩限於嘉靖元年、二年、三年，故詩當作於嘉靖初年。又，夢陽禹廟碑（卷四十一）云：「是時，監察御史澶州王子會按河南，登臺四顧，乃亦愴然而悲。」又云：「王子名溱，以嘉靖元年春按河南，明年秋，代去。」王溱於嘉靖元年至二年任監察御史，巡按河南。又，明世宗實録卷二十四：「（嘉靖二年三月，）上曰：嘉等挾私結黨立異，邀民變，亂是非，危疑忠良，以誤國家，各再貶遠方。使部擬嘉茂州判官，閔蒙自縣縣丞。」可見，曹嘉被謫茂州亦在嘉靖二年三月，該詩則作於嘉靖二年（一五二三）。

郊園遲王豸使不至①〔一〕

豈少銀鞍馬，銜泥許故游。清風微進草，晴日澹生秋。掃徑童將倦，看籠鶴但②收。異時高李會，佳跡至今留。

【校】

①詩題，嘉靖集作「郊園秋晴遲王豸使不至」，曹本作「郊園遲王豸使」。②但，四庫本作「未」。

【箋】

〔一〕嘉靖集收録此詩，故當作於嘉靖元年至三年間詩人閒居開封時。豸使，指御史。古時監察、執法等官員外出所穿官服上繡有獬豸，故稱。王豸使，疑即王溱，字公濟，號玉溪子。開州（今河南濮陽）人。正德六年（一五一一）進士，嘉靖元年任監察御史，巡按河南。生平見寄贈玉溪子（卷十）箋。

王豸使至復有此賦①〔一〕

晴游番幸雨，午出更便風。柳重陶潛宅，花霑御史驄。達人元野性，濁酒本村翁。酌罷桑麻晚，歸燈一徑紅。

【校】

①詩題，曹本、李本作「王豸使至」，嘉靖集作「王至復有此賦」。

【箋】

〔一〕王豸使，即王溱。箋同前詩。嘉靖集收此詩，故當作於嘉靖元年（一五二二）至三年間。

王豸使既返東月皎升乃與李曹二子徑觴吹臺之巔口占柬王子〔一〕

王歸不待月，二子共登臺。天地劃然皎，山河相蕩迴。蟲鳴崖底葉，雁影掌中杯。爲問山陰客，還能棹雪來？

【箋】

〔一〕嘉靖集收録此詩，故詩當作於嘉靖元年至三年間。王豸使，即王溱。見寄贈玉溪子（卷十）箋。按，據明武宗實録卷四：王溱於正德十六年始任十三道御史，嘉靖元年巡按河南，此詩當作於嘉靖元年或稍後。李，或爲李士允。士允於正德末至嘉靖初任蘇州知府，夢陽有送别之作。曹，即曹嘉。見戊子元夕示曹甥（卷二十三）箋。

秋日呂公西園同玉溪侍御二首〔一〕

圃勝城能曲，臺高野更秋。席陪驄馬出，情爲碧雲留。移坐鋪林葉，添樽面水流。潛思歌舞地，指點問王州。

其二

入院看垂柹，臨畦羨引泉。寒莎自滿地，疏樹不妨天。野老疑旌旆，林烏下酒筵。無云但游衍，公意在桑田。

【箋】

〔一〕呂公，不詳。夢陽作於嘉靖四年之河南省城修五門碑（卷四十一）云：「嘉靖元年，太監呂公來鎮茲土，登城躡樓，俯仰者久之，……」或即此人。玉溪侍御，指王溱，見寄贈玉溪子（卷十）箋。夢陽禹廟碑（卷四十一）云：「是時，監察御史澶州（按，即開州）王子會按河南，……王子名溱，以嘉靖元年春按河南，明年秋，代去。」又，嘉靖集收此詩，故詩當作於嘉靖元年秋。

西園酒半會玉溪侍御瓜代報至再賦二首〔一〕

北使還朝近，西城返照深。霜情留果實，晚意付花心。風助林皋爽，雲横海嶽陰。兹游如在念，應有寄南音。

其二

勝地留賓切，離筵散酒遲。網魚生躍案，摘棗脆連枝。草夕鳴蛩動，天秋過雁知。河橋明日事，願盡掌中巵。

【箋】

〔一〕玉溪侍御，指王溱，見寄贈玉溪子（卷十）箋及禹廟碑（卷四十一）箋。「代」即「瓜代」，即指當年任職至次年瓜熟時任職期滿，由别人接任。王溱於嘉靖元年春任河南按察使，嘉靖二年秋即離任。又嘉靖集收此詩，故詩當作於嘉靖二年秋。

見和君病起鬢白輒有所贈亦荅其酒過〔一〕

訝汝鬚添白，將無病苦形。眼前真過隙，身外是浮萍。客到留棋局，兒呼檢藥經。昔人曾頌酒，吾意不如醒。

【箋】

〔一〕和君，即和子，夢陽作於嘉靖四年九月九日之叙九日宴集（卷五十九）云：「黄子、和子咸丘園之責，左生、和生則利賓於王者也。」和子似爲寓居開封藩王府之文職人員。嘉靖集録此詩，故似作於嘉靖三年（一五二四）。

和鄭生行經鳳陽〔一〕

浩蕩興龍地，盤旋踞虎形。海吞淮水白，天插楚峰青。帝宅精靈聚，陵宫虎豹扃。萬年禋祭禮，有道賴朝廷。

【箋】

〔一〕鄭生，指鄭作。據方山子集序，鄭作於正德末嘉靖初外出，另嘉靖集收此詩，故詩當作於嘉靖元年至三年間詩人閒居開封時。

【評】

皇明詩選卷七：宋轅文曰：結雅。李舒章曰：「吞」、「插」等字皆傷風雅，崆峒氣盛骨秀，故不覺耳。

初冬見雪和鮑生〔一〕

密雲初布暝，疏雨忽成花。氣淺冰從薄，寒輕白自斜。敝裘誰念汝，孤棹獨思家。江上冥冥雁，春風遲去槎。

【箋】

〔一〕鮑生，不詳。夢陽有送鮑生下第南歸（卷二十五），或即其人。似爲寓居開封之歙商子弟。嘉靖集收録此詩，故當作於嘉靖元年至三年間，時詩人閒居開封。

鄭生至自泰山①〔一〕

昨汝登東嶽，何峰是絶峰？有無丈人石，幾許大夫松。海日低波鳥，巖雷起窟龍。誰言天下小，化外亦王封。

其二

俯首無齊魯，東瞻海似杯。斗然一峰上，不信萬山開。日抱扶桑躍，天横碣石來。君看秦始後，仍有漢皇臺。

【校】

①詩題，嘉靖集作「鄭生至自泰山詩以勞之二首」。

【箋】

〔一〕鄭生，指鄭作。見和方山子歌（卷八）箋。嘉靖集收録此詩。據詩意，似作於嘉靖初年詩人閒居大梁時。

【評】

沈德潛明詩别裁集卷四：陳語須此翻用法。（其一）

又曰：四十字有包絡乾坤之概，可以作泰山詩。（其二）

寄鮑崇儒〔一〕

去日猶零雪，庭葵遽復花。新詩誰和汝？久客自成家。水國乾侵夏，田風莽帶沙。長淮日易暮，珍重早棲雅①。

【校】

①雅，四庫本、嘉靖集作「鴉」。

【箋】

〔一〕嘉靖集收録此詩，故當作於嘉靖元年至三年間。鮑崇儒，居大梁之徽商，與鮑弼、鮑輔、鮑演等當爲同族人。又，鮑母八十壽序（卷五十七）：「嘉靖六年十一月二十三日，鮑母劉，年八十。其子曰崇相者，汴商也，先期馳歸，謁李子請言焉。」此鮑崇儒，當爲鮑崇相之兄弟。時詩人閒居開封。

送趙訓學滿歸〔一〕

六旬千里客，九載一氈歸。路遠琴書重，官貧妻子饑。塞雲迎老鬢，河色戀征衣。會有秋行伴，關山新雁飛。

其二

宋代①陳無己，唐時鄭廣文。道高官獨冷〔二〕，名美世同聞。汝挈一氈去，予憐雙袂分。潸潸白首淚，長向渭西雲。

【校】

①宋代，嘉靖集作「有宋」。

【箋】

〔一〕嘉靖集收録此詩，故詩當作於嘉靖元年至三年間。趙訓學滿，據詩意，疑即趙澤之兄，居開封，與夢陽友善。趙澤，見東趙訓導二首（卷三十）箋。按，夢陽壽兄序（卷五十七）曰：「正德庚辰之歲，李有長公者，年六十矣。十二月十日，其生辰也。傳曰：『六十始壽。』于是都指揮同知霖、僉事臣、左長史春、右長史昆、訓導澤、通判環、司務彬、儀賓正八人者，爲長公者壽，登厥堂致詞而稱觴焉。」該文題下，曹本、李本有小注「蔡霖、鞏臣、王春、郭昆、趙澤、李環、黄彬、仝正」，則趙訓導即爲趙澤。正德庚辰，爲正德十五年。又，夢陽趙妻温氏墓志銘（卷四十四）曰：「温氏者，予友趙澤妻也。正德十年，趙君拜開封府儒學訓導，挈其妻暨諸子來。越五年，是爲正德己卯，而其妻温氏卒。……昔者，予也居趙同巷焉，遊同學焉，謀同道焉，寢嘗同榻焉。又嫂呼温，以是知温之賢稔。趙千户者，趙君之父也，守御安邊營，而趙君來遊於郡學，於是温事其父母，其父若母安焉。」是正德末至嘉靖初，夢陽與趙澤、趙滿多有交往。

〔二〕「道高官獨冷」，杜甫醉時歌：「廣文先生官獨冷。」

秋過内弟漫賦二首①〔一〕

赫赫乘龍地，蕭蕭羅雀門。桑麻猶世業，書史但兒孫。數過看顏帖，今來爲菊樽。顯親君太晚，願化北溟鯤。

其二

主賓俱不飲，相對坐同深。幸有黄花興，無論白髮心。游蟲紛落日，高葉下疏林。静裏聞鴻雁，疑添往歲音。

【校】

①詩題，嘉靖集作「晚秋過内弟之第漫賦二首」。

【箋】

〔一〕内弟，即左國璣，生平見丙子生日答内弟璣（卷二十六）箋。嘉靖集收此詩，故詩當作於嘉靖元年至三年間夢陽閒居開封時。

贈陳生①〔一〕

少小期鵬運，于今尚未飛。蒿深仲氏宅，鶉結憲生衣。背郭元桑樹，臨河只釣磯。奉親知不苦，饌有白魚肥。

其二

白屋山中相，黄河水後田。家無釀酒秫，人索買書錢。雨過雲流野，風來浪接天。行行牛角上，猶挂古人編。

【校】

①目録原題作「贈陳生二首」；曹本正文題作「贈陳生嘉言二首」。

【箋】

〔一〕陳生，據曹本，即陳嘉言，名策，無錫人。本朝分省人物考卷二十八有陳策傳，載其爲弘治六年進士，任户部主事、員外郎、福建左參政等。據夢陽朝正倡和詩跋，弘治間在京與陳嘉言有交遊，或即其人。此詩疑作於弘治年間。

七夕雪臺子過東莊〔一〕

村落元相接，園林亦互游。酒天攜榼就，花夜對牀留。忽爾雙星候，泠然萬木秋。誰期白頭日，蕭灑共丹丘。

【箋】

〔一〕雪臺子，即劉節，字介夫，號梅國，更號雪臺，江西大庾人。弘治十八年（一五〇五）進士，曾官河南左參政、浙江右布政使，轉左布政使，官至山東巡撫、刑部右侍郎等。善詩，有梅國集四十二卷。據雍正河南通志、明世宗實録：正德十二年起，劉節歷任河南布政司右參政，嘉靖初年轉左參政，直至嘉靖六年赴浙任官，此時期夢陽與劉節交遊，頗爲頻繁，以下雪臺子家見杏花、暑日過雪臺子園莊二詩均作於此時。又，夢陽有新買東莊賓友攜酒往看十絶句（卷三十六），詩作於嘉靖元年，其五云：「今春自買城東園，暇即郊行不憚煩。不應對客誇林竹，日日柴門有駐軒。」故該詩亦當作於嘉靖元年或稍後。

贈程生東游〔一〕

鄒魯風猶在，芒碭氣有無〔二〕。羈心空大澤，儒行乃長途。野艇冰迷雁，村樓凍集烏。無勞怨歲暮，隨處是江湖。

【箋】

〔一〕程生，當指程誥，歙縣人。喜遊名山，與鄭作齊名。生平見孤鵠篇壽程生大母（卷七）箋。據詩意，似作於嘉靖初年詩人閒居開封。

〔二〕芒碭，見送蔡帥備真州（卷十一）箋。

寄題高子君山別業〔一〕

君山者，江陰縣之北山也，高子獲焉，於是自稱君山主人，予聞之，爲作君山詩寄焉。

一山背城起，萬古號爲君。秀攬江心月，雄吞海面雲。金陵通地脈，玉港發人文。羡彼投簪客，中年卧紫氛。

其二

季札墳邊業，春申邑後山。一江平展鏡，兩港曲成環。不雨雲煙擁，長春草木斑。隱君梯萬丈，倘許世人攀。

【箋】

〔一〕高子，即高賓與高貫兄弟。堯山堂外紀卷九十國朝李夢陽：「江陰高賓、高貫兄弟皆舉進士，縣北有君山，高得焉，自稱君山主人，李空同爲作君山詩寄之。」高賓字舜穆，江陰人，弘治九年進士。曾任監察御史，正德五年任江西按察司僉事。據明武宗實録卷一百零八載：正德九年正月，免去江西按察司僉事高賓職，令致仕。高貫字曾唯，江陰人，弘治十二年進士，十四年爲都水主事，分治三沽諸閘，正德七年官浙江按察司副使。邵寶撰有明故中憲大夫浙江按察司副使高君墓誌銘（載容春堂集後集卷五）。正德十年後，高氏兄弟均歸江陰，得君山而隱。君山，在今江蘇江陰北原澄江門外。明一統志卷十常州府：「君山，在江陰縣北門外二里，乃邑之主山，以春申君取名，北臨大江，故亦名瞰江山，山顛舊有松風亭，其南又有浮圖。」按，正德五年至七年高賓任江西按察司僉事，夢陽認識高賓應在正德七年任江西提學副使時。該詩當作於嘉靖初年，時夢陽早已歸居開封。

立春柬鄭生問其愁病〔一〕

天涯春又至，游子近如何？ 病久詩難減，鄉遥夢易多。 藥苗春尚雪，舟楫海初波。 舊業方山下，東風遍緑莎。

【箋】

〔一〕鄭生，指鄭作。 見和方山子歌（卷八）箋。 據詩意，似爲嘉靖五年鄭生南歸養病以前作。

送劉尹赴徵〔一〕

戀别當炎暑，淹留到夕暉。 徵書昨日下，循吏古人稀。 風樹涼移席，庭萱晚就衣。 明朝五雲裏，争看兩鳧飛。

【箋】

〔一〕劉尹，不詳，或爲劉節，嘉靖初年任河南左參政，與夢陽交遊頗多。 見七夕雪臺子過東莊（卷二一十七）箋。據詩意，當作於嘉靖四年左右。

冬日寺集觀趙帥射〔一〕

萬里横霜氣，長風快順毛。將軍隻弩發，疊中兩鴻號。取石敲新火，開鮮弄寶刀。回頭問僧者，何處得醇醪？

【箋】

〔一〕趙帥，不詳。夢陽叙九日宴集（卷五十九）曰：「嘉靖四年九月九日，趙帥觴客於青蓮之宫，歡焉。於是空同子立韻賦詩焉，衆和之，裒然而珠聚，爛然而錦彰，主人賡焉，鏗然而卒章。」與此趙帥當爲同一人。該詩疑亦作於嘉靖四年冬。寺，疑指上方寺。

丁亥寒食柬養素〔一〕

細雨穠花候，高齋獨坐辰。春風無病物，清世有閒人。樹濕鶯穿檻，泥香燕下頻。遥思養素者，何處卧松筠？

【箋】

〔一〕丁亥，指嘉靖六年（一五二七）。時夢陽閒居大梁。養素，即養素子，人名不詳。

喜程生自吳中回致五嶽黃山人音問〔一〕

爛熳梁園樹，江舟爾恰迴。苑桃惟舊列，墻柳半新栽。枝爲來人娲，花迎笑口開。吴門春更好，幾上虎丘臺。

其二

黄子吾真畏，程生爾更奇。江城傾蓋日，渭北暮雲時〔二〕。寶劍神終合，冥鴻性不移。忽思千里駕，慚愧昔人爲。

【箋】

〔一〕程生，當指程誥，生平見孤鵠篇壽程生大母（卷七）箋。按李空同先生年表、李夢陽致黃勉之尺牘其四：夢陽於嘉靖七年（一五二八）將自己編定的空同集六十二卷稿本交程誥轉交黄省曾。五嶽山人，指黄省曾，字勉之，號五嶽山人，吴縣（今屬江蘇）人，嘉靖十年（一五三一）舉人。爲秀才時，曾以弟子禮奉書夢陽，繼而受學，著有五嶽山人集三十八卷等，明史卷二百八十七有傳。黄省曾遵夢陽囑託，於夢陽殁後嘉靖九年（一五三〇）首刻空同先生集六十三卷於蘇州。夢陽致黄勉之尺牘六首其三曰：「自邑往傳五嶽言欲刊鄙作於吴中。」是該詩當作於嘉靖七年（一五二八）。

〔三〕「江城傾蓋日，渭北暮雲時」，杜甫春日憶李白：「渭北春天樹，江東日暮雲。」

伏日載酒尋高司封讀書處〔一〕

鄭門古城曲，小築成幽園〔二〕。爲厭朝簪擾，兼辭人境喧。矮堂交雜樹，炎日駐游軒。默默林中意，相看對一尊。

其二

養寂爲園卧，尋幽當暑過。林深得日薄，地静覺蟬多。舊業元秔稻，新亭復薜蘿。誰憐朱紱客，遽戀白雲窩。

【箋】

〔一〕伏日，三伏之總稱，一年中最熱時候，古代亦指三伏中祭祀之日。漢書東方朔傳：「伏日，詔賜從官肉。」顔師古注：「三伏之日也。」南朝梁宗懔荆楚歲時記：「六月伏日，並作湯餅，名爲辟惡。」高司封，即高叔嗣，司封，即司封郎中。見海棠爛然要諸君子賞之分韻得壺字二首（卷二十九)箋。按,高叔嗣蘇門集卷四有酬空同載酒見尋二首,次首曰:「農畝遭炎暑,賓遊踐遠郊。輟耕元水曲,暢飲即城坳。長日蟬聲静,微風樹色交。空承白雪詠,顧許愧林巢。」當與此詩作於同時。高叔嗣於嘉靖二年中進士,該詩作於嘉靖二年或稍後。高爲祥符人,其讀書處亦在開封。

〔三〕「小築成幽園」,杜甫畏人:「畏人成小築,褊性合幽棲。」

懷五嶽山人黄勉之〔一〕

吴下元多士,黄生更妙才。心常在五嶽,名已動三臺。係自汝南出〔二〕,文從西漢來。各天難見汝,翹首獨徘徊。

【箋】

〔一〕五嶽山人,指黄省曾。生平見喜程生自吴中回致五嶽黄山人音問(卷二十七)箋。該詩作於嘉靖七年前後。按,夢陽於嘉靖七年寫有致黄勉之尺牘六首,其三曰:「自邑往傳五嶽言欲刊鄙作於吴中。」

〔二〕汝南,即汝南郡,西漢置,治所在上蔡縣(今屬河南),轄境相當今河南潁河、淮河之間,京廣鐵路西側一綫以東,安徽茨河、西淝河以西、淮河以北地區。唐天寶中改爲汝南郡。按,黄省曾先世爲汝寧人，故云。

郊居柬竹溪子〔一〕

當春弄杯醆，花落恨紛紛。重來日復幾，飛葉滿秋雲。寒流下雁影，古戍噪鴉群。殘菊猶堪把，長謡獨憶君。

【箋】

〔一〕竹溪子，不詳，或指某明藩王之子孫，見畫竹行（卷二十二）箋。據詩意，似作於嘉靖年間。

聞吴郡黄山人將遊五嶽寄贈〔一〕

昨報三吴客，將尋五嶽遊。薜蘿堪製服，春水正宜舟。二室雲中峻，三花煙外浮〔二〕。住居吾幸邇，先肯到嵩丘。

其二

天柱峰頭雪〔三〕，蓮花嶺畔雲〔四〕。朗吟惟李白，獨往更黄君。婚嫁今應畢，藜糗有幸分。

共躋恒岱遍，歸著五遊文。

【箋】

〔一〕黄山人，指黄省曾，生平見喜程生自吴中回致五嶽黄山人音問（卷二十七）箋。似作於嘉靖六年前後。

〔二〕此聯，源自李白贈嵩山焦煉師：「二室凌青天，三花含紫煙。」

〔三〕天柱峰，此當指南嶽衡山七十二峰之天柱峰。輿地紀勝卷五十五衡州：天柱峰「在南嶽。其形如雙柱，兩頭聳」。

〔四〕蓮花巔，即蓮花峰。諸多名山皆有蓮花峰，此似指廬山之蓮花峰。太平寰宇記卷一百一十一江州德化縣：蓮花峰「在（盧）山北，州南。直望如芙蓉。今州城有蓮花門」。輿地紀勝卷三十江州：蓮花峰「又云在廬山第三嶺，重巘絶崖間有石室，乃（晉）董奉所居，舊號蓮花峰」。宋儒周敦頤卜居於此，築室峰下。

東莊冬夜別程生自邑〔一〕

萬里孤村夜，疏燈對語心。風枝時響牖，寒月故明林。秦隴新遊壯，江湖舊恨侵。側知南橐重，爲有華山吟。

【箋】

〔一〕程生，當指程誥，字自邑。生平見孤鵠篇壽程生大母（卷七）箋。東莊，夢陽嘉靖時在開封的居處。按，夢陽有新買東莊賓友攜酒往看十絶句（卷三十六），詩作於嘉靖元年，其五云：「今春自買城東園，暇即郊行不憚煩。」該詩似作於嘉靖六年左右。

己丑八月京口逢五嶽山人〔一〕

夜雨清池館，晨光散石林。一舟相過日，千里獨來心。樹擁江聲斷，潮生山氣陰。異時懷舊意，應比未逢深。

【箋】

〔一〕五嶽山人，指黄省曾，生平見喜程生自吴中回致五嶽黄山人音問（卷二十七）箋。己丑，指嘉靖八年（一五二九），「夏，疾果作，乃就醫京口，且得爲東南勝遊，門人張實、次子楚從行。七月渡淮，寓楊相國南園，錢醫療之，少愈。五嶽山人黄省曾迓公京口，公與之論文賦詩」（李空同先生年表）。京口，今江蘇鎮江。

京口楊相國園贈五嶽山人〔一〕

遠客乘秋至，名園水竹分。林寒番易雨，池静合偏雲。卧疴思知己，逢君愜素聞。蕭蕭緑雲裏，誰解有論文。

【箋】

〔一〕據前詩，該詩當作於嘉靖八年（一五二九）八月。楊相國，指楊一清。夢陽赴京口就醫，借居於楊家南園。五嶽山人，即黄省曾，生平見喜程生自吴中回致五嶽黄山人音問（卷二十七）箋。夢陽與黄省曾會於京口，並談及刻印空同集事。

游覽

經長陵詣黄花鎮〔一〕

沙嶺群峰會，黄花一徑穿。臨崖防馬駭，枯木有蛇懸。鎖鑰關門壯，星辰陵闕連。舊驅悲虜賊，得失豈皇天。

【箋】

〔一〕長陵，在今北京昌平區北天壽山中峰之下，爲明成祖朱棣之陵墓，規模居明十三陵之首。黄花鎮，在昌平東北，見九日黄花鎮（卷二十三）箋。該詩似作於弘治十三年（一五〇〇）、十四年詩人奉命監税三關時。

白洋城〔一〕

京西太行崦，孤壘白洋間。己巳曾通賊，居庸並立關。水合桑乾去，峰連塞上山。聖君敷遠德，秋日戰旗閒。

【箋】

〔一〕白洋城，似即明中期以後之白洋淀，在今河北安新南。明中期前其地可耕而食，中央爲牧馬場。正德以後楊村河決入，始成澤國。按「己巳曾通賊」句，指正統十四年（一四四九）之土木堡事件，英宗被蒙古瓦剌軍俘虜，也先挾英宗逼近京師，于謙督范廣、石亨等奮戰，擊退瓦剌軍。

至黄花〔一〕

黄花城壓岑，山合晝多陰。坐見五陵霧，來爲九月霖。泥生劍戟澀，寒重鼓鼙沈。寂寞松林外，那傳孤雁音。

【箋】

〔一〕黄花，即黄花鎮，在昌平東北，見九日黄花鎮（卷二十三）箋。該詩作於弘治十三年、十四年奉命監税三關時。

銀山寺〔一〕

銀山倚鐵壁，天外削三峰。不見林中寺，來聞午後鐘。僧徒住石屋，雷雨拔門松。西望諸陵接，雲成五色龍。

【箋】

〔一〕銀山寺，日下舊聞考卷一百三十四京畿昌平州一引帝京景物略：「原中峰下有寺曰大延聖寺，正統十二年重修，賜額曰法華。弘治十年，翰林學士汪諧淨業堂記碑：今斷寺西上半里爲松棚庵，門内外各一松，北上一里鐵壁寺，塔曰延聖塔，弘治四年建，塔前有釋行倫詩碑，弘治八年立。山北四十里爲井兒谷，又一里玉峰山，山石盡白，樹多蘋婆，果林中有大萬聖寺，土人呼張開寺。」夢陽閑居寡營忽憶關塞之遊遂成七首（卷二十四），其七小注曰：「弘治辛酉二月之望，宿銀山寺，觀鄧隱峰詩刻。」該詩當並作於弘治十四年（一五〇一）二月，時夢陽奉命檢榆河驛倉。

出塞〔一〕

胡蔓黄河限，秦亡紫塞存。磧沙浮落日，塞霧宿疏墩。哨馬三邊動〔二〕，燒荒千里昏。將軍拜金印，白骨不曾論。

其二

磧日淡無暉，胡沙驚自飛。望煙尋戍壘，聞雁忽沾衣。大將搜河套，遊兵出武威〔三〕。賀蘭山下戰，昨日幾人歸？

【箋】

〔一〕李空同先生年表以爲此詩作於弘治十三年（一五〇〇）夢陽奉命犒榆林軍時，似誤。據詩意，當作於弘治十六年餉寧夏軍時。按，張鳳翔有賦得賀蘭山送李獻吉詩，其小序曰：「往年榆林告亟，發公帑十五萬餉之，大司徒檄以君往。今年寧夏缺餉乃七萬金，以君往，君於邊儲遠情可謂勞且周矣。諸交遊輩擇朔方形勝可詩者分詠贈焉，而賀蘭之山未有作者。君以行之，先一日命鳳翔賦之，遂從而爲之詞。」詩曰：「君本關西人，乃作關西行。往年使榆林，今年使朔方。西渡黄河四千里，眼中見此誠莽蒼。賀蘭山高五千仞，翠壁蒼峰削孤峻。」（張伎陵集卷二）另據詩中地理，亦似作於寧夏一帶。

〔二〕三邊，明時指延綏、甘肅、寧夏三地區。明史憲宗紀一：「（成化十年正月）癸卯，王越總制延綏、甘肅、寧夏三邊，駐固原。」

〔三〕武威，今甘肅武威。西漢時驅走匈奴所設河西四郡之一，魏晉時爲西涼，唐置西涼府。明置涼州衛。

環縣道中〔一〕

西人①習鞍馬，而我憚孤征。水抱琵琶寨，山銜木鉢城。裹瘡新罷戰，插羽又徵兵。不到窮邊處，那知遠戍情。

【校】

①西人，嘉靖慶陽府志卷二十藝文作「昔人」，似誤。

【箋】

〔一〕環縣，今甘肅慶陽環縣。弘治十六年（一五〇三）七月，夢陽奉命餉軍寧夏，便道歸慶陽，汛掃先壠，焚黄。慶陽爲夢陽故鄉，該詩當作於此時。

寺〔一〕

不睹空王宇，誰興浩劫心。散花疑白象，布地果黄金。水霧飛梁灑，夕陽迴殿陰。獨嗤簪紱客，遊賞託雲林。

【箋】

〔一〕按，弘德集卷二十一收録此詩，據詩意，似作於正德二年解職歸居開封後。

繁臺春望〔一〕

野曠孤煙静，高臺獨望時。地殘隨氏苑〔二〕，天闊禹王祠。晚日雲争白，陰崖花自遲。目斷南來雁，蕭然故國思。

【箋】

〔二〕繁臺，見早春繁臺（卷二十四）箋。該詩疑寫於正德五年前後詩人閒居開封時。

〔三〕隋氏苑，不詳。李濂汴京遺蹟志卷二十二藝文九録此詩作「隋氏苑」。似在繁臺附近。

繁臺别業〔一〕

地亦因臺峻，天能縱屋高。宋朝四帝國，禹廟九河濤。上下見陵墓，風煙含野蒿。昔人聞醉此，簡懶愧吾豪。

【箋】

〔一〕繁臺，見早春繁臺（卷二十四）箋。該詩似寫於正德五年前後詩人閒居開封時。

高遠亭

虛亭蓋樹杪，四顧果平蕪。嵩嶽杯前出，濁河窗外紆。寺杉時送響，塔鶴每來呼。一約朋知飲，歸車醉每扶。

詣別業〔一〕

蹋蹐豈吾事，郊遊惟獨行。風回疑引騎，雪落故連城。塔樹凝先白，臺雲曳未平。感時侵歲晚，白髮暗心驚〔二〕。

【箋】

〔一〕別業，即夢陽正德五年前後所居開封繁臺別業。

〔二〕「感時侵歲晚，白髮暗心驚」，杜甫春望：「感時花濺淚，恨別鳥驚心。」

中湖寺〔一〕

龍象何年地，千巖一澗迴。我來尋石鏡，隔竹望香臺。樹繞啼猿入，人從鳥道來。坐飧霞氣晚，只擬是天台。

其二

陟嶮扣巖扉，一鐘鳴翠微。丹崖森竹樹，雪壁映花飛。屋隙鳴泉寫，山昏麋鹿歸。松風高壑起，雲卧欲沾衣〔二〕。

【箋】

〔一〕中湖寺，在今河南輝縣蘇門山。清一統志卷一百五十八衛輝府：「南湖寺，在輝縣西北七十里，元至正初建，其北爲中湖寺，唐建。又北爲北湖寺，元建。」夢陽遊輝縣雜記（卷四十八）曰：「予當正德戊辰，值春仲之交，而遊於輝縣。於是覽蘇門之山，降觀於衛源，乃登盤山，至侯趙之川，遂覽於三湖，返焉。」又曰：「中湖寺，趙宋號太平興國寺，而屬湯陰縣。南北湖寺，則今人創之耳。」該詩疑當作於正德三年春，時因劉瑾案潛跡大梁，暇中與友人遊輝縣蘇門山。

〔二〕「雲卧欲沾衣」，杜甫遊龍門奉先寺：「雲卧衣裳冷。」

南湖〔一〕

中湖果奇絶，逾嶺復南湖。石磴迴相倚，巖泉有乍無。開窗衆壑積，當殿一峰孤。更覽千林竹，因懷長嘯徒。

【箋】

〔一〕南湖，即南湖寺。清一統志卷一百五十八衛輝府：「南湖寺，在輝縣西北七十里，元至正初建，其北爲中湖寺，唐建。又北爲北湖寺，元建。」夢陽遊輝縣雜記（卷四十八）曰：「中湖寺，趙宋號太平興國寺，而屬湯陰縣。南北湖寺，則今人創之耳。」該詩疑作於正德三年春，時詩人因劉瑾案潛跡開封，暇中與友人遊輝縣蘇門山。詩末「長嘯徒」指阮籍、孫登。

北湖畏雨不至①〔一〕

亂山上雲氣，孤客發西岑。徒瞻北湖寺，其如東路心。嶺猿愁暝雨，巖鳥下空陰。回首太行麓，蕭蕭松橡林。

【校】

①目録原題作「北望畏雨不至」，曹本同，據改。

【箋】

〔一〕北湖，即蘇門山下北湖寺。該詩疑作於正德三年春詩人與友人遊輝縣時。見前首箋。

下南湖〔一〕

湖僧騎牝馬，相送石門峰。欹仄亂石路，日暝漁樵逢。蒼茫翠微裏，風落青山鐘。羨爾巖居者，終期塵外踪。

【箋】

〔一〕南湖，即南湖寺，見本卷南湖箋。該詩疑當作於正德三年春，時詩人因劉瑾案潛跡大梁，暇中與友人遊輝縣之蘇門山。

曉行雲夢澤〔一〕

曉行雲夢澤，雲起失湖村。歷歷横江雨，冥冥遠岫昏。黿鼉當馬吼，鷗鷺背人翻。欲擬浮湘作，吾生異楚魂。

【箋】

〔一〕雲夢澤，漢魏之前所指雲夢範圍較狹，晉後經學家注雲夢澤之範圍始廣，將洞庭湖包括在内。

周禮夏官職方氏：「正南曰荆州，其山鎮曰衡山，其澤藪曰雲夢。」鄭玄注：「衡山在湘南，雲夢在華容。」明一統志卷六十興都：「雲夢澤，在沔陽州東，……又荆門州北有雲夢澤，接連德安府雲夢縣界。」正德六年（一五一一）五月，夢陽赴江西任官，該詩疑作於途中。

劉家隔〔一〕

匹馬淮山盡，孤舟漸楚歌。遠商吳蜀雜，新雨漢江波。驕燕斜斜下，輕鷗片片過。整帆遲明發，天色定如何。

【箋】

〔一〕劉家隔，清一統志卷二百六十一漢陽府：「劉家隔，在漢陽縣北三十里，唐宋汉川縣治也。相傳宋知軍事劉毅隔岸種荻，後人因以名之。其地卑下，每歲春水彌漫，秋冬始涸，平原周廣四十里，商賈雲集。」正德六年五月，夢陽赴江西任官，該詩疑作於途中。

浮漢〔一〕

杳杳向前城，揚船浮漢行。水聞天上轉，色出雨中明。已近鳴䴗月，長看龍霧生。陳詩歎秣馬，風浪獨含情。

【箋】

〔一〕漢，指漢江。正德六年五月，夢陽赴江西任官，該詩當作於途中。詩中「已近鳴鵙月」，詩豳風七月：「七月鳴鵙，八月載績。」可知該詩作於此年六月末。

浮江〔一〕

浮江晴放舸，挂席曉須風。日倒明波底，天平落鏡中。開窗問赤壁，捩柁失吴宫。萬古滔滔意，潯陽更向東。

【箋】

〔一〕江，指長江。赤壁、吴宫皆三國古蹟，均在長江（湖北境内）沿綫。據詩意，此似指武昌至九江一段。正德六年五月，夢陽赴江西任官，該詩疑當作於途中。

九江〔一〕

九江江九流，廬嶽負江州。世代催前浪，圖書羨上游。城孤落日映，虎去暮天幽。夜笛鄰舟送，曲終無限愁。

【箋】

〔一〕九江，即今江西九江。正德六年五月，夢陽赴江西任提學副使，該詩當作於途中。據詩意，似已到九江。

發九江〔一〕

已發南風盛，須時且復停。岸沙延繫纜，竹色隱回汀。行待江水穩，卧看廬阜青。此生誰固料，湖海一浮萍〔二〕。

【箋】

〔一〕正德六年（一五一一）五月，夢陽自開封出發赴江西任提學副使。該詩當作於離開九江赴南昌時。

〔二〕「湖海一浮萍」，杜甫又呈竇使君：「同是一浮萍。」

豐安莊〔一〕

地氣南逾熱，僧林晚暫棲。雲開一江去，日在萬山西。修竹涼風至，昏鴉古木齊。凭高忽灑淚，清世有征鼙。

【箋】

〔一〕豐安莊，即豐安村，雍正江西通志卷五城池一南昌府：「自滕王閣過章江渡八十五里，至豐安村。」詩當作於正德六年（一五一一）初到南昌時。

圓通寺阻雨〔一〕

巖扉鄰虎穴，淹坐面猴江〔二〕。山動雲生眼，風迴雨入窗。漸交松際響，驀鬭石間瀧。鈴磬煙蘿外，高峰只自雙。

【箋】

〔一〕圓通寺，在廬山下，見宿圓通寺（卷十三）箋。夢陽謁濂溪先生祠告文曰：「維正德六年，歲次辛未，秋八月，中順大夫江西按察司副使後學關西李某，以巡視事至九江府。」是該詩亦作於正德六年八月任江西提學副使時。

〔二〕猴江，即猴溪，廬山下一條小河，河上有橋，雍正江西通志卷三十四關津九江府：「猴溪橋，甘泉鄉石耳峰下。」

圓通寺阻雨聞石門磵橋斷水涌阻往東林〔一〕

石門雨斷橋，途阻虎溪遥〔二〕。仄想遠公室，秋蓮應盡飄。愁猿吟霧裏，落葉重林腰。更有天池望，巖巖向碧霄。

【箋】

〔一〕圓通寺，在廬山下，見宿圓通寺（卷十三）箋。據詩中「秋蓮應盡飄」句，可知當作於正德六年八月任江西提學副使視學九江時。東林，即東林寺，在廬山西北麓。見九江陸還南康望東林（卷二十二）箋。詩中「遠公」，即東晉高僧慧遠。

〔二〕虎溪，廬山西北麓小河，見九江陸還南康望東林（卷二十二）箋。

五老峰〔一〕

東南濤浪吞，五老古今存。秀色彭湖浴，諸峰廬嶽尊。中宵見海日，南斗豁天門。霜雪顔常静，雲煙解變魂。

【箋】

〔一〕五老峰，在廬山，見余鄒二子遊白鹿書院歌（卷二十）箋。該詩當作於正德六年（一五一一）八月任江西提學副使視學九江時。

再至洞院〔一〕

昔别秋色苦，今遊風澗清。穿石竹猶活，雨過泉自生。禮殿古門換，釣臺新路平。獨來誰每見，雲日此峰情。

【箋】

〔一〕洞院，即白鹿洞書院。夢陽有三次赴白鹿洞書院的明確記載：一次爲正德六年八月，一次爲正德八年六月，一次爲正德八年冬。此爲第二次，其於正德八年夏六月作有遊廬山記（卷四十八），云：「自白鹿洞書院陟嶺，東北行並五老峰數里至尋真觀。」是該詩疑作於正德八年六月視學九江府時。

迴流山亭〔一〕

亭高山盡入，回首見鄱陽。天地開吴楚，弦歌有宋唐。峰雲低棟白，湖日倒碑黄。六月吾來此，涼風不可當。

【箋】

〔一〕迴流山，在九江白鹿洞附近。夢陽六合亭碑（卷四十二）曰：「亭在白鹿洞迴流山上。是山也，四面嶄峭而其上平。」雍正江西通志卷四十一古蹟南康府載：「六合亭，廬山志：在白鹿洞迴流山巔。洞志：明正德辛未郡守劉章建，李夢陽爲記。」六合亭碑又曰：「亭，正德六年冬落成，厥知府章之功。再逾年，予復來登之，而知府霖從，蓋知府章亡逾年矣。」是該詩作於正德八年六月，時夢陽再次視學九江。

折桂寺〔一〕

折桂何朝院，開基分翠峰。窗明五老雪，門掩半崖松。泉瀑飛人過，香臺印虎踪。千巖誰得到，百里但聞鐘。

【箋】

〔一〕折桂寺，雍正江西通志卷一百一十三寺觀三南康府：「在星子縣凌雲峰下，唐李逢吉讀書於此，舉進士，故名。朱子有記。」夢陽於正德八年夏六月作有遊廬山記，云：「自書院陟嶺，西北行至五老峰下，並木瓜崖西行則至折桂寺，石橋有澗，朱子嘗遊此。」是該詩亦作於正德八年六月。

【評】明詩選卷三謝榛評曰：幽而異。

團山登望 石壁、朝饒，二山名。〔一〕

團山當縣口〔二〕，石壁對朝饒。日静湖波斂，天低島色遥。風雲餘霸氣，吴楚混前朝。秋水年年落，英雄恨不消。

【箋】

〔一〕雍正江西通志卷十二山川六南康府載：「石壁山，在都昌縣西南七里，臨大江，有石如壁，謝靈運嘗居此，有石壁精舍還湖中詩。明正德間，提學李夢陽重鐫『石壁精舍』四大字。」夢陽刻陸謝詩序（卷五十）曰：「李子至都昌，登石壁山，覽謝氏精舍遺址，俯仰四顧，慨然興懷焉。」該詩似作於正德六年秋，時夢陽任江西提學副使視學南康府，見九江謁濂溪先生祠告文（卷六十四）。

〔二〕團山，即團山驛，明洪武初置，在今江西都昌西南。讀史方輿紀要卷八十四南康府都昌縣：團山驛在「縣西南一里」。

芝山望〔一〕

吴楚分何代，乾坤此郡孤。江從樹裏斷，山入雨中無。戰鬭名空在，英雄世與徂。酒酣撫長劍，極目盡重湖。

【箋】

〔一〕雍正江西通志卷十一山川饒州府：「芝山，在府城北一里，爲饒城主山，高三十仞，周迴十餘里，登能仁寺閣可以眺望匡廬。初名上素山，唐龍朔間，刺史薛振於山得芝草三莖，因改今名。旁有五老亭、仙人石洞，宋守范仲淹詩：『樓殿冠崔巍，靈芝安在哉？』又云：『偶臨西閣望，五老夕陽開。』足以表其勝矣。又東爲白兔嶺。」該詩似作於正德六年夢陽視學饒州（今江西鄱陽）時。

【評】

朱琰明人詩鈔正集卷五：空同五言不以句字求工，然如「江從樹裏斷，山入雨中無」、「揚鞭指河洛，立馬説周秦」、「塞口孤城斷，峰腰細澗分」、「林疏山盡出，風順櫓齊開」，爽氣固殊倫也。

芝山寺感事〔一〕

偶到芝山寺，遥傷薦福碑。霜雪十月動，秋戰萬家悲。涼入丹楓墮，崖高黄葛垂。洪鈞融萬物，黔首獨旌旗。

【箋】

〔一〕據前首，該詩疑作於正德六年（一五一一）秋冬時間詩人視學饒州時。

龜峰〔一〕

立壁有天地，浮雲無古今。仲冬諸客到，落日亂峰陰。峭峽通人過，危巖把酒吟。奇多看不徹，昏黑更登臨。

【箋】

〔一〕龜峰，清一統志卷二百四十二廣信府：「龜峰山，在弋陽縣南二十里，弋陽江經其下，有三十二峰，皆笏植笏立，峭不可攀，中峰有巨石如龜形，又有蜃樓峰，能吐納雲氣，以驗晴雨。」弋陽縣，明屬廣信府。該詩似作於正德六年冬視學廣信（今江西上饒）時，見鳶山訪汪氏因贈（卷十一）箋。

泊安仁〔一〕

官舟商泊同，城近月濛濛。戍鼓夜長擊，漁燈時自紅。烏鵲枝難穩，豺狼穴易空。向來論大樹，心切古人風。

【箋】

〔一〕安仁，今江西餘江，明屬饒州府，見安仁聞夜哭（卷二十四）箋。據明史，正德七年（一五一二）前後，江西各地接連發生農民起義，朝廷派兵鎮壓，戰事連綿不斷。夢陽時任江西提學副使，親歷其事，該詩正爲此而作。

鉛山〔一〕

山水交閩越，東南古縣聞。一峰晴冒雪，兩水晝蒸雲。石井鵝湖倚，車盤鳥道分。儒官荆棘裏，寒葉痛紛紛。

【箋】

〔一〕鉛山，在今江西鉛山南。太平寰宇記卷一百零七信州鉛山縣：「鉛山在縣（治今永平鎮）西北七里，又名桂陽山。舊經云：山出鉛。先置信州之時鑄錢，百姓開采得鉛，什而稅一。建中元年封禁，貞元間置永平監。其山又出銅及青碌」。鉛山縣以此名。雍正江西通志卷二十二書院二載：「鵝湖書院，在鉛山縣北十五里鵝湖寺傍，宋儒朱子、陸復齋象山、吕東萊講學之所。……景泰癸酉，巡撫韓雍建祠崇祀，復舊額，李奎記。正德辛未，提學李夢陽重建，汪偉記。」是該詩似作於正德六年（一五一一）冬視學廣信府時。

市汊夜泊〔一〕

此夜章江月〔二〕，無端照獨舟。人生真梗泛，歲暮且帆遊。臘逼寒燈焰，波吞霽雪流。坐吟風雁起，漁笛滿前洲。

【箋】

〔一〕市汊，又名新儀鎮，在今江西南昌（蓮塘鎮）西南市汊街。南宋范成大驂鸞録：「乾道癸巳（一一七三）閏正月「九日宿市汊，緣岸居人，烟火相望，有樂郊氣象」。明設市汊驛及市汊巡司。據詩意，似作於正德六年冬視學南昌時。

〔三〕章江，即章水，又名古豫章水、南江，在今江西西南部，即今贛江西源。見土兵行（卷十九）箋。

豐城夜泊〔一〕

夏至北風至，晚晴涼意增。江船逼新月，沙色亂疏燈。暗槳故相撥，浮陽還自蒸。倚檣看劍氣，仍見斗間曾。

【箋】

〔一〕豐城，今江西豐城，見發豐城屬江漲風便（卷十三）箋。夢陽曲江祠亭碑（卷四十二）曰：「正德七年夏五月，予巡視豐城，登岡望江曲之勢，……」該詩似作於正德七年（一五一二）五月視學南昌府時。

舟往臨江即事〔一〕

直岸含風細，中江放舸安。地隨帆席轉，風進晚潮殘。霞樹迎窗過，晴山卷幔看。遥鶩雙浴鷺，色舉向雲端。

【箋】

〔一〕臨江，即臨江府，元至正二十三年（一三六三）朱元璋改臨江路置，治所在清江縣（今江西樟樹西南臨江鎮）。轄境相當今江西新餘、樟樹二市及新幹、峽江等縣地。按，隆慶臨江府志卷十四載歐陽鐸褒忠祠記曰：「正德壬申，李君夢陽視學至郡，因諸生請，……」該詩似作於正德七年（一五一二）視學臨江時。

雨泊豐城〔一〕

古岸花層濕，陰江鷗半飛。波迴撼船重，雨側入簾微。潭愛金華涌，亭傷寶氣稀〔二〕。二年三歷此，腸斷北舟歸。

【箋】

〔一〕豐城，今江西豐城。見發豐城屬江漲風便（卷十三）箋。夢陽曲江祠亭碑（卷四十二）曰：「正德七年夏五月，予巡視豐城，登岡望江曲之勢，……」該詩似作於正德七年五月視學南昌府時。

〔二〕此聯指豐城名勝金華潭與寶氣亭，位於城西北。

夜行盱江〔一〕

燈火遵山閃，旌旗折路頻。仙壇杳不見，片月故須親。土俗漸異楚，人言多雜閩。豈無囂不足，訟簡愛吾民。

【箋】

〔一〕盱江，即盱水，今江西臨川之撫河及南城之盱水。夢陽有盱江書院碑（卷四十二）曰：「今年冬十有一月，予至建昌府。」雍正江西通志卷二十二書院二建昌府：「盱江書院，在府治北。宋儒李覯教授之所，有明倫堂、洙泗堂，誠意、正心、致知、格物四齋。元季毀，地入府治。明正德壬申，提學李夢陽改建於城西街，爲堂四：曰正經、上達、志伊、學顔，旁列號舍數十間，籍淫祠田産以養士之俊者。」壬申爲正德七年（一五一二），該詩或作於此時。

赴新喻〔一〕

露樹且烏啼，孤舟晨向西。蕭灘千百轉，昏暮到羅溪。古驛屯雲密，平沙没日低。揚帆更前去，月夜不須迷。

【箋】

〔一〕新喻，即今江西新餘，見新喻遇薛子送贈二首（卷二十五）箋，明新喻縣屬臨江府。按，雍正江西通志卷一百零八祠廟臨江府：「褒忠祠，在府城朝天門外，宋敕建，祀知臨江軍陳元桂，賜額『褒忠』。明正德間，提學李夢陽重修，以宋清江令趙孟濟配享。」又，隆慶臨江府志卷十四載歐陽鐸褒忠祠記曰：「正德壬申，李君夢陽視學至郡，因諸生請，……」該詩似作於正德七年作者視學臨江時。

自進賢趨撫州〔一〕

炎域霜何厲，寒原木欲稀。肩輿隨落葉，晨日上征衣。路勢東南轉，北風鴻雁歸。東鄉新血戰，巢破鳥猶飛。

【箋】

〔一〕進賢，今江西進賢縣，明屬南昌府，見武陽抵進賢（卷十三）箋。撫州，今江西撫州，見冬日撫州贈友（卷十一）箋。正德七年秋，夢陽視學進賢，並創立鍾陵書院。雍正江西通志卷二十一書院一南昌府載：「鍾陵書院，在進賢縣霧嶺，明正德七年，改福勝寺爲之，立濂溪先生祠，中有光風霽月堂，明、通、公、溥四齋，李夢陽記。」夢陽作有鍾陵書院碑（卷四十二），可參看。該詩似作於正德七年（一五一二）秋視學撫州時。

雲山渡〔一〕

渡古雲山積，江明日色饒。霜融水更落，野静路堪遥。冠蓋行相望，干戈氣未消。傷心弄兵者，汝業本漁樵。

【箋】

〔一〕雲山渡，在今江西臨川北三十五里。清同治江西全省輿圖臨川縣圖説：縣北「白水湖又十里至雲山圩」。又卷二載：「臨川縣北有雲山墟。」臨川縣今屬撫州市。該詩似作於正德七年秋視學臨江時。

玉峽驛夜泊〔一〕

暑泊無風夜，江船深自凉。雲纖沾葛細，月涌去波長。古峽銜孤驛，名山引玉梁。前途堪躍馬，且發問仙鄉。

【箋】

〔一〕玉峽驛，明初置，在今江西峽江西南。讀史方輿紀要卷八十七臨江府峽江縣：玉峽驛「在縣治（今巴邱鎮）南峽江濱。明初與峽江巡司同置，北去金川驛八十里」。該詩似作於正德七年秋視學臨江時。

白沙驛〔一〕

沙古幽幽白，江新泯泯清。水銜村作國，山繞驛爲城。萬里將南徼，孤槎且暮征。壯心與落日，的的向波明。

【箋】

〔一〕白沙驛，湖北長陽與福建閩侯均有稱「白沙驛」之地名。按，此當在江西。江西吉水縣北三十里有白沙鎮，或即此地。讀史方輿紀要卷八十七吉安府吉水縣：白沙鎮在「縣北三十里。有巡司。元置，今移於縣西三曲灘上」。詩似作於正德八年（一五一三）春視學吉安時。

澗富嶺赴安福二首①〔一〕

三月赴安城，遥攀嶺路行。前驅真避虎，絶壁亦啼鶯。周覽物色换，極高雲氣迎。俯看南贛路，孤舸會將征。

其二

山行忽百里，步步山情新。蘿擁千盤透，花齊萬谷春。寒暄不異地，憂喜暫隨人。默誦垂堂戒，私嗟名利身。

【校】

①詩題，弘德集作「自澗富嶺赴安福縣二首」。

【箋】

〔一〕澗富嶺，又名澗布嶺，即今江西宜春東南六十里澗富，明置巡司於此。安福，隋改安富縣置，唐武德七年（六二四）改安福，屬吉州，治所在今江西安福，元升爲安福州，明洪武初仍爲縣，屬吉安府。詩似作於正德七年春視學袁州（今江西宜春）時。

鬱孤臺〔一〕

朔日送客返，慨然登鬱孤。悲歌爲閩廣，指顧盡江湖。南俗羌夷雜，北流章貢俱。兵舸尚滿眼，繹繹詣饒都。

【箋】

〔一〕鬱孤臺，在今江西贛州西北隅田螺嶺，建於唐廣德至大曆間。明一統志卷五十八贛州府：「鬱孤臺，在府治西南，隆阜鬱然孤起，登其上者，如跨鼇背而升方壺。臺莫知所始，唐郡守李勉登臨北望，改名望闕。宋郡守曾慥增創二臺，南爲鬱孤，北爲望闕。趙抃詩：『群峰鬱然起，惟此山獨孤。築臺山之顛，鬱孤名以呼。』」此詩似作於正德八年（一五一三）春作者視學贛州時。

曉至鄔子驛〔一〕

湖夜乘風過，天明見驛樓。數家依獨樹，落月隱春洲。日抱越峰上，江奔吴徼流。姚源東水外〔二〕，兵甲氣還浮。

【箋】

〔一〕鄔子驛，即鄔子寨，在今江西進賢東北，與餘幹縣瑞洪鎮相對。明設鄔子巡司及鄔子驛，爲濱湖要地。南宋乾道中范成大去嶺南，途經鄔子口。驂鸞録載：「鄔子者，鄱陽湖尾也。……（二日）發船鄔子，宿范家池。」湖中進賢縣，明屬南昌府。似作於正德八年春自廣信返南昌時。

〔二〕姚源，在江西南昌，見姚源歌（卷八）箋。

再至玉虛觀〔一〕

龍沙欣自昔，久泊遂今期。雨露新松大，丹青舊殿移。岸雲通繡栱，江日抱金池。欲倚門東閣，愁看日暮時。

【箋】

〔一〕玉虛觀，雍正江西通志卷一百一十一寺觀一南昌府載：「在省城德勝門外，唐江西觀察使路嗣恭故宅，宋立宗濂精舍，元爲新建縣治，後廢爲觀。」夢陽與何子書二首其二曰：「勘事一二日畢矣，而淹至三月廿五日始發，回省城候命下，今寓城北玉虛觀也。」該詩疑寫於正德八年（一五一三）四月，時夢陽已由廣信返南昌，居玉虛觀，等候朝廷處置。

仙樓〔一〕

仙樓忽欲暝，鐘鼓下江煙。獨坐一燭秉，當門新月懸。石寒壇近斗，沙静樹浮天。半夜朝群帝，珊珊羽節還。

【箋】

〔一〕仙樓，不詳。據詩意，疑指南昌之滕王閣，因在贛江邊，故有「仙樓忽欲暝，鐘鼓下江煙」之景。亦或爲正德九年秋在襄陽所作。

與駱子遊三山陂三首①〔一〕

庫部平生友，湖山百代心。追思宫闕地，蕪没水雲深。連馬穿蘆入，群鷗坐石吟。誰能堪落日，莽莽古城陰。

其二

丘壑胸應滿，乾坤眼獨真。揚鞭指河洛，立馬説周秦。古墓笙歌地，前朝戰伐塵。秋風颯颯起，白草正愁人。

其三

日扇逢林却，風旗改路迴。悲涼元此嶽，攀陟復何臺。雲破遠峰出，天秋孤雁來。明朝異南北，歸騎莫教催。

【校】

①駱子，弘德集作「駱庫部」。

【箋】

〔一〕萬曆開封府志卷四：「三山陂，在府城西北五里，副使李夢陽詩：『崔嵬艮岳他年笑，寂寞三山後代思。湖色春光淨滿眼，古城風暮幾人悲。』」駱子，疑即駱用卿，見思賦（卷一）、寄寄庵子（卷二十一）二箋。似作於正德年間夢陽閒居開封時。

上方寺鐘樓〔一〕

臺上一鐘鳴，登臺萬里平。兼葭天正遠，雲氣暮還生。饑雀喧空澤，黄蒿斷古城。不堪臨眺屢，況是感秋情。

其二①

危閣秋登霽，寒煙晚坐重。長風欲動地，落日故銜峰。葦颭騰雙鷺，雲拖挂一龍。此懷吾不淺，怪爾暮鳴鐘。

【校】

①其二，弘德集、黄本、曹本作「上方寺鐘樓晚登」。

【箋】

〔一〕上方寺，在今開封城東北，寺内鐵塔尚在，鐘樓已毁，見初秋上方寺别程生（卷十）箋。據詩意，似作於正德九年後閒居開封時。

補録

金山〔一〕

狂瀾日東倒，此嶼忽中流。蜃學樓臺結，龍專澒洞遊。光涵天上下，影變地沉浮。解識超三象，何須問十洲。

其二

歷險仍攀閣，窮高更指臺。一身銀漢上，四望鏡波開。吴楚地形伏，江淮秋氣來。暮潮益滚滚，風葉下崔嵬。

其三

寺立江心古，人遊秋舸新。魚龍狎不浪，草木潤長春。忘險卑崇構，貪奇健病身。無爲孤柱恐，焦嶋接嶙峋。

【箋】

〔一〕潘之恒箋：「金山寺三首，是先生晚年過吴時作，其格律嚴整可謂克壯，其猶他人稍放逸便失故步，益服此老爲不可及，如『吴楚地形伏』，誰人能道？豈惟張祜奪氣哉！」據詩意，此詩似作於嘉靖八年（一五二九）就醫京口（今江蘇鎮江）時。

按，「補録」之詩爲鄧雲霄、潘之恒刊空同子集時補入，此處仍依底本。

李夢陽集校箋卷二十八

五言律六　五言排律

悲悼

乙丑逢先大夫誕辰是歲適蒙恩詔加贈製字四十用寫哀痛 冬季二十二日。〔一〕

老大思童日，詩庭儼昔趨。羈孤萬里外，優渥死生俱。寂寞臨花誥，幽冥列大夫。西雲白蒼莽，灑血望松梧。

【箋】

〔一〕乙丑，指弘治十八年（一五〇五），先大夫，指夢陽已故的父親李正。弘治十八年武宗即位，升夢陽户部員外郎，又進户部郎中，按規定，其父母推恩受封。「毅皇帝上兩宮徽號，推恩誥贈公父爲奉直大夫、户部貴州司員外郎，母贈太宜人。尋進公廣東司郎中」（李空同先生年表）。

兄以西堂落成蓋悵然有念於二親余心交痛頌義追德爰成茲詠焉〔一〕

矯矯江都相，淒涼楚穆生。家貧無立業，道大不求名。破甑常蛛網，空除任鳥行。肯堂兄不忝，應慰九原情。

【箋】

〔一〕兄，指夢陽兄李孟和，字子育，事跡具高叔嗣蘇門集卷七大明北墅李公墓表及夢陽家傳（卷三十八）。據前詩，當作於弘治十八年（一五〇五）。孟和之西堂似在開封。

讀直道陳公祚遺事①〔一〕

上主能容直，當言敢顧身。累朝傳諫札，萬死作歸人。古廟穠花晚，孤墳勁草春。從來汩没士，特筆在詞臣。

【校】

①詩題，弘德集作「讀直道陳公遺事」。

【箋】

〔一〕陳公，即陳祚，字永錫，永樂九年（一四一一）進士，授河南布政司參議，坐事落職。洪熙初，起爲監察御史，終於福建按察司僉事。陳祚以爲官正直享有盛譽，明史卷一百六十二有傳。據詩意，疑作於正德二年詩人因涉劉瑾案罷職或閒居開封時。

哭郡守郝公①〔一〕

征斂無休日，斯人不永年。曾聞溪虎避，早見壁魚懸。頌碣留邊郡，銘旌拂塞天。九河一孤塚，愁絶海門煙。

【校】

①詩題下，弘德集有小注曰：「河間人。」

【箋】

〔一〕郝公，或即郝鎰。據雍正畿輔通志卷七十四政事順天府：郝鎰，字廷金，河間人。登成化二十年進士，由天長知縣擢南京御史，出爲慶陽知府。「慶陽邊地，民多穴處，不知桑麻。鎰至，招工陶瓦甓治屋廬，教樹藝，暇則飾公署學校，百事一新，治爲諸郡最。卒於官。」又據乾隆甘肅通志卷二十七職官：郝鎰任慶陽知府在弘治年間。夢陽於弘治八年春至十一年初在慶陽（今甘肅慶城）守制，與郝鎰相識。據嘉靖慶陽府志卷九祀典載：「風雲雷雨山川壇，在府城關南。洪武初建，正德初知府郝鎰重修門牌、齋所、廚庫。」可證夢陽此詩當作於正德初年之後。

哭張子〔一〕

張子者，平谷張子綸也，以都御史鎮遼東，顯矣，然無何卒。李子者，張之舊僚也，聞之哀焉，於是作哭張子二章，語曰：「歲在龍蛇賢人嗟。」張之卒庚辰歲也。

虎豹威邊日，龍蛇哭爾年。故人今若此，吾道合潸然。部曲歸旌擁，風雲舊國連。薊門秋草遍，何處是新阡？

其二

翰海龍真泣，遼陽鶴竟歸。壯心元鐵石，神爽尚旌旂。光繞新埋劍，香殘舊賜衣。至今生仲達，猶怯孔明威。

【箋】

〔一〕張子，據小序，即張綸。小序云：「張之卒庚辰歲也。」庚辰，爲正德十五年（一五二〇）。該詩疑當作於此時或稍後，時夢陽閒居開封。

謁平臺先生墓〔一〕

豈説嬉遊路，今成昔雍門。平生馬公帳，四海孔融尊。劍舄收殘草，山河抱古原。黄昏不忍去，白日下蒿園。

【箋】

〔一〕平臺先生，或指夢陽老師李源。萬曆襄陽府志卷三十七載：「李源，字宗一，號平臺，祥符人。」李源卒於正德後期。詩中「馬公」，指東漢學者馬融。按，平臺，梁孝王所築，見史記梁孝王世家。南朝齊蕭子隆山居序：「西園多士，平臺盛賓。」平臺遺址，在開封東北，或言今河南商丘境内。

温將軍挽詩〔一〕

不見千夫勇，誰開百戰圍。門猶森畫戟，苔已蝕金衣。俎豆諸郎奮，山河奕世輝。黄昏兩白鶴，偏繞北邙飛。

【箋】

〔一〕温將軍，即東嶽温太尉，民間祭祀之神。夢粱録卷十四：「廣靈廟，在石塘壩，奉東嶽温將軍，請於朝，賜廟額封爵，自温將軍以下九神，皆錫侯爵。曰：温封正佑，……」咸淳臨安志亦有載。據詩意，當作於正德時期詩人閒居開封時。

聞鄭生死豐沛舟中〔一〕

短劍英雄氣，孤舟疾病身。那知生别後，竟作死歸人。汴柳詩筒斷，江花繐幔新。白頭交誼者，灑淚向殘春。

其二

客櫬收豐沛，歸舟渺越吴。扶持有令弟，書劍付遺孤。墓草親朋隔，山松舊業蕪。當年走馬地，魂繞孝王都。

【箋】

〔一〕鄭生，指鄭作，夢陽好友。據夢陽方山子集序：嘉靖五年，鄭作年四十七歲，病痰核，將歸方山，夢陽送之郊。列朝詩集小傳丙集方山子鄭作：「嘉靖初，年四十餘，病痰，别空同南歸，歿於豐沛舟中。」據詩意，當作於嘉靖六年（一五二七）春。

詠物

風〔一〕

鈴閣晚猶急，月窗宵漸輝。稍驅雲霧散，翻重雪霜威。起坐爐須擁，晨看木盡稀。徘徊問氣勢，恐逼漢宫闈。

【箋】

〔一〕按弘德集卷二十三收有此詩，疑作於弘治末或正德初任職户部時。

春夜雪〔一〕

獨客初春夜，孤城急雪時。戰風纔白地，欺月已平池。數聽鴻飛亂，虚愁花發遲。世無戴安道，誰見剡舟移？

【箋】

〔一〕據詩意，似爲正德元年末或二年在京任職户部時作。詩中「戴安道」，即東晉徵士戴逵。逵終身不仕，與琴書爲友，爲後世文人稱揚。

餘雪〔一〕

饑鳶側目過，餘雪且紛紛。風起惟催霧，天空故縱雲。回聲捎竹細，疊片壓枝分。憂國非吾事，占年亦自欣。

【箋】

〔一〕據前首，似作於正德初年冬任官户部時。末聯「占年」，即占卜以乞豐年之意。

春雪時帝在宣府①〔一〕

鴉鳴曉雨至，零亂忽成花。着地融難白，隨風弱易斜。色應疑燕雀，寒恐滯龍蛇。塞路今休擁，春風返翠華。

【校】

①詩題，弘德集作「春雪」。

【箋】

〔一〕宣府，今河北宣化一帶，爲明代「九邊」之一，地理位置頗爲重要，見内教場歌（卷八）箋。據史載，正德十三年初，明孝貞太皇太后卒，明武宗由宣府返京奔喪。該詩似寫於正德十二年（一五一七）春，時夢陽閒居大梁。

立春日雪〔一〕

獨有梁園雪〔二〕，風花賦裏寒。婆娑遇春日，醉起倚樓看。鳥動紛離樹，人來故上闌。相逢亟農事，誰暇問袁安？

【箋】

〔一〕疑此首與前詩同作於正德十二年，詩人時閒居大梁。

〔二〕梁園，在今河南商丘，或云在今開封東南。此處代指開封。

鸚鵡〔一〕

鸚鵡吾鄉物，何時來此方①？緑衣經雪短，紅觜歷年長。學語疑矜媚，垂頭知自傷。他年吾倘遂，歸爾隴山陽。

【校】

①此，弘德集作「異」。

【箋】

〔一〕秦隴盛産鸚鵡，杜甫乾元二年（七五九）作於秦州（今甘肅天水）之山寺詩曰：「野寺殘僧少，山園細路高。麝香眠石竹，鸚鵡啄金桃。」夢陽故家慶陽，此借鸚鵡寄託思鄉之情，似爲正德後期寓居開封時作。

詠部鶴〔一〕

寄跡含香舍，淹情嘉樹林。長鳴如有訴，狎俗到如今。不染風塵色，常存霄漢心。會應王子晉，接爾向嵩岑。

【箋】

〔一〕部鶴，即尚書省官署中所養鶴。詩似當作於弘治或正德初年任職户部時。下二首詠鶯、詠白兔亦同時作。

詠鶯

嫋嫋花絮亂，交交黄鳥歸。慇懃度碧葉，迴轉惜金衣。不向艶陽語，似傷儔侣稀。王孫多彈射，莫羡上林飛。

詠白兔

趯趯來何處，爰爰上玉堂。不因丹竈躍，那睹雪毛香。晝日行疑月，炎天卧有霜。異時歸搗藥，莫礙廣寒光。

雁〔一〕

旅館經花夕，哀鴻時一聞。孤鳴元趁侣，亂語欲驚群。漸起隨邊角，遥傳隔塞雲。更深何處落，斜月轉紛紛。

【箋】

〔一〕似爲弘治年間赴邊塞公幹時作。

銜雁〔一〕

可怪鄱湖雁，昏飛猶自群。乍翻還近舸，忽起盡隨雲。浦闊看疑①小，山長去不分。秖疑南下盡，猶阻北書聞。

【校】

①疑，弘德集、百家詩作「宜」。

【箋】

〔一〕據詩意，當作於正德七年前後在江西任官時。

白雁〔一〕

八月白雁至，中宵聞爾哀。亦知先伴起，無爲報霜來。月靜飛難見，雲深去不回。故園消息斷，愁病轉相催。

【箋】

〔一〕據詩意，疑作於正德八年前後任官江西時。

褱中見雁〔一〕

秋風群雁過，萬里順歸毛。摇落已如此，雲霄空自高。盈盈拂楚塞，冉冉影湖濤。定出邊烽裹，哀鳴嗟爾勞。

【箋】

〔一〕據前者，該詩作於正德九年秋。按，此年六月，夢陽解去江西提學副使之職，遂攜妻左氏由九江離開江西，乘船經武昌至襄陽，欲隱鹿門山，不果，於是歸大梁。此爲暫居襄陽時所作。

菊〔一〕

日麗秋霜白，天清野菊黄。亦知甘隱逸，偏得近壺觴。屢折元因醉，斜簪一任狂。乾坤傳舍耳，節賞莫思鄉。

【箋】

〔一〕據前首箋，該詩疑作於正德九年秋詩人與妻左氏暫居襄陽時。

菊時一種數本其一逾秋獨妍爰及至日黄華韡然當庭見者駭歎攜酒來賞余賦二詩紀之①〔一〕

節過諸芳盡，冬深爾獨妍。那知冰雪候，復敞菊花筵。蘂凍黄逾嫩，枝疏緑更鮮。試令彭澤見，應費掇英篇〔二〕。

其二

正色干嚴候，殊姿破暮寒。名均梅自妒，節晚竹同看。歲月陽回易，冰霜爾立難。無言載酒客，繾綣近闌干。

【校】

①詩題，弘德集作「菊時一種數本其一逾秋獨妍爰及至日華葉韡然群枯特出見者駭歎攜酒來賞余賦二詩蓋其花色黄有當庭中」，黄本、曹本無「紀之」二字。目録亦無「紀之」二字，據此補正。

【箋】

〔一〕據詩意，疑作於正德九年後詩人自江西罷官歸居開封時期。

〔二〕掇英篇，指陶淵明飲酒其七：「秋菊有佳色，裛露掇其英。」

菊遲〔一〕

吾家數叢菊，節近未含姿。種日人同早，開時爾較遲。編籬護密葉，繞砌嗅寒枝。切恐重陽至，無錢足酒巵。

【箋】

〔一〕據詩意，疑當作於正德九年（一五一四）後詩人自江西罷官歸居開封時。

丈菊和王左史①〔一〕

丈菊今朝得，低垂九尺闌。發遲冬已破，移早露猶團。食蘂②搴難及，憐芳仰屢觀。縱令他處有，争伴醴筵歡。

【校】

①詩題，弘德集作「丈菊今朝得和王左史十月八日」。②食蘂，弘德集、曹本作「飧蕊」。

【箋】

〔一〕王左史，即周王府左長史王春，見送王左史入覲（卷二十六）箋。該詩疑作於正德十五年左右詩人閒居開封時。

葡萄〔一〕

舊幹疏曾訝，新條密更垂。苑花深悄悄，風葉漫披披。馬乳秋同摘，龍鬚世豈知。相傳自西域，種雜至今疑。

【箋】

〔一〕按弘德集卷二十三收此詩，似當作於正德年間閒居開封時。次二首聞蟬、詠蟬同。

聞蟬

夏林疏過雨，秋意爾能知。響入雲俱迴，聲迴風故吹。抱貞惟隱葉，避害屢跳枝。多少垂楊裏，争吟日暮時。

詠蟬

孤清不自掩，浥露且風吟。漸送炎蒸月，那知獨苦心。傍齋棲樹穩，響葉度雲深。已信一枝足，何須上國林。

詠庭中菊〔一〕

亦隨群草出，能後百花榮。氣爲凌秋健，香緣飲露清。細開疑避世，獨立每含情。可道蓬蒿地，東籬萬代名。

【箋】

〔一〕嘉靖集收此詩，故詩當作於嘉靖元年（一五二二）至三年間，時作者閒居開封。次二首小燕、小雀等作時同。

小燕

小燕群騰壘，朝游夕每歸。踏枝摇復穩，疑路止還飛。日月銷黄口，風雲長黑衣。吾家廬室隘，好向玉樓依。

小雀

黄口青條上，翩翩索哺頻。解飛猶趁母，真性不疑人。列鼎肴葅待，空城彈射巡。野田禾黍遍，何處不宜身。

小鵲[一]

簷際翻翻鳥，將雛喈喈行。攪眠真懊惱，傳喜不分明。化印何年就，填河幾日平？徒然盛生息，群噪每能晴。

【箋】

〔一〕以上數首，據詩意，均作於嘉靖年間（九年之前）詩人閒居開封時。

五言排律

華嶽二十韻[一]

有嶽雄西土，三峰插渭川。省方朝白帝，分野障金天。逖矣威靈赫，遐哉秩望虔。百王開寶籙，七聖演瑶編。綺殿丹青列，文窗俎豆聯。風雲蒸大壑，日月避層巔。鷟舉天門闢，鰲呿地軸旋。巖巒莽翕沓，嶺嶂鬱緜翩。猿挂仙人掌，蘿飛玉女泉。霞雰夕的皪，錦繡曉相鮮。葛藟摇金壁，芝苓冒紫煙。石膏滲復結，鐘乳滴猶懸。右壓秦胡壯，南包漢鄧偏〔二〕。徒追散馬日，緬憶祖龍年。箭括通神户，雲臺秘妙筌。豈惟棲鳳侶，亦以遁鴻賢。方士騎茅狗，宫人採石蓮。褰帷瞻窈窕，拄笏悵攀緣。陰井邀雷馭，陽崖起雹鞭。聊遊凌絶頂〔三〕，不爲學神仙。

【箋】

〔一〕疑夢陽中進士後三次途經華山：一次是弘治八年（一四九五）三月，因母於二年前病卒，自開封歸葬慶陽。第二次是弘治十年夏，守制完畢，自慶陽至京。第三次是弘治十六年七月，奉命犒賞寧夏邊軍，自京城出發途經開封向西至寧夏。據詩意，疑此詩當作於第三次。

〔二〕漢鄧，即漢、鄧二地。漢，即漢口及漢水流域一帶。鄧，即鄧州，今河南鄧州，見南征（卷二十四）箋。

〔三〕「聊遊凌絶頂」，杜甫望嶽：「會當凌絶頂。」

新秋值雨十韻〔一〕

積雨塵營寡，端居羈思繁。火流驚暗换，鶴濕想孤騫〔二〕。鬱暑終收虐，新涼已破煩。覔詩謝朓閣，高枕右丞軒。檐溜衝花落，籬湍卷葉奔。隨龍動玉闕，辨馬失金門。亂案螢那聚，歐齋蛩已喧。造朝疏雨具，邀友阻吟尊。塞國柳應盡，上林花幾存。忽思禾在野，躑躅望朝暾。

【箋】

〔一〕據詩意，似當作於弘治末或正德初詩人任職户部時。

〔二〕「鶴濕想孤騫」，杜甫覽柏中丞兼子姪數人除官制詞：「推轂期孤騫。」

五月大雨省中八韻〔一〕

五月行秋令，新寒奪盛温。萋萋雲色暝，颯颯雨聲奔。啓户涼風進，臨溝驟浪喧。連山浮海氣，大陸走河源。已阻金門謁，疑將華屋翻。夜更燈燭坐，晝輟簿書煩。豁霽思長劍，歸棲憶故園。解誦愁霖作，泥中非遁言。

【箋】

〔一〕據詩意，似作於弘治十八年五月詩人任户部主事時。

紀變〔一〕

元年建申月，彗出掃寒芒。勢掩旁星布，光於中夜長。連斥竟大老，密奏合文昌。台以司空拆，星知上將亡。流通人事邇，仁愛帝心藏。忽憶臨崩詔，看天淚數行。

其二

太白今宵見，光芒何太明。經天復晝見，國難且胡兵。度影休銜闕，低空幸隱城。天高聽亦下，人勝運須更。避殿惟皇切，推輪遣將誠。羯奴行就縛，飛慰諒闇情。

【箋】

〔一〕據詩意，當作於弘治十八年夢陽任户部員外郎時。按，弘治十八年五月，孝宗卒，故詩中有「忽憶臨崩詔，看天淚數行」句。又，史載：「戊申，小王子犯宣府，總兵官張俊敗績。」（明史武宗本紀）詩題紀變所紀有二：一爲孝宗卒，二爲瓦剌犯宣府。

冬日靈濟宮十六韻〔一〕

貝闕崑崙外，浮生此路疑。蓬萊移禁①國，塵世出瑶池。蕞爾雙仙跡，飛騰後晉時。論功竟恍惚，讖兆且逶迤。慫慂精靈託，呼嘘霹靂隨。先皇親議號，繼聖必修辭。爵陟王侯上，尊同帝者師。龍襦分内錦，宮女凖昭儀。雨露宮城切，星辰天仗移。琳琅摇繡栱，松柏蔭丹墀。瓶内金花踴，龕前紫鳳垂。晴還日月秘，暝則鬼神悲。玉鼎推龍虎，瑶編述奼兒。漢惟欒大顯，秦竟羨門欺。五帝非無術，千齡今見誰？累朝盟誓册，玉櫝少人知。

【校】

①禁，列朝作「舊」。

【箋】

〔一〕靈濟宮，日下舊聞考卷四十四城市：「原宣城第，園在靈濟宮前，府第中園也。衆木參天，夾竹桃二大樹，層臺高館不下數十，張席者日無虚地。」又，「靈濟宮久廢，今土人呼靈清宮者，即其舊址，濟呼爲清，聲之轉也」。據詩意，似作於弘治末正德初作者任職户部時。

簡何舍人二十韻①〔一〕

黄扉通内閣，左順切文華。密勿君臣契，尊崇禮數加。詞頭存故事，國體與宣麻。奏絶銅函密，封非墨敕斜。四門欽舜闢，隻日鄙唐邪。乾斷人心協，風淳主德遐。萬方咸就日，六合迴爲家。司馬元牛走，卧龍曾兔罝。吹噓振羽翮，變化奮泥沙。邦計思劉晏，兵謀愧左車。分番春扣闥，捧牘晚歸衙。影拂垂城草，香攜出苑花。雠經違白虎，投筆困青蛇。每憶仙池鳳，私慚省樹鴉。拘羈那有適，追琢冀無瑕。不忍醒爲醉，胡由玉倚葭。聖朝巢父耳，荒里邵平瓜〔二〕。稔抱丘園欲，私祈紀運嘉。鳴文極燕許，熙載老姬牙。帝澤川歸海，浮雲莫蔽遮。

【校】

①詩題，弘德集作「候牘簡何舍人二十韻」。

【箋】

〔一〕何舍人，指何景明，字仲默，見送何舍人齎詔南紀諸鎮（卷二十）箋。按，弘治十七年（一五〇四），何景明升任中書舍人。次年五月，明孝宗去世，武宗繼位，景明奉哀詔使貴州、雲南。從「拘羈那有適，追琢冀無瑕」看，似指弘治十八年二月上孝宗疏坐劾壽寧侯逮詔獄事。該詩疑作於弘治十八年五月或稍後。

〔二〕邵平瓜，即東陵瓜。邵平，秦故東陵侯，秦亡後，爲布衣，種瓜長安城東青門外，瓜味甜美，時人謂之「東陵瓜」。見三輔黄圖卷一。後世因以「邵平瓜」美稱退官之人的瓜田。

少傅西涯相公六十壽詩三十八韻（二）

龍馬千年會，崧高萬古神。負圖曾翊聖，間氣又生申。穎拔元無敵，清修況絶倫。生來近日月，齠齔上星辰。懷橘休前輩，探鐶秪後身。早承金馬詔，竟冠玉堂賓。講幄時霑醉，宫坊數賜珍。文章班馬則，道術孟顔醇。絶藝邕斯上，高情頡籀鄰。一揮驚霹靂，隻字破風塵。絢練王侯宅，蒼茫海嶽濱。幽劖光汤窟，巨榜照嶙峋。星燦將軍碣，雲垂學士珉。崖題半吴楚，墨刻遍齊秦。振鷺天衢麗，登龍野服臻。諸生彌濟濟，夫子益循循。江漢誰堪濯，桃梅自有春。空傳馬融帳，真慕介休巾。憶昔逢先廟，援公輔大鈞。至人虚密勿，君子以經綸。商鼎調和切，虞廷吁咈頻。八方生氣象，萬物荷陶甄。日宴離黄閣，雞鳴侍紫宸。羹分紫駝背，袍錫錦麒麟。顧命留元弼，今皇禮舊臣。屹然匡社稷，公論在朝紳。鶚首星躔徙，龍飛歲序新。風雲回甲子，天地慶兹辰。却老形如鶴，憂時鬢若銀。含悽麾賀客，雅志爲烝民。愚也蓬蒿士，蕭條塞鄙人。猥蒙嘘弱羽，從此躍塗鱗。原憲終多病，彭宣晚見親。臨洋徒歎惋，學步轉邅迍。寶繪開蓬島，清歌頌大椿。微涓寧溢海，撮土詎增岷。古意同如此，中懷托具陳。願爲金石檝，永永濟迷津。

【箋】

〔一〕少傅西涯相公，指李東陽，字賓之，號西涯，祖籍茶陵（今屬湖南）人。天順八年（一四六四）進士，成化時授編修，以禮部左侍郎兼文淵閣大學士，入内閣。至正德時，累官至吏部尚書兼華蓋殿大學士。著有懷麓堂集一百卷，明史卷一百八十一有傳。據法式善李文正公年譜：正德元年（一五〇六）六月九日，爲李東陽六十壽辰。又明史宰輔年表：弘治十八年（一五〇五）五月，武宗繼位。七月，李東陽加少傅兼太子太傅。是該詩當寫於正德元年六月，時夢陽任户部郎中。李東陽爲夢陽座師，故爲其作詩祝壽。

在獄聞余師楊公誣逮獲釋踴躍成詠十韻〔一〕

六苑中丞府，三邊大將旗〔二〕。先皇親授鉞，報主獨搴帷。朔漠威名壯，風霜鬢髮衰。功高元避賞，道大不容時。丞史輕周勃，朝廷重子儀。未論遭鵩鳥，先已縱塗龜。北固潛夫早，東山起謝遲。蛟龍没海闊，日月倒江垂。杖屨金山寺，文章鐵甕碑。終頒陸贄詔，四海漸瘡痍。

【箋】

〔一〕楊公，指楊一清，字應寧，號邃庵、石淙，夢陽之老師。祖籍雲南安寧，寄籍丹徒（今屬江蘇），寓居京口(今江蘇鎮江)。成化八年(一四七二)進士,歷官陝西提學副使、陝西巡撫兼三邊總制,户部、吏部、兵部尚書,曾以大學士兩度入内閣,後以左柱國、華蓋殿大學士致仕。著有關中奏議、石淙類稿、石淙詩鈔等,明史卷一百九十八有傳。據明通鑑卷四十一:夢陽在正德元年(一五〇六)因代户部尚書韓文草擬劾宦官劉瑾等人之疏稿,於次年降爲山西布政司經歷,勒致仕,歸家潛跡。正德三年春,劉瑾又藉此事矯旨將夢陽械繫至京,下詔獄。國榷卷四十六載:楊一清於正德二年致仕。卷四十七又載:正德三年四月丁丑,楊被誣以「築邊太費」遭捕,由於王鏊、李東陽竭力申救,得釋,放歸。故該詩當寫於正德三年(一五〇八)夢陽繫獄之時。

〔三〕三邊,明時指延綏、甘肅、寧夏三地區。明史憲宗紀一:「(成化十年正月)癸卯,王越總制延綏、甘肅、寧夏三邊,駐固原。」楊一清於正德元年始任陝西巡撫兼三邊總制。明史楊一清傳載:「武宗初立,寇數萬騎抵固原,總兵曹雄軍隔絶不相聞。一清帥輕騎自平涼晝夜行,抵雄軍爲之節度,多張疑兵脅寇,寇移犯隆德。一清夜發火礮,響應山谷間。寇疑大兵至,遁出塞。一清以延綏、寧夏、甘肅有警不相援,患無所統攝,請遣大臣兼領之。大夏請即命一清總制三鎮軍務。」

赦出館李真人別業顧侍講清暨汪編修俊俊弟編修偉許枉訪不至十韻〔一〕

開業傍仙宮,逶迤金闕通。彩雲偏近日,瑶草静含風。野性躭沉寂,攜遊想數公。秋林葉自落，露井果猶紅。摇筆憐清景，吹簫望碧空。寒山萬井外，滄海五陵東。却笑籠鵝侶，翻成失馬翁。生涯真畫餅，故舊各飛蓬。對食懷金馬，開筵列玉童。不知東閣士，清論幾時同？

【箋】

〔一〕據詩題，似作於正德三年（一五〇八）八月詩人自錦衣衛獄放出之時。按，夢陽述征集後記（卷四十八）云：「余以正德三年五月十七日縶而北行，至秋八月八日乃赦之出云。」詩題中顧侍講清、汪編修俊、俊弟編修偉，即顧清、汪俊、汪偉三人。李真人，不詳，當爲京城某觀道士。

赦歸冬日宴劉氏園莊十四韻〔一〕

脱難旋疆①里，行歌入宋中。陰陽雙轉轂，天地一飛蓬〔二〕。憶昨遭拘縶，悲傷途路窮。鄒生猶雨雹，列子竟乘風。歸作墟中叟，來從河上公。壺觴聊假日，村塢坐書空。卜築劉園麗，芳菲漢苑通。冬亭饒霧露，陽井下霜虹。候煖冰桃熟，林空晚柿紅。玉芝穿曲檻，青篠蔽虚櫳。樂極悲心發，時違感慨雄。古人隨蔓草，吾道付冥鴻。去魯情難忍，遊梁跡豈同。重思竊符子，攬涙宋門東。

【校】

①疆，原作「彊」，據黄本、四庫本改。

【箋】

〔一〕據詩題，作於正德三年八月詩人自詔獄放出，冬歸大梁之後。劉氏園莊，不詳，或爲故尚書劉忠家莊園。劉忠，見顧侯寄陳留公砥柱障子並詩予爲作歌（卷二十一）箋。

〔二〕「天地一飛蓬」，杜甫旅夜書懷：「天地一沙鷗。」

冬至劉氏園莊十韻〔一〕

曖曖寒城曙，緜緜野徑紆。初陽升古戍，白露静園蕪。款客琴尊並，開堂松樹孤。登高望雲物，極目散江湖。孟澤虵龍伏〔二〕，芒碭雁鵞呼〔三〕。行藏虞氏傳，勛業阮生途。且盡留連飲，休嗟序運徂。群蟲迎節動，百卉待春蘇。日月悲羈旅，乾坤識故吾。寄言招隱者，斯地有潛夫。

【箋】

〔一〕詩當作於正德三年冬至日。時詩人已自京歸大梁。劉氏園莊，詳前注。

〔二〕孟澤，古澤藪名，即孟諸澤，見繁臺書院同邊子三首（卷二十五）箋。

〔三〕芒碭，地名，見送蔡帥備真州（卷十一）箋。

冬野觀射三十四韻 繁臺一名講武臺。①〔一〕

雲驥橋邊路，繁臺寺畔亭。登臨壯古昔，時序歎沉冥。乍見芳草歇，那堪霜霰零。冬殘柏自秀，春逼柳先青。叨有衣冠會，能教酒盞停。狂將賓作主，興與醉爲醒。講武仍存記，威弧合準經。鴇違遵取觶，貆獲放懸庭。矢勁風推疾，弦開月避形。奔貍失故窟，矯鶴墜生翎。疊發無單中，虚歸必染腥。叔才羞縱送，蒲弋愧娉婷。末德矜先捷，高賢哂一丁。雖非尚力藝，亦異養心靈。改服遊荒寺，攜壺扣寂扃。雪光摇凍薄，冷鳥下昏汀。宿鴿争巖坎，鳴鐘出石櫺。哀因樂乃發，慮以道爲寧。憶昔遊梁始，伊余實孺齡。探鐶遊汴館，懷橘向王庭②。十五飛觚翰，冠年志典刑。彎弓獵草澤，走馬向林坰。頗類沙頭雁，還慚水上萍。謬隨朝日月，過舉犯雷霆。擯斥傷垂鴇，棲遲學聚螢。無論顔灼灼，已睹③髮星星。巖眺殘雙屩，川游寄一舲。烟霜日慘慘，河漢夜泠泠。感舊聊今詠，勞歌啓後聽。世情真箭括，吾意竟雲軿。嗜武非良節，摛文豈至馨。緬思羨門子，永慕令威丁。海帝金銀闕，江妃碧玉瓶。終當别兹土，長嘯入滄溟。

【校】

①詩題，弘德集作「冬日野集觀射三十四韻」。②庭，弘德集、曹本作「廷」。③睹，弘德集、曹本作「是」。

【箋】

〔一〕據詩意，似作於正德四年冬詩人閒居開封時。明史李夢陽傳：「夢陽既家居，益跅弛負氣，治園池，招賓客，日縱俠少射獵繁臺、晉丘間，自號空同子，名震海内。」當爲此詩注脚。

六月豫章城角樓宴集二十六韻〔一〕

逃暑宜高會，登城復此樓。開窗萬里盡，近檻一江流。城①勢銜天闊，山形抱郭幽。登臨出百越，指顧見東甌。暇日群公集，飛軒六月秋。管弦邀落景，觴斝散清眸。俯嶝雲偏擾，迷波地欲浮。時花紛浦溆，昏鳥識林丘。忽在三辰上，真超萬象遊。寰區憐溷濁，車馬鬱喧啾。解帶烹炰飫，揮毫藻麗酬。微風閒白羽，岸幘送沙鷗。自昔觀中宇，洪都實上游。匡廬巍崪嵂②〔二〕，彭蠡浩瀸瀸〔三〕。節鉞唐開府，春秋楚大州。文章滕閣最，風節穉亭優。下榻塵埃滿，鳴鑾樂事收。濤聲還粉堞，草色自芳洲。已有興亡感，兼懷盜賊憂。

羽書諸道急，節制大臣留。立見鯨鯢戮，私防玉石仇。干戈沉戰艦，風浪羨歸舟。河嶽縈三晉，秦關啓二周。凭闌慚後食，彈劍想前修。解組陶公性，思鄉王粲愁。獨嗤非燕頷，猶自説封侯。

【校】

①城，弘德集、黄本、曹本作「域」。　②崒嵂，弘德集、黄本、曹本作「崒崒」。

【箋】

〔一〕豫章，即南昌。據詩意，當作於正德七年（一五一二）六月，時作者任江西提學副使。

〔二〕匡廬，即廬山，見寄兒賦（卷一）箋。

〔三〕彭蠡，即今鄱陽湖。見泛彭蠡賦（卷二）箋。

鄱陽湖十六韻〔一〕

太祖平陳日，樓船下此湖。波濤留壯色，天地見雄圖。水上開黄屋，雲中下赤烏。士猶詢後載，戈已倒前徒。力屈鯨鯢仆，聲回雁鶩呼。横江收玉筍，跨海定金符。文軌遥通楚，梯航訖至吴。虎賁雖莫敵，龍戰豈全辜。血染猶丹草，骨沉空白蕪。汀洲夜寂寂，霜月鬼鳴鳴。殺氣黿鼉徙，腥風島嶼孤。晉人拾古鏃，艇客慨秋菰。偉彼高光烈，還將蕭鄧須。英謀協睿筭，勇奮想長驅。劍瘞神仍王，舟焚勢與徂。康山巍廟在，忠武激頑夫。

【箋】

〔一〕據詩意，似作於正德六年（一五一一）秋夢陽初任江西提學副使視學九江時。

【評】

皇明詩選卷九：李舒章曰：結語鎮重。

錢謙益列朝詩集丙集：人謂此詩鄭重大篇，可配少陵昭陵二章，不知於聖祖平江漢大業，了無發揮，徒以長語支綴，取其雄渾感激之似而已。蓋其學問不過綢繪詞章，無工部胸中一部「詩史」作大本領也。空同詩援據故實每多乖誤，如雁門太守行云：「旁問太守何所之，去訪城南皇甫規。」本詞皆頌美太守，安得以皇甫規食雁語嘲之？梁簡文云：「非關買雁肉，徒勞皇甫規。」似不應如此使事也。汴中元宵云：「空中騎吹名王過，散落天聲滿汴州。」誤以虜之名王爲諸王也。憶昔絶句：「已巳蒙塵數郭登，馳驅國難有楊弘。」已巳有楊洪，那有楊弘？移人之名以就韻，恐未可也。諸如此類，舛誤弘多，聊舉一二，質之通人，庶後人不爲目學所誤耳。

哭徐博士二十韻〔一〕

乾坤風色暮，江漢哭斯人。棘寺翻飛日，文園久病身。數奇官竟左，材大命須貧。放浪原違癖，羈淹秖爲親。赤城終羽節，璧水暫儒紳。鵰鶚偏垂翮，鯨鯢不縱鱗〔二〕。回殂豈道薄，屈憤轉時屯。藥石魂能返，龍蛇讖亦真。楚狂嗟鳳鳥，魯叟泣麒麟。邂逅京華始，風雲氣象新。簉鵷陪玉筍，倚馬接華裀。宅燕南陽月，花吟東郭春。回頭成宿昔，開眼漸風塵。妻子今誰託，文章後益振。王喬跨雁鵠，傅説化星辰。松柏丘墳崛，灰沙劍舄陳。閶門寒擊甕，吴水痛沉珍。宿草扁舟阻，生芻絮酒伸。碑非蔡邕愧，誄豈仲宣倫。獨把延陵劍，吞聲淚滿巾。

【箋】

〔一〕徐博士，即徐禎卿，因曾任國子監博士，故稱。亦夢陽好友，見贈徐禎卿（卷十一）箋。據王守仁徐昌穀墓誌銘：禎卿卒於正德六年三月。故該詩當作於此時，夢陽正閒居大梁。夢陽徐迪功集序（卷五十二）曰：「初，迪功亡京師也，予在梁，子容訃予曰：『昌穀遺言，子序其遺文。』於是手其文，歔欷久之，……」子容，即徐縉。生平見贈徐陸二子（卷十一）箋。該詩爲悼念徐禎卿之作。

〔二〕「鯨鯢不縱鱗」，杜甫奉贈韋左丞丈二十二韻：「蹭蹬無縱鱗。」

南浦驛見官押送韃靼詣桂林①〔一〕

款壘因王化，投荒荷主恩。官爲供廩餼，詔許挈兒孫。瘴雨凋胡服，蠻鄉引塞魂。分明共日月，耐可異乾坤。慘澹顔容變，軒昂故性存。彎弓望五嶺，似欲遂平吞。

【校】

①目録原題作「南浦驛見官押送來降韃靼詣桂林」，弘德集、曹本同，據正文改。四庫本作「南浦驛」，似爲避諱删改。

【箋】

〔一〕南浦驛，似在南浦附近。南浦，位於江西南昌西南，章江至此分流，見豫章篇（卷五）箋。韃靼，北方部族，由蒙古、契丹等人組成。該詩當作於正德七年前後作者任官江西時。

貢院雨夕柬僉僚内江李君十四韻〔一〕

鎖院春霖積，分司湖水遥。萋萋灑書閣，藹藹度空寮。葉洗臨軒翠，花含向客嬌。扣簾時攬食，翻卷夜焚膏。竟誤朱衣點，那防白鼠跳。蛟龍雲雨會，牝牡驥群挑。忽有同宗念，爰申獨處謡。涕流真慕賈，兵論每凌晁。意氣陳雷許，時名李杜超。暫違萌鄙吝，相憶减丰標。草徑青迷馬，楊津緑漫橋。樓臺迴暝色，江海劇風潮。恒切毛錐歎，常懸寶劍招。

橫鱗詎池沼，鵰鶚快雲霄。

【箋】

〔一〕據詩意，似作於正德七年（一五一二）前後作者任官江西時。僉僚，僉都御史屬官。内江李君，或即李充嗣，見正月二日臺卿李監察毛公袁公枉駕而顧毛歸有作輒次其韻二首（卷三十一）箋。

龍沙遇毛君武亭再餞〔一〕

羈鴻常慕侶，谷鳥友先求。不盡龍宫興，翻成虎帳遊。夏深濃岸柳，雨減出蘆洲。棹艤北沙穩，山迎西户幽。江湖半落照，風水獨離憂。舊部群公薦，新符百粤州。天浮洞庭闊，海盡日南流。白首今遥别，金尊莫惓留。

【箋】

〔一〕龍沙，又名龍岡，在今江西南昌城北，見贈姚員外（卷十二）箋。毛君，不詳。夢陽有潯陽寄毛君湖口（卷二十），當即其人。據詩意，當作於正德九年夢陽即將離别江西時。

秋日訪王生山中因與攜酒躡嶠探蠻王洞覯古刻遂逾嶺造峴石而飲二十二韻〔一〕

舊見今相聚，新秋爾一過。我尋龐氏鹿，本美右軍鵝。草木疏孤峴，霜風落漢波。紆徐習池轉〔二〕，巉峭寺林多。道器沉冥蘊，天倪吐吸和。違群甘衆吻，守一賴神訶。貧擬懸鶉憲，廉持訓蚓軻。甲櫜巍世業，章甫發賢科。獻策賁偏斥，逃名籍每酡。巨魚行縱壑，隻鳳且遊阿。嫋嫋交簷桂，菁菁被隰莪。柴門伴老衲，蕪徑謝鳴珂。園賁幽人吉，谿盤碩士薖。卜鄰王翰欲〔三〕，懷里仲宣頗。去就堪余哂，生涯奈路何。昔人竟誰在，吾道合狂歌。逞醉探雲嶠，逾巔憩石窩。洞昏剥字蘚，巖裊掛巾蘿。一水寒明練，千峰暮集螺。笑疑搖地軸，手可拂天河。窈窕奔山鬼，光華掩珮娥。預防羲馭速，取辦魯陽戈。

【箋】

〔一〕王生，不詳。正德九年（一五一四）春，夢陽解去江西提學副使之職，同年六月，攜夫人自九江乘船至武昌，又溯漢水至襄陽，欲隱居鹿門山，然大雨連日，不果，九月即歸大梁。該詩當作於襄陽峴山。

〔二〕習池，一名習家池，或高陽池。在湖北襄樊峴山南。見襄陽篇奉寄同知李公（卷十二）箋。

〔三〕「卜鄰王翰欲」，杜甫奉贈韋左丞丈二十二韻：「王翰願爲鄰。」

寄陸子深二十四韻①〔一〕

爲復淹邦邑，旋仍寄海城。一看東泖月，幾喚北江鶯。地濕身曾健，潮喧寐果驚。烏情終急哺，驥子竟何成。踽踽形將影，滄滄弟憶兄。累朝誰直筆，四海獨蒼生。前漢留班史，雲間挺陸衡。餐揮巨口鱠，卧聽九皋鳴。方朔元金馬，長門足長卿。文章會琬琰，舉動必鏗鎗。夜有青藜引，晨趨華蓋行。數甎楓禁切，視草藥階清。夙昔鄱陽使，伊余擁幰征。雲霾負隅②虎，風涌駭波鯨。黯黷川原血，轟豗玉石傾。衣冠函竄突，戟劍戛摩争。即幸緘書達，猶慚虚左迎。扶摇冀奮翼，騕褭忽垂纓。混沌玄黄戰，陰沉日月精。眉山亦按獄〔二〕，谷口合歸耕〔三〕。早見羞張摯，交譏似屈平。竟陳徒憤鬱，高義秪拘儜。茫渤任公釣，緱岑子晉笙。吾衰尚餘此，長嘯舞霓旌。

【校】

①詩題，弘德集作「寄陸編修深二十四韻」；「深」，曹本、李本作「淵」。②隅，黄本、曹本、李本均

作「嵎」。

【箋】

〔一〕陸子深，即陸深，字子淵，上海人，弘治十八年（一五〇五）進士，選庶吉士，授編修。歷國子司業、山西提學副使、四川左布政使。嘉靖十六年（一五三七）爲太常卿兼侍讀學士，後任詹事府詹事，致仕，卒謚文裕。陸深擅書法，工文章，著有儼山集。明史卷二百八十六有傳。從弘德集詩題看，該詩似寫於弘治十八年陸深任編修時，夢陽亦在户部任官。

〔二〕眉山，今四川眉山，即古之眉州，宋改通義縣爲眉山縣。此代指蘇軾。

〔三〕谷口，在今陝西淳化西北，見送人還關中（卷二十）箋，此代指東漢人鄭樸（字子真）。唐張喬七松亭詩：「已比子真耕谷口，豈同陶令卧江邊。」

送陳憲使淮上兵備〔一〕

世徑轉蓬勤，清秋袂一分。攬綏霜日肅，前路鼓笳聞。誅卯元兼武，出師非乏文。渤光摇組練，淮色變風雲。陣偃龍蛇互，威行虎豹群。檄須陳記室，客有孟參軍。校獵歸常月，投壺醉每曛。椎牛將士飽，賣劍婦男耘。河伯黄樓壓，芒碭赤氣殷〔二〕。徐人信慓悍，楚壤鬱氤氲。諸盜山東起，長驅宇内焚。斯邦實兀兀，朝論日紛紛。挽漕初疑阻，提兵竟策勛。瘡痍鑒不遠，喉脇仗須君。鶚擊豺狼伏，春敷草木薰。異時功業地，壖海接江濆。

【箋】

〔一〕憲府，爲御史臺的别稱，唐以後御史臺或都察院的官員，奉旨監察或在外巡視，均稱「憲使」。陳憲使，不詳。弘德集卷二十五收録此詩，又據詩意，疑作於正德五年前後詩人閒居開封時。

〔二〕芒碭，見送蔡帥備真州（卷十一）箋。

寄贈佘子〔一〕

佘子去吾久，行藏今若何？黄山住實近，白髮爾應多。身以煙霞癖，心通日月和。龜蒙元倚釣，康節竟成窩。林壑潛虬日，江湖放鷁過。鄉人欽杖屨，世路笑風波。初度臨蓂菊，高筵敞薜蘿。橘陳屈子頌，鶴擬李生歌。日落峰回色，雲香客半酡。壽杯思欲把，惆悵隔三河。

【箋】

〔一〕佘子，指佘育，字養浩，號鄰菊居士、潛虬山人，歙縣人。見佘園夏集贈鮑氏（卷十六）箋。夢陽有對菊懷鄰菊子三首（卷三十五），自注「己巳年」，指正德四年（一五〇九），鄰菊子，指佘育。

該詩疑亦作於此時。詩中有「初度臨萸菊，高筵敞薜蘿」句，初度，即生日。夢陽生於成化八年（一四七二）臘月，則詩似作於正德四年臘月，時作者閒居大梁家中，時年三十七。

雨宴封丘别第①〔一〕

飛蓋凌晨集，行宫映雨開。天爲歌鼓動，霧拂舞筵迴。賓客梁王盛，山河故國哀。長沙悲舊傅，屠市隱真才。憶昔兒童聚，惟今老大催。達人元曠逸，萬物且形骸。樂混寒聲沸，尊添暝色來。斜風霑綺席，疏點灑金杯。雜遝龍仙互，先争虎豹摧。轉眸升旭日，覆手下秋雷。尚有歡娱歉，須防禮法猜。門衢汩泥淖，莫遣引燈回。

【校】

①詩題，弘德集作「中秋後四日雨宴封丘别第」。

【箋】

〔一〕封丘，西漢置，屬陳留郡，治所即今河南封丘，唐屬汴州。五代梁屬開封府，元屬汴梁路，明屬開封府。據弘德集詩題，疑作於正德四年中秋後四日，時詩人閒居開封。

黄君五十六歲始舉一子是年余亦有次郎黄冬官也厥父尚書余故得侈其家世〔一〕

異骨成何晚，真毛產固殊。雲移丹穴種〔二〕，霧滃渥洼駒〔三〕。驀墮懷中月，俄横掌上珠。試啼存大鑑，摩頂協玄符。彌月翻身健，期年認父呼。聿曾提俎豆，詎但識之無。鄉里論前輩，尚書挺後模。終於金石貫，貽厥鬼神扶。冠玉元諸子，含香矧丈夫。急流棄軒冕，長嘯即江湖。人每占瞿後，天應福趙孤。外家邠老裔，晚景①樂天雛。瑞擬連胎蚌，賢期返哺烏。星辰追履上，詩禮紹庭趨。抱子誰非足，憂時爾實迂。向來顛種種，今始覺于于。失路均浮梗，爲鄰獨守株。弄璋亦偶爾，獻璞欲何須。漫俟兒童長，虚愁日月驅。龍豬吾暇較，天地幾桑榆②。

【校】

①晚景，弘德集作「老境」，黄本、曹本作「晚境」。　②弘德集此處有小注：「白樂天五十後始有子。」

【箋】

〔一〕黄君，即黄彬，尚書黄紱之子，見蒸熱三子過我東莊（卷十）及尚書黄公傳（卷五十八）箋。詩題中「余亦有次郎」句，據李空同先生年表，似指夢陽繼室宋氏生子李楚，時間爲正德十三年。左氏似僅生一子李枝，宋氏生有三子一女。該詩當作於此時，自江西罷歸後正閒居開封。

〔二〕丹穴，傳説中山名。山海經南山經：「丹穴之山，……有鳥焉，其狀如雞，五采而文，名曰鳳皇。」漢張衡東京賦：「鳴女牀之鸞鳥，舞丹穴之鳳皇。」唐陳子昂鴛鴦篇：「鳳凰起丹穴，獨向梧桐枝。」後以「丹穴」爲鳳凰的代稱。

〔三〕渥洼，古河名，在今甘肅安西境内，傳説爲産神馬的地方，見秋懷八首（卷二十九）箋。

秋日城東陂餞汪三①

聚首仍何處，分襟復此陂。衣冠屯緑溆，笳鼓截清漪。自爾爲三益，伊余畏四知。周交醇穊飲，車坐衆賓嬉。歎息今遲暮，那堪古别離。池臺杜甫遍，舟檝謝安移。棹撥天疑破，窗旋岸欲隨。涼風下菡萏，人語避鳧鷖。暫輟蒹葭唱，真生霜露悲。但看眼前事，能負手中巵。歙邑誰黄髮，汪門汝白眉。少遊梁孝苑，老動季鷹思〔二〕。杳杳憐江海，悠悠悵路岐。餘霞散錦繡，落日涌琉璃。雲物秋元異，歡娱夜更追。寒螿依斷梗，微月隱疏籬。逸氣衰猶壯，晱心醉不知②。淚深南浦草，愁重北梅枝。飲罷還持袂，潮平是去時。相尋有遥夢，應繞碧湖湄。

【校】

①詩題，弘德集作「秋日城東陂餞汪三廿韻」。②知，弘德集、黄本、曹本作「支」。

【箋】

〔一〕城東陂，即東陂，開封城東邊的湖。賈道成墓志銘（卷四十六）云：「正德戊寅九日，李子、賈生共汎城隅之陂。」作於正德十三年重陽節。又，辛巳九日田子要東陂之遊雨弗克赴一首（卷三十二），作於正德十六年重陽節。汪三，不詳，當爲寓居開封之歙商，與夢陽有交遊。夢陽有贈汪時嵩序（卷五十六），或即其族人。

〔二〕梁孝苑，即梁苑。季鷹，即東晉張翰，任齊王大司馬東曹掾，因念吴中菰菜、蓴羹、鱸魚膾而歸隱，事見晉書張翰傳。

雪臺子家見杏花〔一〕

九陌春風起〔二〕，居庭一見花。偶來吾下馬，先有客停車。猶是輕寒日，那禁爛熳霞。覓詩巡獨樹，汎酒摘高葩。色故流衣袂，香能染帽紗。眼中俱是幻，身外豈須嗟。冷暖隨人事，行藏付物華。明朝約重賞，莫遺落塵沙。

【箋】

〔一〕雪臺子，即劉節，字介夫，號梅國，更號雪臺。正德十二年起，劉節任河南布政司右參政，嘉靖初年轉左參政，見七夕雪臺子過東莊（卷二十七）箋。又，夢陽有新買東莊賓友攜酒往看十絶句（卷三十六），詩作於嘉靖元年（一五二二），其五有云：「今春自買城東園，暇即郊行不憚煩。」故該詩疑亦作於嘉靖元年春。

〔二〕「九陌春風起」，杜甫李監宅二首之二：「華館春風起。」

贈王秋官二十四韻〔一〕

紫氣開三極，皇風穆四陲。嶕嶢金虎地，瀟灑白雲司。束拔才賢入，飛騰位望推。呂條元慎罰，虞典固先疑。聿自刑書鑄，相沿律令垂。歷朝徒異議，聖代實宏規。域皡麒麟至，囹空狴犴離。群居搜簡帙，高揖講黄羲。眷此驊騮種，曾於汗血知。鯉庭真獨授，雁塔果爭馳。爾在通家子，余慚私淑師。稿驚文考賦，智讓孝娥碑。道路分雙旆，江湖把一麾。閣清霜並肅，車動雨偏隨。禮樂徵王粲，聲名采杜詩。大龜終納錫，威鳳合來儀。振珮游香署，峨冠侍玉墀。臯陶淑問日，季路片言時。汝遂青雲致，吾寬白髮悲。仕途迂謬逐，丘壑太平宜。但看陰陽轉，寧論桑海移。雪溪王子棹，竹墅謝安棋。顯晦誰能料，流行每若斯。寄言諸彥碩，努力赴前期。

【箋】

〔一〕秋官，刑部官員。王秋官，不詳。按，弘德集卷二十五録此詩，疑作於正德後期閒居開封時。

贈復齋子二十韻〔一〕

豈謂懸弧日，今逢獻襪辰。丁亥十一月十九日冬至。梅樽初介壽，葭管暗浮春。王國多賢者，朝廷是聖人。八荒元皡皡，七世益振振。北斗天元氣，南陽帝近親。方城鬱律律，江漢白粼粼。憶昔生申甫，崧高實降神。一陽消長意，七日往來因。刻志躭經史，忘形下縉紳。座無絶纓客，門有曳裾賓。楚醴朝朝設，梁園事事新。心於業遂廣，性以學而淳。禮樂河間並，文章子建鄰。八公傳訣日，三老述年晨。瑞霧濛朱閣，香塵擁畫輪。筵開金玳瑁，煙裊玉麒麟。避地淹叢桂，停雲詠大椿。力耕知稼寶，苦節愧儒珍。欲振扶摇翮，其如潦倒身。吕嵇千里駕，終擬託雷陳〔二〕。

【箋】

〔一〕復齋子，不詳。據萬曆丹徒縣志卷三：錢實，字文善，號復齋，擅詩，精書法，醫術高明，有運氣説、復齋集，或即此人。嘉靖八年夢陽赴京口治病，錢實即爲其療治。據詩中小注，丁亥指嘉靖六年（一五二七），時夢陽閒居大梁。

〔三〕此聯中，吕嵇，即西晉吕安、嵇康，雷陳，即東漢雷義與陳重。二人友情深厚，事見後漢書雷義傳。

陶行人宅贈〔一〕

大道僧門對，蕭然陶舍深。未論五楊柳，真懸一素琴。坐向霜烟夕，時聞鴻雁音。城笳流海思，邊月起秋陰。苦勸蒙騰醉，應懷長别心。但看得雲翼，冥冥誰竟尋？

【箋】

〔一〕陶行人，或即陶驥。行人，掌傳旨、册封、撫諭等事。按，夢陽有九子詠陶行人良伯詩（卷十二），明俞汝楫禮部志稿卷四十三載：陶驥良伯，直隸華亭人，乙丑進士，正德七年任禮部員外郎。此詩疑作於正德初年。

漢上遇鍾參政〔一〕

長安一爲別，十載但書傳。我自河南至，君來自沔川。偶逢知萬事，重會是何年？館静風依馬，江鳴雨濯船。情多看轉默，酒後惜分眠。明發孤帆疾，愁經大别邊。

【箋】

〔一〕漢上，即漢江上，似在漢口附近。鍾參政，或即鍾湘，見豫章遇鍾子送贈（卷二十）箋。據詩意，疑作於正德六年夏赴江西途中。

登盤山頂顧望三湖①〔一〕

爲訪三湖寺，春山獨自來。千盤不到頂，萬壑劃争迴。石罅鳴鷄犬，林風過虎豺。俯觀侯趙樹，西望白雲臺。峰日明寒雪，谿泉激暗雷。若非武陵口，那得有桃開。

【校】

①詩題，弘德集作「登盤山絶頂顧望三湖而作」，且有小注「侯趙川名」四字。

【箋】

〔二〕三湖，或即北湖、中湖、南湖，在輝縣蘇門山下。清一統志卷一百五十八衛輝府：「南湖寺，在輝縣西北七十里，元至正初建，其北爲中湖寺，唐建。又北爲北湖寺，元建。」按，夢陽遊輝縣雜記（卷四十八）曰：「予當正德戊辰，值春仲之交，而遊於輝縣。於是覽蘇門之山，降觀於衛源，乃登盤山，至侯趙之川，遂覽於三湖，返焉。」戊辰，爲正德三年，該詩疑當作於此時。

李夢陽集校箋卷二十九　七言律一

大禮

赴郊觀宿〔一〕

城邊水色浄春茅，苑外鶯啼拂露梢。萬户煙花臨複道，九天宫殿鎖南郊。霓旌夜發清溪繞〔二〕，彩仗晨飛碧樹交。身到鈞天渾不解，坐聞仙樂下雲旓。

【箋】

〔一〕據詩意，當作於弘治末年詩人任户部員外郎時。

〔二〕「霓旌夜發清溪繞」，李白峨眉山月歌：「夜發清溪向三峽。」

【評】

皇明詩選卷十：李舒章曰：「交」字穩秀。

曉詣西壇候駕〔一〕

萬宇沉沉曉漏催，九關魚鑰遲明開。闐闐鼓角空中起，片片爐煙霧裏來。氣結龍文隨御幄，風傳虎旅發仙臺。叨從百辟觀周典，不向秋風數漢才。

【箋】

〔一〕西壇，不詳，或即北京先農壇，因在故宫之西，故稱。是明清兩代天子攜群臣祭祀先農諸神及「祈谷」之地。下一首西壇候駕即事有「先農大纛兩相望」之句。據詩意，當作於弘治末年詩人任户部員外郎時。

西壇候駕即事〔一〕

太歲宫高接禁牆，先農大纛兩相望。陰陰背日朱旗閃〔二〕，黯黯參天翠柏長。别殿爐煙清幄次，虚壇草色浄琴張〔三〕。祠官指點躬耕地，田畯行瞻衮鉞光。

【箋】

〔一〕據詩意，當作於弘治末年詩人任官户部時。

〔二〕「陰陰背日朱旗閃」，杜甫諸將五首其一：「曾閃朱旗北斗殷。」
〔三〕「虚壇草色浄琴張」，杜甫夜宴左氏莊：「衣露浄琴張。」

扈從耕籍〔一〕

天行近野團龍蓋，萬姓環門識衮袍。竟畝難寛卿相力，藉耕無乃聖躬勞。侵壇碧草茸茸起，去殿紅雲冉冉高。已忝賜筵思報述，即陳潘賦愧詞曹。

【箋】

〔一〕按明史武宗紀：正德元年二月「乙丑，耕耤田」。據詩意，當作於正德元年二月詩人任官户部郎中時。

桂殿〔一〕

桂殿芝房曙色通，垂垂苑柳緑煙中。桑乾斜映千門月，碣石長吹萬里風。已有金吾嚴御陌，遥傳玉輅下齋宫。侍臣鵠立松陰裏，時倚紅雲望碧空。

【箋】

〔一〕桂殿，指宫中后妃所住殿閣。據詩意，疑作於正德元年詩人任户部郎中時。

【評】

皇明詩選卷十：宋轅文曰：唐人侍制，少此精麗。

清吴喬圍爐詩話卷六云：獻吉桂殿詩曰「桑乾斜映千門月」，桑乾水自大同而來，相去甚遠，何以映宫門之月？又云「碣石長吹萬里風」，並無「千門」字面，可用之川、廣、雲、貴矣。

謁陵〔一〕

本朝陵墓傍居庸，聞説先皇駐六龍。一自玉輿回朔漠〔二〕，遂令金殿鎖秋峰。明禋衮職雖多預，備物祠官豈盡供。報祀獨知今上切，每於霜露見愁容。

【箋】

〔一〕明諸帝陵墓在昌平之天壽山。此詩疑爲夢陽於弘治十四年（一五〇一）二月奉命赴三關監督招商時途經昌平作。見閑居寡營忽憶關塞之遊遂成七首（卷二十四）箋。

〔二〕「一自玉輿回朔漠」，杜甫詠懷古跡之三：「一去紫臺連朔漠。」

【評】

皇明詩選卷十：陳卧子曰：深渾有體。李舒章曰：結句頌美有情。

感述

秋懷〔一〕

龍池放舶他年事〔二〕，坐對南山憶往時〔三〕。紫閣峰如欺太白〔四〕，昆吾山自繞皇陂〔五〕。雙洲菡萏秋堪落，亂水蒹葭晚更悲。谷口子真今得否〔六〕？攀雲騎馬任吾之。

其二

慶陽亦是先王地〔七〕，城對東山不窋墳〔八〕。白豹寨頭①惟皎月〔九〕，野狐川北盡黄雲〔一〇〕。天清障塞收禾黍，日落谿山散馬群。回首可憐鼙鼓急，幾時重起郭將軍〔一一〕。

其三

宣宗玉殿空山裏〔一二〕，野寺霜黄鎖碧梧。不見虎賁移大内，尚聞龍舸戲西湖。芙蓉斷絶秋江冷，環珮淒涼夜月孤〔一三〕。辛苦調羹三相國〔一四〕，十年垂拱一愁無。

其四

苑西遼后洗妝樓〔一五〕，檻外芳湖静不流。亂世君臣那在眼，異時松柏自深愁。雕闌玉柱留天女，錦石秋花隱御舟。萬古中華還此地，我皇親爲掃神州。

其五

胡奴本意慕華風，將校和戎反劇戎。遂使至尊臨便殿，坐憂兵甲不還宫。調和幸賴惟三老，閲實今看有數公。聞道健兒今②戰死，暮雲羌笛滿雲中〔一六〕。

其六

大同宣府羽書同〔一七〕，莫道居庸設險功。安得昔時白馬將，横行早破黑山戎。書生誤國空談裏，禄食驚心旅病中。女直外連憂不細〔一八〕，急將兵馬備遼東。

其七

曾爲轉餉趨榆塞〔一九〕，尚憶悲秋淚滿衣。沙白凍霜月皎皎，城孤③哀笛雁飛飛。運籌前後無功伐，推轂分明有是非。西國壯丁輸輓盡，近邊烟火至今稀。

其八

崑崙北極轉天河，獨馬年時向此過。渥洼西望迷龍種〔二〇〕，突厥南侵牧橐駝。黄花古驛風沙起〔二一〕，白雪陰山金鼓多。况是固原新戰鬬〔二二〕，居人指點説干戈。

【校】

①頭，列朝作「前」。　②今，弘德集、黄本、曹本作「多」。　③城孤，原作「孤城」，與前句不對，當爲誤倒，今據弘德集、黄本、曹本改。

【箋】

〔一〕該組詩乃仿杜甫秋興八首而作，看似懷古，實爲詠懷。第一首寫唐長安史事，夢陽於弘治五年（一四九二）舉陝西鄉試第一，後因返家守制亦途經長安。第二首寫夢陽出生地慶陽，表懷念故鄉之意。第三首寫明宣宗時事。第四首寫明初平定天下事。第五、第六首均寫蒙古侵邊事。第七首寫榆林，第八首寫寧夏。夢陽曾於弘治十三年、十六年分别出使榆林、寧夏，二地在明代皆爲邊地。整組詩中有對時局的憂慮，有對家鄉的懷念，有對歸隱生活的嚮往，也有對邊境平安的期待。從「書生誤國空談裏，禄食驚心旅病中」二句看，似爲夢陽在户部任官期間所作，時間約爲弘治末年或正德初年。

〔二〕龍池，在唐長安隆慶坊玄宗未即位時所居舊邸旁，中宗曾泛舟其中。玄宗即位後於隆慶坊建興慶宫，龍池包容於内。在今西安興慶公園内。李商隱有龍池詩，朱鶴齡箋：「雍録：『明皇爲諸王時，故宅在京城東南角隆慶坊。宅有井，井溢成池，中宗時數有雲龍之祥。後引龍首堰水注池，池面益廣，即龍池也。開元二年七月，以宅爲宫，是爲興慶宫。』」

〔三〕南山，指終南山，古名太一山、地肺山、中南山、周南山。屬秦嶺山脈，在今陝西西安南。詩小雅節南山：「節彼南山，維石巖巖。」漢書東方朔傳：「夫南山，天下之阻也，南有江淮，北有河渭，其地從汧隴以東，商雒以西，厥壤肥饒。」

〔四〕紫閣峰，終南山之一峰。明一統志卷三十二陝西布政司：「紫閣峰，在鄠縣東南三十里。杜甫詩：『紫閣峰陰入渼陂。』」太白，山名，在陝西眉縣東南。李白蜀道難：「西當太白有鳥道，可以横絶峨眉巔。」王琦注引慎蒙名山記：「太白山，在鳳翔府郿縣東南四十里，鍾西方金宿之秀，關中諸山莫高於此。其山巔高寒，不生草木，常有積雪不消，盛夏視之猶爛然。故以『太白』名。」

〔五〕昆吾山，在長安南，靠近終南山，漢代屬上林苑範圍。杜甫秋興八首之八：「昆吾御宿自逶迤，紫閣峰陰入渼陂。」皇陂，在今陝西西安南。見送人還關中（卷二十）箋。

〔六〕谷口，在今陝西淳化西北，見送人還關中（卷二十）箋。子真，漢褒中人鄭樸的字，居谷口，世號谷口子真，修道守默，漢成帝時大將軍王鳳禮聘之，不應，耕於巖石之下，名動京師。見漢書王貢兩龔鮑傳序。「谷口子真今得否」，杜甫江雨有懷鄭典設：「谷口子真正憶汝。」

〔七〕慶陽，夢陽出生地，今甘肅慶陽市慶城縣，明屬陝西布政使司。

〔八〕不窋墳，在今甘肅慶城縣。明傅學禮嘉靖慶陽府志卷十七陵墓：「不窋墓，在府城東三里許巘畔。碑刻剥落，止有片石，大書『周祖不窋氏陵』。殿宇基址猶存。嘉靖十九年，御史周南、知府何岩立碑表墓。」不窋，夏代人，相傳爲后稷之子。夏太康時，政衰，廢稷之官，不復務農。於是失官，奔於戎狄之間。至其孫公劉，復修后稷之業。

〔九〕白豹，在甘肅慶城境内。宋史地理志：「慶陽府：白豹城，舊屬西界。」嘉靖慶陽府志卷八兵防三：「白豹寨，在府城北三百里，宋初乃西夏界。范仲淹建議取之築城。東接安疆寨，西接東谷寨，南接柔遠寨，北接勝羌寨。」清顧祖禹讀史方輿紀要陝西安化縣：「白豹城，府西北百九十里，宋時爲西夏地，范仲淹建議取之。」

〔一〇〕野狐川，不詳。明傅學禮嘉靖慶陽府志卷二山川載安化縣有葉胡峪，曰：「在府城西北一十里。」或即此。

〔一一〕郭將軍，即唐人郭子儀，平定安史之亂有功，封汾陽王。據嘉靖慶陽府志卷十七陵墓：郭子儀墓，在慶陽府合水縣城東一百二十里。

〔一二〕宣宗，即明宣宗，見功德寺（卷十五）箋。

〔一三〕「環珮淒涼夜月孤」，杜甫詠懷古跡五首之三：「環珮空歸夜月魂。」

〔一四〕三相國，即「三楊」：楊士奇、楊溥、楊榮。明宣宗、英宗時的名臣。見功德寺（卷十五）箋。

〔一五〕遼后洗妝樓，陳田輯撰明詩紀事丁籤卷一引西河詩話：「遼后梳妝臺址在太液池東小山上，一名璚花島，即今白塔寺址是也。嘗讀元時金臺集，爲葛邏禄乃賢所作，中有妝臺詩甚佳：『廢苑鶯花盡，荒臺燕麥生。韶華如逝水，粉黛憶傾城。野菊金鈿小，秋潭玉鏡清。誰憐舊時月，曾向日邊明。』自注云：『妝臺在昭明觀後，金章宗嘗與李妃夜坐。上曰：「二人土上坐。」妃應聲曰：『一月日邊明。』故云。』則知是臺本遼時后妃游憩之所，不止蕭太后也。李空同秋懷詩『苑西遼后洗妝樓』，徒以叶調之故，易『梳妝』爲『洗妝』，易『臺』爲『樓』，遂致士人文士争名是非，且有誤指橋南諸閣爲洗妝樓者。文筆之不可輕下乃爾！」

〔一六〕雲中，今山西大同、内蒙古托克托東北一帶，見出塞曲（卷十七）箋。

〔一七〕大同，今山西大同一帶，屬明代邊塞。宣府，今河北宣化一帶。見内教場歌（卷八）箋。

〔一八〕女直，即女真，我國古代少數民族名，居住在烏蘇里江與黑龍江流域等地，周時稱肅慎氏，漢、三國、晉稱挹婁，南北朝時稱勿吉，隋唐時稱黑水靺鞨，五代時始稱女真。後屬遼，因避遼主耶律宗真諱，改稱女直。宋時曾建立金國，明後期努爾哈赤統一女真各部，建立後金政權，其子皇太極改號爲大清，改稱女真爲滿洲。

〔一九〕榆塞，即榆林邊塞。榆林，今陝西榆林，見雜詩三十二首（卷十四）箋。夢陽於弘治十三年奉命犒榆林軍。

〔二〇〕渥洼，水名，在今甘肅瓜州境，傳説産神馬之處。史記樂書：「又嘗得神馬渥洼水中，復次以爲太一之歌。」裴駰集解引李斐曰：「南陽新野有暴利長，當武帝時遭刑，屯田燉煌界。人數於此水旁見群野馬中有奇異者，與凡馬異，……（利長）代土人持勒靽，收得其馬，獻之。」

〔二一〕黄花古驛，即黄花鎮，在昌平東北今河北懷柔境内，見九日黄花鎮（卷二十三）箋。

〔二二〕固原，今寧夏固原，見胡馬來再贈陳子（卷二十一）箋。

【評】

其二：皇明詩選卷十：宋轅文曰：郭將軍豈謂忠武耶？李舒章曰：物色精鋭。

其三：宋轅文曰：五、六未免襲杜。

其四：李舒章曰：凝麗而能流。宋轅文曰：此擬「昆明池水」，以不甚似爲工。

朱彝尊明詩綜卷二十九引穆敬甫云：諸作如雲屯高嶺、風涌飛流。

「宣宗玉殿空山裏，野寺霜黄鎖碧梧」一句，申涵光評曰：此偷用杜句，（按，暮歸：「霜黄碧梧白鶴棲，城上擊柝復夜啼。」）黄、碧之中，隔一「鎖」字，而文意却難通矣。

清毛先舒詩辯坻卷三：空同「苑西遼后」篇，華亭宋轅文以爲擬杜「昆明池水」，以不甚似見工。然予謂此擬「瞿塘峽口」，非擬「昆明」也。

清吴喬圍爐詩話卷六：其秋懷詩曰：「慶陽亦是先王地，門對東山不窋墳。白豹寨頭惟皎月，野狐山北盡黄雲。天清障塞收禾黍，日落溪山散馬群。回首可憐鼙鼓急，只今誰是郭將軍？」若在趙元昊時，可以「先王地」寄慨，弘治時何故説此？非作地志，不定方向，何故言「門對東山不窋墳」？且其城只有一門矣。

雪後朝天宫〔一〕

馬上城中見雪山，白雲蒼霧滿燕關。蓬萊咫尺無人到，松柏黄昏有鶴還。當日翠華游物外，百年金殿鎖人間。浮塵擾擾江湖遠，悵望巖棲不可攀。

【箋】

〔一〕朝天宮，在北京皇城西北阜成門内。原址爲元之天師府，明宣德八年（一四三三），詔仿南京朝天宮改建而成，成化十七年（一四八一）重修。該年所立之御製重修朝天宮碑云：「洪武甲子，即皇城西北建朝天宮，規模宏敞，視他觀宇特異。凡遇朝廷三大節令，百官預習禮於此。……及宣宗章皇帝踐祚之八年，因仿南京之規，亦於皇城西北建朝天宮。」劉侗、于奕正帝京景物略引明憲宗詩曰：「禁城西北名朝天，重簷巨棟三千間。」可見其規制之宏偉壯麗。日下舊聞考卷五十二城市内城西城三引長安客話曰：「原凡大朝會，百官先期習儀二日。國初或在慶壽寺，或在靈濟宮。宣德間，建朝天宮於阜成門内白塔寺西，始爲定所。」據此，該詩或作於正德初年夢陽任户部郎中時。

【評】

明詩選卷十：李舒章曰：起句景真而氣逸。

新秋見月

憶在黄河草堂静，坐臨秋月孤娟娟。水門蕭條向蘆葦，石瀨逶迤回舸船。頻干禄食去多阻，遠望江湖情可憐。傳語魚龍莫浪喜，抱珠今夜且須眠。

春晴憶湖上

湖上晴煙積雪春，柳條湖水接芳新。林鶯恰恰稀逢侶〔一〕，岸日暉暉低向人。汀芷渚蘭暄自碧，浴凫飛鷺晚相親。弄移白日思漁舸，嘯倚青雲愧此身。

【箋】

〔一〕「林鶯恰恰稀逢侶」，杜甫江畔獨步尋花之六：「自在嬌鶯恰恰啼。」

晚晴郊望

早時鳴雨晚細微〔一〕，忽有返照來荆扉。山禽水禽交止①語，桃花梨花相逐飛。村村柳條弱欲斷，家家麥苗青不稀。睡起登樓時極目，出雲歸岫願何違。

【校】

①止，弘德集作「並」。

【箋】

〔一〕「早時鳴雨晚細微」，杜甫雨不絶：「鳴雨既過漸細微。」

郊行

二月梁園獨未歸〔一〕，岸花汀柳各依依。且將弱縷牽行騎，莫厭繁香點客衣。蝶暖風①暄從自得，鳥黄沙白爲誰飛〔二〕？平生漫有憐芳興，未老能令萬事稀。

【校】

①風，黄本作「蜂」。

【箋】

〔一〕梁園，古代主要在今河南商丘境内，今或云在開封東南，此處代指開封。據詩意，似作於正德二年前後。

〔二〕「鳥黄沙白爲誰飛」，杜甫登高：「渚清沙白鳥飛回。」

河發登望

七月七日河水發，康王城邊秋可憐〔一〕。買魚沽酒此村口，打鼓鳴鑼何處船。白晝蛟龍時一鬬，中流日月晚雙懸。紛紛估客休回首，漁子清歌會渺然。

【箋】

〔一〕康王城，在開封城北，黄河南岸，故址在今河南尉氏城東北，見弔康王城賦（卷二）箋。據李空同先生年表，夢陽由京師歸開封是正德二年二月。其河上草堂記（卷四十九）曰：「正德二年閏月，予自京師返河上，築草堂而居。其地古大梁之墟，今曰康王城是也。瀕河，河故常來。」似作於正德二年七月。

時景

梁苑桃花寒復開〔一〕，塞門霜雪雁飛迴。天涯涕淚秋偏墮，歲暮陰陽老更催〔二〕。無病過年遊五嶽，不眠終夜望三台。歸鴻漸木終非地，濁浪滔天首重回。

【箋】

〔一〕梁苑，即東苑，又名兔園、梁園，主要在今河南商丘東南。史記梁孝王世家：「孝王築東苑，方三百餘里。」又，元和郡縣圖志卷七宋城縣：「兔園，縣東南十里。漢梁孝王園。」此處代指開封。此詩似作於正德二年冬。

〔二〕「天涯涕淚秋偏墮，歲暮陰陽老更催」，杜甫閣夜：「歲暮陰陽催短景，天涯霜雪霽寒宵。」

見雲雷垂垂不雨悵然有作〔一〕

大梁城東雲出雷，捩風拖雨故徘徊。黄鸝坐樹深無語，紫燕銜泥阻未迴。即恐孝娥爲旱塜，不聞神女傍陽臺。火雲西日垂垂暮，屋隙愁看返照來。

【箋】

〔一〕弘德集卷二十六録此詩，似作於正德二年夏。

聞傍郡雷雨

尉氏陳留雷雨深〔一〕，大梁猶繫望霓心〔二〕。當階螻蟻亦愁思，對面斑鳩空好音〔三〕。河朔樓臺安避暑，塞垣金鼓助沾襟。江蘺憔悴黄塵滿，寂寞魚龍何處吟〔四〕？

【箋】

〔一〕尉氏，即尉氏縣，秦置，屬潁川郡，治所即今河南尉氏縣，元屬汴梁路，明屬開封府。陳留，即陳留縣，屬碭郡，治所在今河南開封東南二十六里陳留鎮，西漢爲陳留郡治，唐屬汴州，北宋屬開封府，元屬汴梁路，明屬開封府。據詩意，當作於正德中閒居開封時。

〔二〕「大梁猶繫望霓心」，杜甫秋興八首之一：「孤舟一繫故園心。」

〔三〕「對面斑鳩空好音」，杜甫蜀相：「隔葉黄鸝空好音。」

〔四〕「寂寞魚龍何處吟」，杜甫秋興八首之四：「魚龍寂寞秋江冷。」

盗賊〔一〕

敕書新調蜀襄兵，漢北關南寇未輕。密邇千斤竹查嶺，不聞滿四石頭城。秦州①即易通王貢，棧道終難拔漢旌。安得較如曹相國，務農休甲賀昇平。竹查山，劉千斤叛地也。滿四，成化間叛賊。

【校】

①秦州，弘德集作「秦川」。

【箋】

〔一〕詩小注中劉千斤、滿四，皆爲成化間民叛首領。據明史：正德四年（一五〇九），四川廖惠、藍廷瑞等率川東北農民發動起義，在四川、湖廣、漢中一帶活動。詩蓋指此，當作於正德四年前後作者閒居開封時。

喜雨命酌〔一〕

毒熱兀兀滯梁城，不眠聽雨到天明。沙田易涸應全賴，稂莠雖鋤却更生。年稔不須防盜賊，家貧兼得免經營。紛披檻竹迎余笑，遮莫尊醪起自傾。

【箋】

〔一〕梁城，即大梁。據詩意，似作於正德四至五年間作者閒居開封時。

晚晴步園

覽霽群芳媚小園，步林斜日净幽軒。歸雲過雨時間濕，並葉牽風對直翻。幸有桑麻供暮景〔一〕，苦聞豺虎遍中原。天開霞石熒熒晚，瓦雀林鴉各自喧。

【箋】

〔一〕「幸有桑麻供暮景」，杜甫曲江之三：「杜曲幸有桑麻田。」據詩意，似作於正德五年前後閒居開封時。

正德辛未四月十七日簡書始至於時久旱甘澍隨獲漫爾寫興〔一〕

苦蒸卓午汗交頤，昏暝雨飛如颺絲。舟楫自兹杳將去，波濤滿意復何疑。璽書況屬臨門日，江漢須看放舸時。肯信吾遊兼吏隱，五峰彭蠡是襟期〔二〕。

【箋】

〔一〕詩當作於正德六年（一五一一）四月十七日。按，據詩題，該日夢陽收到朝廷正式詔令，任其爲江西按察司提學副使。據明武宗實録卷七十二：正德六年二月癸未，朝廷任夢陽爲江西提學副使。夢陽收到朝廷任命則在四月十七日。按，談遷國榷卷四十八載：武宗正德六年二月癸未，任「户部員外郎李夢陽爲江西提學副使」。明武宗實録卷七十二：正德六年二月，「癸未，升浙江按察司副使匡翼之爲陝西苑馬寺卿，陳珀爲甘肅行大僕寺卿，刑部郎中秦文、户部員外郎李夢陽俱爲按察司副使，原任御史劉玉、兵科右給事中蔡潮，俱爲按察司僉事。文，貴州；夢陽，江西；玉，河南；潮，湖廣」。

〔二〕五峰，即廬山五老峰，彭蠡，即今鄱陽湖，見泛彭蠡賦（卷二）箋。

旅泊雨夕聞雁〔一〕

季秋鄱岸陰陰雨，殘葦折荷翻白濤。此夜孤舟聞雁語，隔雲何處認風毛。隨陽定慣湖波險，避弋真驚塞角高。南去北來同一旅，世情人事莫蕭騷。

【箋】

〔一〕據詩意，似作於正德七年（一五一二）秋詩人視學九江船泊鄱陽湖時。

日照〔一〕

日照江烟翠欲重，夢迴沙觀始鳴鐘。浪於洪郡思洪子，豈合松門有赤松？萬事寸心徒計較，兩間衰鬢且從容。静來陡覺忘言好，把酒看花意每濃。洪都以洪厓名，松門山在新建縣。

【箋】

〔一〕詩中「洪郡」，即南昌，明爲南昌府。據詩意，似作於正德七年秋詩人任官江西時。

杪夏急雨江州〔一〕

急雨吞江倒石根，吐雲匡嶽近城門。驚雷不下雙蛟鬬，孤電能開九疊昏。白晝黄濤翻庾閣〔二〕，蒼崖翠木溜陶村〔三〕。乘時詑有扶摇力，六月東南見化鯤。

【箋】

〔一〕杪夏，即夏末。江州，即今江西九江。隋開皇九年（五八九）廢九江郡置江州，唐宋仍舊，明改九江府。

〔二〕庾閣，即庾公樓，亦稱庾亮樓，本位於湖北鄂州市鄂城區古樓街北段。晉庾亮嘗任江、荆、豫三州刺史，鎮武昌，曾與部屬殷浩、王胡之等人登南樓賞月，詠談竟夕，事見世説新語及晉書庾亮傳。後江州治移潯陽，好事者遂於此建樓名爲庾公樓。嘉靖九江府志記載江州十景，爲匡廬疊翠、湓浦龍淵、虎渡波光、齊雲晚眺、清風攬秀、濂溪古樹、栗里蒼松、甘棠烟水、浪井濤聲、庾閣霄暉（又名庾樓明月）。據詩意，似作於正德七年秋詩人任官江西視學九江時。

〔三〕陶村，在今江西星子縣南栗里，爲詩人陶淵明故里。

繁臺春集〔一〕

小徑緣臺春自花，重堤飛閣盡雲沙。能將白髮隨流輩，奈有清壺遣歲華。斷塔草垣增闃寂，古城芳岸趁欹斜。忽驚旅雁思南北，海色邊愁入暮笳。

【箋】

〔一〕該詩似寫於正德九年後詩人閒居開封時。

僦居避隘般移之日雨乎適至厥時久燥〔一〕

土市子東曹門西，衡門之下聊棲棲。古堂疏豁還高榻，故國行藏有杖藜。已多佳樹琴書静，復值炎天雷雨低。皤皤麥秀真堪喜，阮籍窮途①未足啼。

【校】

①窮途，黄本作「途窮」。

【箋】

〔一〕李空同先生年表載：正德四年己巳，夢陽「以舊業讓兄，借居土市街。室廬湫隘。是歲秋霖彌月，公作苦雨前後篇、久雨柬黄子詩」。該詩當作於此年。曹門，開封東門，見東京夢華録卷一。

出郊〔一〕

簡懶經秋此出郊，野煙霜日静衡茅。林桃葉盡青猶實，陂麥苗齊緑自苞。堤曲獵狐穿雪窟，塔巔彈鸛落風巢。隨心樂事非難取，舉眼平生覺易抛。

【箋】

〔一〕從詩中「陂麥」、「堤曲」、「塔顛」等詞推測，此詩蓋作於正德時期詩人閒居開封時。以下探春、野園二首，疑亦作於同期。

探春

老去探春每怕遲，酒朋棋伴日相追。無心柳絮當人起，有意桃花背馬隨。臺榭草蒿離亂後，往來弦管古今悲。幽崖尚慮殘梅在，玉笛丁寧莫放吹。

野園

春來無雨風常顛，野園諸花更可憐。輕車快馬此何日，弄蘂攀條看遠天。撲酒遊絲低細細，近人閒蝶過娟娟。真知白日繩堪繫，莫使孤城入暮煙。

冬歸繁臺别業漫興①〔一〕

莽壙孤城此卜居，宋臺梁苑獨行予〔二〕。虚名馬愧千金後，白首螢憐萬卷餘。踏麥遽堪寒葉翠，看梅無那臘花舒。相逢莫漫嗔吾放，野醉郊吟盡可書。

【校】

①詩題，弘德集作「冬日繁臺别業漫興」。

【箋】

〔一〕據詩意，似當寫於正德三年冬自京師歸開封後。

〔三〕梁苑，即東苑，又名兔園、梁園，在今河南商丘東南。史記梁孝王世家：「孝王築東苑，方三百餘里。」又，元和郡縣圖志卷七宋城縣：「兔園，縣東南十里。漢梁孝王園。」此借指開封。

雪日繁臺院閣酒集〔一〕

臘朝筵向雪邊開，倚閣風從萬里迴。枯樹故當看處濕，飛花偏墮掌中杯。山河文物他年賦，今古衣冠異地材。舉目蕭蕭改天色，玉梯扶醉更登臺。

【箋】

〔一〕繁臺，見前。據詩意，當作於正德年間詩人閒居開封時。

雪後上方寺集〔一〕

雪罷園林出碧梧，上方樓殿静虛無。日臨曠地冰先落，雲破中天塔自孤。爛熳此堂人醉散，一雙何處鶴來呼。邀留更待松門月，今夜同君坐玉壺。

【箋】

〔一〕據詩意，當作於正德年間詩人閒居開封時。

歲暮五首〔一〕

萬木蕭蕭俱歲暮，疏梅修竹可憐風。三河晴雪飛鴻裏，四海孤城返照中。白首園林惟闃寂，紫塵車馬自開通。誰堪物序驚前事，況復馮高數廢宫。

其二

臨除弦管益紛紛，考鼓撞鐘處處聞。蜀錦越羅連夜製〔二〕，彩蛾花勝逼年分。流傳自是豪華地〔三〕，悵望能堪日暮雲。澤草芊芊已新色，雁南猶起北風群。

其三

堂北融泥雲氣生，堂南枯樹兩禽鳴。冰霜眼過風須轉，歲月心懸老自驚。辭臘酒憐比舍餽，迎春花欲上階明。壯圖回首今遲暮，點檢塵埃笑拂纓。

其四

歎往嗟來秪自癡，未衰那即鬢如絲。同朝鵷鷺雲霄隔，故國松楸道路疑。園草喚愁偏勃勃〔四〕，檻梅偷臘故垂垂。端居寂寞無雙蔕，强食悽遲有一枝。

其五

歲當癸酉廬山曲，冬盡扁舟記獨棲。湖海合冰龍晝立，谿林壓雪虎時啼。陰陽晴晦雙過鳥，南北行藏一杖藜。今日中原對河嶽，暮雲回首楚江西〔五〕。

【箋】

〔一〕從「其五」「歲當癸酉廬山曲」可知，該詩當作於正德八年（一五一三）冬。此年秋，夢陽上疏劾巡按御史江萬實罪，江亦奏，朝廷命大理寺卿燕忠往勘。冬至，詩人往南康府卧病待罪。夢陽井銘（卷六十）曰：「正德八年冬至，予至南康府。」此詩在廬山下養病待命時作。

〔二〕「蜀錦越羅連夜製」，杜甫白絲行：「越羅蜀錦金粟尺。」

〔三〕「流傳自是豪華地」，杜甫古柏行：「扶持自是神明力。」

〔四〕「園草喚愁偏勃勃」，杜甫愁：「江草日日喚愁生。」

〔五〕「暮雲回首楚江西」，杜甫將赴荆南寄別李劍州：「春風回首仲宣樓。」

春暮丁丑年作〔一〕

歲歲花時出醉歸，傷心今日復芳菲。善開朱杏非雙蒂，懶囀黄鸝只自飛。海内詩朋官罷減，城中酒伴病來稀。庭枝爛熳催春暮，日午風香獨倚扉。

【箋】

〔一〕丁丑，指正德十二年（一五一七），時夢陽已自江西歸家，閒居大梁。

夜風堂前冬青架仆折其二榦曉雪驟至〔一〕

冬青手植年真久，冷日寒姿頗映堂。追悔木闌晴未補，忍教風榦夜俱傷。亂階朱實離離静，仆雪青條蒨蒨長。翹首高雲憶松柏，後凋溪壑轉蒼蒼。

【箋】

〔一〕按，弘德集卷二十六録此詩，似當作於正德十二年前後。

戊寅早春上方寺〔一〕

地闊城空春自幽，青松黑塔雲常浮。入門鈴磬忽一發，暇日臺池聊共遊。連錢沓來誰氏騎，白玉競浴何年鷗？醉筆要知吾漫興，明朝休用碧紗留。

【箋】

〔一〕戊寅，指正德十三年（一五一八），時夢陽閒居開封。上方寺，中有塔似鐵，在開封東北，或即今鐵塔寺，見初秋上方寺別程生（卷十）箋。

無題戲效李義山體〔一〕

曾倚清酣奏彩毫，象牀冰簟玉樓高。徐娘老去風情在，班女愁來賦興豪。秦柳日斜傷渭曲，楚蘭春暮怨湘皋。仙根寂寞崑崙遠，浪説人間有碧桃。

【箋】

〔一〕按弘德集卷二十六録此詩，似作於正德年間閒居開封時。

【評】

清賀裳載酒園詩話卷一：人各有能有不能，不宜强作以備體。李獻吉一代大手，輕豔殊非所長，效義山作無題曰：「班女愁來賦興豪。」「豪」字戇甚。閨閣語言，寧傷婉弱，不宜壯健耳。

蒔植甫畢風雪遽至漫爾有作〔一〕

草樹新培置藥闌，醉吟閒凭足心寬。豈虞晨雪娟娟布，無那春枝颭颭寒。猶有一花當坐媚，幸留雙柏與人看。日晴紅緑應全勝，爲勸先生且放餐。

【箋】

〔一〕嘉靖集收録此詩，故當作於嘉靖元年（一五二二）至三年間，時詩人閒居開封。

爲園〔一〕

平生走馬呼鷹地〔二〕，白首爲園學種瓜。碧草故邀①安石屐，青天常滿邵雍車。園闌換土心真苦，繞菊依松徑不斜。昨遇日晴閒自步，别蹊桃李又風花。

【校】

①邀，黄本、百家詩作「要」。

【箋】

〔一〕爲園，或即營建東園，園中有留雲亭，見新買東莊賓友攜酒往看十絶句（卷三十六）箋。嘉靖集收録此詩，故當作於嘉靖元年至三年間，時詩人閒居開封。

〔二〕「平生走馬呼鷹地」，李白南都行：「走馬紅陽城，呼鷹白河灣。」

晚秋明遠樓宴集①〔一〕

斜日層城合暮煙，新晴高閣敞秋筵。衣冠四海追遊地，霜露中原感慨年。去鳥來鴻凭檻外，飛雲落木把杯前。回身忽在星辰上，醉眼真疑到九天。

【校】

①詩題，嘉靖集作「晚秋明遠樓宴集分天字」。

【箋】

〔一〕嘉靖集收此詩，故詩當作於嘉靖元年至三年間。據詩意，此明遠樓，當在開封貢院内。雍正河南通志卷七十八藝文七引夢陽題明遠樓詩後（見本集卷五十九）。文曰：「紀元之歲，時菊載華，兹筵是開，四子邂逅於一樓，俯喬嶽，覽長河，眷焉有感於斯遊，爰各賦詩一首。嘉靖元年秋七月也。」按，「秋七月」，據此詩詩題，當爲「秋九月」之誤，夢陽原文即作「九月」，該詩作於嘉靖元年九月。文中「四子」，或爲王溱、董鋭等。

新年作次喻監察韻〔一〕

新年雨雪亦太恁，十日中無一日晴。豈應雷電除夜作，復爾天鼓東南鳴。諸軍幸搗蓮池穴，大將宜堅細柳營。幾欲臨風撫長劍，白頭還自笑書生。

【箋】

〔一〕嘉靖集收此詩。該集所收詩限於嘉靖元年至三年間。喻監察，即喻漢，字宗之，山東滕縣人。據粤西文載卷七十及明清進士題名碑録索引，喻漢爲正德九年進士，（雍正廣西通志卷七十八鄉賢作正德三年進士，誤。）授行人，擢監察御史，累官江西按察司副使，與李夢陽友善。據雍正河南通志卷三十一職官二：正德末至嘉靖初，喻漢任河南清軍監察御史，故該詩當作於嘉靖初年。

甲申元日試筆柬友①〔一〕

人生五十驚衰醜，五十從今又數三。老慢更何防市虎，少狂曾亦濫朝驂。鵷鸞舊侶俱鳴珮，鹿豕深山自結庵。短髮不須憂重白，吾居元傍百花②潭。百，一作菊。

【校】

①詩題，嘉靖集作「甲申元日試筆柬當路諸君子」。②百花，黄本作「菊花」。

【箋】

〔一〕嘉靖集收録此詩。甲申元日，指嘉靖三年（一五二四）正月初一。試筆，即動筆。時夢陽五十三歲，閒居開封家中，故曰「五十從今又數三」。

九日詣東莊遇水則舟之同黄李二生①〔一〕

出門萬木吟風葉，挈友重陽上野舟。數月雨陰今白日，一身天地此清秋。逐時莊菊花初放，應節村杯酒暫酬。晚暮更催雙棹返，汴州誰信有滄洲？

【校】

①詩題，嘉靖集作「九日詣東莊遇水則舟之同黄子并苻李二生」。

【箋】

〔一〕嘉靖集收此詩，故詩當作於嘉靖元年至三年間。又，夢陽有新買東莊賓友攜酒往看十絶句（卷三十六)，詩作於嘉靖元年。東莊，即夢陽宅居。黄子，據尚書黄公傳(卷五十八)，當爲黄紱之子黄彬，寓居開封，詳見蒸熱三子過我東莊(卷十)箋。黄彬於正德中至嘉靖八年間與夢陽交遊甚多。

正月大雨雪遣懷

梁園春初雲不開，雪花壓城滚滚來〔一〕。似有驅龍朝玉闕，豈無騎鶴下瑶臺。光牽五嶽黄煙動，勢擁三河白浪迴。欲向瓊樓問寒暖，袁安今已卧蒿萊。

【箋】

〔一〕「雪花壓城滚滚來」，杜甫登高：「不盡長江滚滚來。」詩似作於嘉靖五年前後。

陶君誇其分司桃花獨樹余往觀之賦此①〔一〕

老懶今來特爲花，花奇親見主人誇。入門風片時時墜，近酒春枝故故斜。湖海一尊憐舊侣，乾坤雙鬢愧年華。明朝許赴柴門約，共醉東園萬樹霞。

【校】

①詩題，曹本、李本作「陶君誇其分司桃花獨樹余往觀之次其韻」。

【箋】

〔一〕陶君，指陶諧，字世和，號南川，會稽（今浙江紹興）人，嘉靖元年（一五二二）任江西按察司僉事。三年，轉河南按察司副使，管理河道（分司）。六年，升河南左布政使。故該詩當作於嘉靖三年陶任河南按察司副使，管理河道時，時夢陽閒居開封。

和君席上海棠賞之二首〔一〕

老興看花不厭頻，折紅攀緑總怡神。孤枝解動雙樽影，數朵能回四座春。誰遣物華成歲色，自多人世有閒身。年來斷酒因脾濕，爲爾還應暫入唇。

其二

瓶中海棠亦太劇，細小翠擁胭脂深。穠姿故薰欲醉眼，芳信暗傳嘗苦心。偶逢一枝已自惜，若臨全樹更須吟。花時不道天無意，一日常横半日陰。

【箋】

〔一〕和君，即和子，夢陽作於嘉靖四年九月九日之叙九日宴集（卷五十九）云：「黄子、和子咸丘園之賁，左生、和生則利賓於王者也。」該詩當作於嘉靖三年（一五二四）前後。

莊上看花歸見庭中海棠落英與客同賦〔一〕

三日野花風打稀，朝遊酒伴暮醒歸。臨門夭桃不汝惜，當院海棠胡自飛。已憐錦繡半鋪地，更訝芳香時點衣。便應與君酌明月，醉眼天地生光輝。

【箋】

〔一〕莊上，似指夢陽東莊。據詩意，當作於嘉靖初年詩人閒居開封時。

春日過黄公新堂〔一〕

黄家新堂逼春起，紫燕尋巢時自來。久陰煙雲眼底豁，乍晴河嶽窗中開。物情野色且幽寂，日光人意能徘徊。持杯布席就芳草，醉深同卧林邊苔。

【箋】

〔一〕黄公，據尚書黄公傳（卷五十八），當爲黄紱之子黄彬，詳見燕熱二子過我東莊（卷十）箋。此人在正德中至嘉靖八年間與夢陽交遊頗多，該詩當作於嘉靖初年。

夏日〔一〕

稍喜夏來天日晴，遽看諸物盡生成。纍纍杏實攢高蟻，赤赤榴花坐小鶯。晝夜寒暄猶混雜，乾坤清濁固分明。留賓酒茗吾能供，春筍滿林今更生。

【箋】

〔一〕據詩意，疑作於嘉靖初年作者閒居開封時。

陶公過曹濮分司見叢菊蔓草中移之自隨有詩傷之豈以爲家物耶余覽而和之〔一〕

野館寒芳抱自知，好吟公子發秋悲。春風世路元桃李，霜露鄉關有鬢絲。三嗅草萊行復立，數株車馬載還隨。東籬可謂君家物，竹帛勛名晚節垂。

【箋】

〔一〕陶公，指陶諧，見陶君誇其分司桃花獨樹余往觀之賦此（卷二十九）箋。嘉靖四年前後陶任河南按察司副使，管理河道，夢陽與之交遊頗多，詩當作於此時。尾聯以陶潛喻陶諧。

正月四日始出赴黄子之宴南鄰何儀賓以美醪助杯即席口占〔一〕

杜門常日追游少，新歲初筵獨詣君。幸有鄰家能過酒，況多賓客善論文。樓臺霽日斜含雪，竹樹和煙暮閣雲。入夜不歸雙燭秉，近尊猶喜落梅芬。

【箋】

〔一〕黄子，據尚書黄公傳（卷五十八），當爲黄紱之子黄彬，詳見蒸熱三子過我東莊（卷十）箋。此人在正德中至嘉靖八年間與夢陽交遊頗多。何儀賓，夢陽有何儀賓生日贈歌（卷二十二），又作明故何君合葬志銘（卷四十六）云：「何儀賓文昱者，我從孫外舅也。一日李子酒會，要何不來，問何何不來也，曰奔母喪耳。」即其人。文作於嘉靖元年，則該詩當稍後作。

陶王二君來賞牡丹〔一〕

同城何苦不同歡，況復春風到牡丹。香滿正宜攜酒問，色深翻奈近燈看。彩雲黄霧晴長擁，澹月微霜夜故寒。任使群芳妒傾國，古今須讓百花冠。

【箋】

〔一〕陶君，指陶諧，見陶君誇其分司桃花獨樹余往觀之賦此（卷二十九）箋。該詩當作於嘉靖四年左右陶諧任河南按察司副使管理河道時，時夢陽閒居大梁。

冬日學司偶見庭菊〔一〕

凍雨晴霜爾自開，偶逢私恨過秋來。違時只爲含中色，入藥終須顯上才。已許數花卷袖采，能分一本向籬栽。冬巡若憶重看約，莫使文軺觸雪迴。

【箋】

〔一〕胡文學編甬上耆舊詩卷八録有王應鵬次李空同學署對菊之作，曰：「即看寒菊枝枝秀，寧畏嚴風剪剪來。幽徑汝當爲小隱，上林誰不是高才。花無豔質偏宜賞，地有靈根豈待栽。尊酒正逢陶令節，月明須倒接䍦迴。」顯爲該詩和韻之作。王應鵬，字天宇，鄞縣（今屬浙江）人，正德三年進士，任嘉定縣令、陝西按察使副使、右副都御史等，卒於嘉靖十五年（國榷卷五十六）。按，明世宗實録卷四十二：嘉靖三年八月，「升山東道監察御史王應鵬爲河南按察司副使」。又，卷八十：嘉靖六年九月，「升河南按察司副使王應鵬爲山東按察使」。則王應鵬任河南按察司副使在嘉靖三年（一五二四）八月至六年九月間，該詩似作於此時，時夢陽閒居開封。

晚秋東莊宴集①〔一〕

郊園秋晚只風林，冠蓋群遊是盍簪。楓葉近尊朝映日，菊叢淹坐暮横陰。煙霞故引旌旗色，鳥雀應疑簫笛吟。月底金鞍散歸馬，野雲回首少微深。

【校】

①詩題，曹本、李本作「秋日東莊宴集」。

【箋】

〔一〕夢陽有新買東莊賓友攜酒往看十絶句（卷三十六），詩作於嘉靖元年，其五云：「今春自買城東園，暇即郊行不憚煩。」該詩似作於嘉靖五年前後。

二月望留雲閣雨集〔一〕

今年花朝花爛開，春風細雨臨高臺。繞闌紅濕舞英重〔二〕，隔窗黄閃流鶯迴。連日霡霂地已足，薄暮風雲天更來。眼看萬物欻生色，爾我胡惜黄金杯。

【箋】

〔一〕留雲閣，疑即留雲亭，在夢陽家宅中。陶諧有題留雲亭詩，小序曰：「崆峒園有一亭，予以詩句内『留雲』二字名之，因題二絶。」嘉靖三年陶諧任河南按察司副使、分司河南水道（管河副使），後升任河南左布政使，此間多與夢陽交遊酬唱。該詩疑作於嘉靖四年前後。

〔二〕「繞闌紅濕舞英重」，杜甫春夜喜雨：「曉看紅濕處，花重錦官城。」

海棠爛然要諸君子賞之分韻得壺字二首①〔一〕

繞樹巡檐興恨孤，縟紅繁緑似渠無。童知小徑晨先掃，客有高軒夜特呼。已拚落英欺舞袖，更堪歌鳥勸提壺。幸能老去花常健，遮莫尊前醉共扶。

其二

春深花樹爛糢糊，花下朋遊酒一壺。帽側故搴輕朵插，席安仍取積英鋪。日烘擾擾蜂能趁，煙動關關鳥更呼。客散獨燒高燭照，老來真自笑狂夫。

【校】

①詩題，曹本無「要」字。

【箋】

〔一〕高叔嗣蘇門集卷四有飲酒空同海棠樹下分得一字詩，曰：「庭前有奇樹，含采弄春日。托根磐石間，垂景幽蘭室。攀條事可憐，對酒情非一。空嗤嘉樹傳，賦爾慚抽筆。」與此詩疑爲同時作。高叔嗣字子業，祥符（今河南開封）人，嘉靖二年（一五二三）進士，授工部主事，改吏部，歷稽勳郎中，出爲山西左參政，善斷獄，遷湖廣按察使，卒於官，年三十七。萬曆開封府志卷十九孝友：「高叔嗣字子業，祥符人，賦資穎異，年十六著申情賦幾萬言，邑長老皆歎服。嘉靖癸未舉進士，爲工部營繕主事，改吏部稽勳，歷遷員外郎、郎中，與薛君采輩倡和，歌詩人争傳誦，名動海内，多忌之者。會外戚蔣氏乞封，叔嗣執不可，忤時宰意，遂謝病歸，築焉文堂及讀書園，爲終隱計。居三年，復起前官。……無何，改治太原，遷湖廣按察使。歲大旱，叔嗣禱于山川，中暑卒，年才三十七耳。海内名流共惜之。叔嗣兄仲嗣，丙戌進士，歷官廣西府知府，文詞奇古，王子衡嘗稱爲『大梁二俊』云。」明史卷二百八十七本傳曰：「叔嗣少受知邑人李夢陽，及官吏部，與三原馬理、武城王道同署，以文藝相磨切。其爲詩，清新婉約，雖爲夢陽所知，不宗其說。」錢謙益列朝詩集小傳丁集高按察叔嗣曰：「子業少受知於李獻吉，弱冠登朝，薛君采一見歎服，詩以清新婉約爲宗，未嘗登壇樹幟，與獻吉分別淄澠，固已深懲洗拆之病，而力砭其膏肓矣。」本朝分省人物考卷八十七亦有叔嗣傳。該詩當作於嘉靖二年（一五二三）高叔嗣中進士前後。

雨中海棠〔一〕

憐花常欲報花安，醉眼冥冥雨自看。朵朵胭脂深更濕，杯杯竹葉滿須乾。等閒細片休輕落，率爾春風且恁寒。朝爲行雲暮仍雨，凌波獨立汝應難。

【箋】

〔一〕據前詩，該詩亦當作於嘉靖三年或稍後。

艮嶽篇①〔一〕

宋家行殿此山頭，千載來人水一丘。到眼黄蒿元玉砌，傷心錦纜有漁舟。金繒社稷和戎日，花石君臣棄國秋。漫倚南雲望南土，古今龍戰是中州。

【校】

①詩題，曹本、李本作「艮嶽」。

【箋】

〔一〕艮嶽，在北宋開封城内，見艮嶽十六韻(卷十五)箋。據詩意，似作於嘉靖三年前後詩人閒居開封時。何景明有讀李子艮嶽詩有感，詩云：「北朝宫闕已陵夷，南渡衣冠更亂離。誤國始知金櫃册，蒙塵空歎翠華旗。龍争虎鬭中原破，海倒江翻萬古悲。猶是昔時歌舞地，風塵今日淚還垂。」(大復集卷二十五)當指此作。

【評】

沈德潛明詩别裁集卷四：人知南渡之庸懦，而不知覆亡之禍原於徽宗君臣之宴樂也。五、六語藏得議論。

朱琰明人詩鈔正集卷五：議論斷制絶大力量，三、四句法變化。梅畦云：即老杜「珠簾繡柱圍黄鵠，錦纜牙檣起白鷗」二句語意，順逆出之，更覺宛轉關生。

李夢陽集校箋卷三十　七言律二

贈酬一

郊齋逢人日有懷邊何二子〔一〕

今日今年風日動，苑邊新柳弱垂垂。齋居寂寞難乘興，獨立蒼茫有所思〔二〕。谷暖遷鶯番太早，雲長旅雁故多遲。鳳池仙客容臺彦，兩處傷春爾爲誰。

【箋】

〔一〕郊齋，古代帝王祭祀天地，冬至祭天於南郊，夏至瘞地於北郊。書召誥：「越三日丁巳，用牲於郊。」漢書郊祀志上：「古者天子夏親郊祀上帝於郊，故曰郊。」人日，即農曆正月初七。太平御覽卷九百七十六引南朝梁宗懍荆楚歲時記：「正月七日爲人日。以七種菜爲羹，翦彩爲人或鏤金薄爲人，以貼屏風，亦戴之頭鬢。又造華勝相遺。」宋高承事物紀原卷一天生地植人日：「東方朔占書曰：歲正月一日占鷄，二日占狗，三日占羊，四日占猪，五日占牛，六日占馬，七日占人，八日占穀。皆晴明温和，爲蕃息安泰之候，陰寒慘烈，爲疾病衰耗。」邊，指邊貢，見發京别錢邊二子（卷二十）箋。何，指何景明，見送何舍人齎詔南紀諸鎮（卷二十）箋。按，明史武宗本紀：正德元年春正月「己丑，大祀天地於南郊」。詩似作於此時。

〔三〕「齋居寂寞難乘興，獨立蒼茫有所思」，杜甫冬日有懷李白：「寂寞書齋裏，終朝獨爾思。」又樂遊園歌之三：「此身飲罷無歸處，獨立蒼茫自詠詩。」

夏日過序公〔一〕

炎天樓殿蔭空扉，永晝雲林孤鳥飛。病起出門風色異，獨來清坐老僧依。撲簾花片疑紅雪，解帶藤蘿映紫衣。萬事回頭誰得問，但逢心賞莫教違。

【箋】

〔一〕序公，不詳，據詩意，當爲京城某寺僧，即序上人，見觀序上人所藏陶成畫菊石歌（卷二十二）箋。該詩當作於弘治末年或正德初年詩人任職户部時。

過馬陟次毛庶子韻①〔一〕

冉冉輕雷止復行，鳳池清夏半陰晴。漸看西日籠花氣，誰放南風作雨聲。融入塹沙將拂燕，密侵宫柳益霑鶯。晚來一赴薇郎約，匹馬衝泥遠興生。

【校】

①詩題，弘德集作「雨日過馬舍人陟次毛庶子澄韻」。

【箋】

〔一〕馬陟，弘治六年（一四九三）進士，正德初任太僕少卿。毛澄字憲清，崑山（今屬江蘇）人，舉弘治六年進士第一，授修撰，預修會典成，進右諭德，直講東宫。正德中，進學士掌院事，歷禮部侍郎，正德十二年（一五一七），拜尚書。嘉靖二年（一五二三）辭官，卒於途，贈少傅，謚文簡，明史卷一百九十一有傳。按，明武宗實録卷二十四載：正德二年三月，辛酉，「升户科右給事中倪議、中書舍人馬陟爲尚寶司司丞」。又卷三載：弘治十八年七月，「升右諭德兼修撰毛澄爲左庶子兼侍讀」。馬陟任中書舍人，故尾聯稱「薇郎」，是該詩當作於弘治十八年作者任户部員外郎時。

章氏芳園餞朱應登①〔一〕

細雨林塘花可憐，況有美酒斗十千。見日玄蟬元嘒嘒，含風緑篠自娟娟。朝廷豈料更新主，塵世難逢感昔年。縱倒芳尊不成醉，別懷憂緒兩淒然。

【校】

①詩題，弘德集作「章氏芳園餞朱户部應登得千字」。

【箋】

〔一〕朱應登，見卷十二酬提學陝西朱君以巡歷諸什見寄箋。章園餞會詩引（卷五十六）曰：「章園之會，賓一人，升之，主三人：元瑞、庭實，其一予也。園主一人：千户倫是也。亭設四几，上三下一。升之居中，予以齒居左，皆專几；元瑞、庭實則共几而坐，元瑞居庭實左下，坐而北向者，園主也。時升之報政將歸，贈留之言皆不可少，予誦杜甫『千章夏木清』之句，爲五鬮，令侍子拈送焉，予即得『千』字，右旋而成句，人人大賞異，蓋數之適然如此。升之既得鬮，義難輒避，乃以次書之云。」當與此詩爲同時之作。按，詩題，弘德集作「章氏芳園餞朱户部應登」，據朱應登任南京户部主事時爲弘治十二年，詩中又有「朝廷豈料更新主」句，似該詩作於弘治十八年五月之後或正德元年。「況有美酒」句，緣自曹植名都篇：「我歸宴平樂，美酒斗十千。」

訪何職方孟春新居二首①〔一〕

昨年聞汝在郴州，對酒時常使我憂。無客解題鸚鵡賦，同誰出入鳳凰樓？瀟湘夢澤今虚遠，易水燕山不斷遊。舊雨休嗟車馬伴，卜鄰先近李膺舟。

其二

街北小堂卜築深，離離竹檻稱幽吟。不争鵝鴨嫌鄰舍，旋置琴尊見客心〔二〕。呼雨乳鳩仍暫止，定巢新燕故相尋。層軒更許消清暑，露頂同依嘉樹林。

【校】

①詩題，弘德集作「將雨訪何職方孟春新居二首」，曹本無「孟春」二字。

【箋】

〔一〕何職方，指何孟春，字子元，郴州（今屬湖南）人，與夢陽爲同科（弘治六年癸丑，一四九三）進士，世稱燕泉先生。何中進士後，曾官兵部職方司主事、兵部員外郎、郎中，出理陝西馬政，正德中官河南左參政、太僕寺卿、右副都御史巡撫雲南，嘉靖初任南京兵部右侍郎，著有何文簡公文集，本朝分省人物考卷六十六、明史卷一百九十一有傳。從詩題及内容看，何孟春此時正任兵部職方司主事，按，夢陽送何職方序有「新天子即位，鋭意戎政，乃敕司馬卿屬，數馬於邊鎮」之句，「新天子即位」即指武宗即位，是該詩似寫於正德元年（一五〇六）。此詩寫作時間與送何職方序大體相近，亦或稍早，時夢陽正任職户部。

〔二〕「旋置琴尊見客心」，杜甫舍弟觀赴藍田取妻子到江陵喜寄三首其二：「他鄉就我生春色，故國移居見客心。」

送殷進士病免歸①〔一〕

魯川西流石齒齒，川上茅堂千樹林。春行不費風雩詠，日暮聊爲梁父吟〔二〕。南瞻岱嶽雲峰峻，東訪滄溟煙霧深。司馬豈緣封禪病，任公終有羨鼇心。

【校】

①詩題，弘德集作「送殷進士病免歸壽張」。

【箋】

〔一〕殷進士，指殷雲霄，生平見故人殷進士特使自壽張來兼致懷作僕離群遠遁頗有遊陟之志酬美訂約遂有此寄（卷十六）箋。據明史卷二百八十六殷雲霄傳：雲霄於弘治十八年（一五〇五）中進士，不久即因疾歸里（壽張縣），居石川，「作蓄艾堂，聚書數千卷，以作者自命」。該詩當作於此時。弘治十八年五月，夢陽進户部員外郎。

〔二〕「春行不費風雩詠，日暮聊爲梁父吟」，杜甫登樓：「日暮聊爲梁父吟。」

别徐子禎卿得江字〔一〕

我愛南州徐孺子〔二〕，明瑶美璧世無雙。新從北極看南極，便自吴江下楚江〔三〕。日落鷓鴣啼廟口，水清斑竹映船窗。禰衡王粲俱黄土〔四〕，千載何人復此邦？

【箋】

〔一〕徐子，指徐禎卿，見贈徐禎卿（卷十一）箋。按，據明史及迪功集：弘治十八年徐禎卿中進士，與夢陽相識。正德元年春，徐禎卿往湖湘編纂外史，夢陽任户部郎中，衆人爲禎卿餞行。該詩似寫於正德元年（一五〇六）。

〔二〕徐孺子，名穉，東漢豫章南昌人，隱居不仕，事見後漢書徐穉傳。此借喻徐禎卿。

〔三〕「新從北極看南極，便自吴江下楚江」，杜甫聞官軍收河南河北：「即從巴峽穿巫峽，便下襄陽向洛陽。」

〔四〕「禰衡王粲俱黄土」，杜甫閣夜：「卧龍躍馬終黄土。」

追舊寄徐子〔一〕

憶昔逢君雪滿途，遥憐爲客向江湖。看碑定憶羊開府〔二〕，作賦先投楚大夫。日黑魚龍隧夢澤，草青麋鹿上姑蘇。空揮玉軫思流水，不得驊騮見過都。

【箋】

〔一〕徐子，指徐禎卿，見贈徐禎卿（卷十一）箋，該詩似寫於正德元年（一五〇六）。按，弘治十八年徐禎卿中進士，與夢陽相識。正德元年春，徐禎卿往湖湘，夢陽時任户部郎中。

〔二〕羊開府，即羊祜，字叔子，南城人。魏末任相國從事中郎，與荀勗共掌機密。西晉建立，封鉅平侯，都督荆州諸軍事達十年之久，開屯田，儲軍備，籌劃滅吴。平日輕裘緩帶，身不披甲，與吴將陸抗互通使節，綏懷遠近，以收江漢及吴人之心。死後，南州人爲之罷市巷哭。其部屬於羊祜平生遊息之峴山建碑立廟，杜預命爲「墮淚碑」。

過李氏荷亭會何子①〔一〕

三伏尋花到習池〔二〕，幽懷真與故人期。出波菡萏晴相並，度檻流螢晚故遲。他日宴游能此地，向來開落果由誰？亦知塵世難逢醉，且把芳筒當酒卮。

【校】

①詩題，弘德集作「晚過李氏荷亭會何子得池字」。

【箋】

〔一〕何子，指何景明，見送何舍人齎詔南紀諸鎮（卷二十）箋。據詩意，似作於弘治末年任官户部時。

〔二〕習池，一名習家池，或高陽池，在湖北襄陽峴山南，見襄陽篇奉寄同知李公（卷十二）箋。此爲代稱，並非實指襄陽之習池。

酬儲太僕見贈①〔一〕

抱病逢春無那春，雪晴雲氣相鮮新。經旬不出惱官長，束帶何由朝大賓。豈謂煙霄無勁翮，欲從江海訪遺珍。商歌日暮悲風起，索處應慚扣角人。

【校】

①詩題，弘德集作「用韻酬儲太僕見贈」。

【箋】

〔一〕儲太僕，指儲巏，字静夫，號柴墟，泰州（今屬江蘇）人。成化二十年（一四八四）進士，授南京考功主事，弘治初擢太僕少卿。正德二年（一五〇七）改左僉都御史、户部右侍郎。正德五年，引疾歸。劉瑾誅，起南京户部左侍郎、吏部侍郎，卒，謚文懿。著有柴墟齋集十五卷，明史卷二百八十六有傳。儲巏與夢陽有交遊，夢陽朝正倡和詩跋（卷五十九）曰：「詩倡和莫盛於弘治，蓋其時古學漸興，士彬彬乎盛矣，此一運會也。余時承乏郎署，所與倡和，則揚州儲静夫、趙叔鳴，無錫錢世恩、陳嘉言、秦國聲，太原喬希大，宜興杭氏兄弟，……」揚州儲静夫即儲巏。明過庭訓本朝分省人物考卷三十南直隸揚州府一：「時李夢陽、何景明等倡古文辭，執政者嫉才，欲擯斥之。巏以文章復古爲國家元氣，故於李、何極其扶植，得不傾陷。」四庫全書總目卷一百七十五柴墟齋集提要云：「巏嘗與李夢陽、何景明、徐禎卿相倡和，其詩規仿陶韋，文亦恬雅，至於才力富健，則不及夢陽等也。」弘治十八年（一五〇五），儲巏升爲太僕寺卿，夢陽任户部員外郎，二人交遊甚多，該詩當作於此時。按，儲巏有元旦之三日過海子橋懷李獻吉用韻：「城南城北動經春，雪霽山門水色新。感舊偶懷東道主，逢時空忝北都賓。新詩近日緣誰瘦，敝帚長年枉自珍。咫尺清塵違問訊，空同何處訪秦人。」儲另有小詩一首問訊李獻吉員外疾，亦當作於此時。

答太僕儲公見贈〔一〕

淮海先生海鶴姿〔二〕，年來何事鬢成絲。安危異日須公等，文雅于今是我師〔三〕。縱有孫陽難遇馬，誰言安石但能棋？桂枝偃蹇空山裏，旅病逢春故國思。

【箋】

〔一〕儲公，指儲巏，見上酬儲太僕見贈箋，寫作時間同上。

〔二〕淮海先生，即朱應辰，字拱之，又字振之，號淮海先生、逍遥館、淮海等，寶應（今屬江蘇）人，貢士，工散曲，著有淮海新聲，朱應登之弟，明詩綜卷四十三有略傳。

〔三〕「文雅于今是我師」，杜甫詠懷古跡五首其三：「風流儒雅是吾師。」

病間聞何舍人夢故山有感〔一〕

我逢新歲兼新病，君夢故園登故山。木杪啼猿行問訊，枕邊流水莫潺湲。深春古廟同誰往，絶壁孤雲只自攀。悵恨無家傍林谷，定應何處卜鄉關。

【箋】

〔一〕何舍人，指何景明，字仲默，見送何舍人齎詔南紀諸鎮（卷二十）箋。弘治十七年（一五〇四），何景明授中書舍人。次年（一五〇五）五月，明孝宗死，武宗繼位，何奉哀詔使貴州、雲南。據詩中「我逢新歲兼新病」句，該詩似寫於正德元年初。

雨中憶張大夫園亭①〔一〕

我愛張家好亭子，滿園林竹夏淒淒。雨花細雨飄窗裏，映日輕雷過檻西。已拚習池多樂事，況逢光禄有新題。朝回會與金蘭約，走馬攜壺到碧溪。

【校】

①詩題，弘德集作「雨中憶張大夫園亭因柬」。

【箋】

〔一〕張大夫，不詳。據詩意，疑作於正德初年任官户部時。

解官親友攜酒來看〔一〕

嚴城擊鼓天欲曙，風起平林纖月長〔二〕。故人開尊且復飲，客子狂歌殊未央。卧病一春違報主，啼鶯千里伴還鄉。他時若訪漁樵地，洛水秦山各淼茫。

【箋】

〔一〕據詩意，似作於正德三年秋自京師歸居開封後。

〔二〕「風起平林纖月長」，杜甫夜宴左氏莊：「風林纖月落。」

【評】

吴喬圍爐詩話卷六云：明初之詩，尚自平秀，弘治以後，化爲異物，不可謂之詩矣！獻吉立朝大節，一代偉人，而詩才之雄壯，明代亦推爲第一，其詩之深入唐人閫奥者，安敢没之？如「卧病一春違報主，啼鶯千里伴還鄉」，上句言坐獄，即退之琴操「臣罪當誅兮天王聖明」之意也。下句言人情寥落，即楚辭「波濤以來迎，魚鱗以媵余」、義山「歸去横塘晚，華星送寶鞍」之意也。使獻吉平心易氣，全集皆然，余安敢不推爲唐人，奉爲盟主？惟其粗心驕氣，不肯深究詩理，只託少陵氣岸以壓人，遂開弘、嘉惡習。

送王照磨省覲〔一〕

浮沙皛皛楚王臺，苦竹泠泠帝子哀。臘月江南鶯語合，早春湘北杏花開。貪趨彩服聊輕舫，苦憶金門罷舉杯。入幕郄超難許並，題橋司馬直須迴。

【箋】

〔一〕王照磨，不詳。照磨，元代以後所設掌管宗卷、錢穀的屬吏。元史百官志一：「照磨一員，正八品。掌磨勘左右司錢穀出納、營繕料例，凡數計、文牘、簿籍之事。」省親，探望父母。

寄徐子〔一〕

徐子南游涉洞庭，楚江風浪眼冥冥。揭來振玉朝天子，忽漫傳書與客星。訪戴難移剡溪棹，問奇曾過子雲亭。煙沙水國催春發，楊柳愁邊却盡青。

【箋】

〔一〕徐子，指徐禎卿，見贈徐禎卿（卷十一）箋。該詩疑寫於正德元年（一五〇六）。按，弘治十八年徐禎卿中進士，與夢陽相識，正德元年春，徐往湖湘，夢陽時任户部郎中。

寄徐編修縉〔一〕

題詩傳語玉堂賓，想像鳴鞭散紫宸。玩弄門前金騕褭，宛如天上石麒麟。徒誇中論流人世，實有新詩泣鬼神〔二〕。密勿願先諧大軸，漁樵久已屬閒身。

【箋】

〔一〕徐編修縉，指徐縉，見贈徐陸二子（卷十一）箋。正德二年徐縉由翰林院庶吉士授編修之職。又，從詩中内容可知，似作於夢陽被劉瑾矯詔下獄獲釋返回大梁之後，時間爲正德三年（一五〇八）冬或稍後。

〔二〕「實有新詩泣鬼神」，杜甫寄李十二白二十韻：「詩成泣鬼神。」

九日寄何舍人景明①〔一〕

九日無朋花自開，登樓獨酌當登臺。孤城落木天邊下，萬里浮雲江上來〔二〕。但遣清尊常不負，從教白髮暗相催。梁南楚北無消息，塞雁風高首重回。

【校】

①詩題，曹本作「九日寄何舍人仲默」。

【箋】

〔一〕何舍人，指何景明，字仲默，見送何舍人齎詔南紀諸鎮（卷二十）箋。弘治十七年（一五〇四），何景明授中書舍人。次年（一五〇五）五月，明孝宗死，武宗繼位，何奉哀詔使貴州、雲南。該詩似寫於弘治十八年或正德元年九月。按，陸深儼山續集卷五有九日山居客至以大風不遂登高因次李空同集韻，係次韻之作。陸深舉弘治十八年進士，選庶吉士，授編修。

〔二〕「孤城落木天邊下，萬里浮雲江上來」，杜甫登高：「無邊落木蕭蕭下，不盡長江滾滾來。」

冬霽宴丘翁林亭〔一〕

竹亭高宴雪霜殘，柏塢移尊月色寬。馴鶴自知迎客舞，絶琴今擬向君彈。醉來箕踞仍呼酒，老去留賓不着冠。解道冥鴻能萬里，肯輸烏鵲一枝安〔二〕？

【箋】

〔一〕夢陽丹穴行悼丘隱君（卷十九）小序：「丘名琥，號松山，夷門隱人也。」其詩題，曹本作「丹穴行悼丘翁」。據此及詩意，似作於正德間詩人閒居大梁時。夢陽有二月望丘翁林亭（卷三十），亦即其人。

〔三〕「肯輸烏鵲一枝安」，杜甫宿府：「强移棲息一枝安。」

立春遇雪柬孫君二首〔一〕

乾坤莽莽俱爲客，世路悠悠各愴神。海内弟兄稀見面，天涯霜雪又逢春。馴階鳥啄猶呼侣，破浪龍吟不避人。幾欲開尊向梅柳，白眉青眼爲誰顰？

其二

留滯周南春復春，路迷何處問三秦。竟非吾土堪垂淚，不爲儒冠豈誤身〔二〕。偷臘檻梅暄媚眼，弄寒山篠晚傷神。虚傳夜雪能乘興，不見山陰鼓柂人。

【箋】

〔一〕孫君，據詩意，或即孫一元，號太白山人，詳見太白山人傳（卷五十八）箋。孫一元有春日吴門和李獻吉見寄二首：「春水動幽興，江行人迹稀。青楓隨浦斷，遠雁與雲歸。過雨花經眼，停舟山近衣。長吟愁落日，霞外看餘暉。漫艤吴門棹，因成極勝遊。野吟峰影出，林卧草光流。帆回過江鳥，雲陰開晚洲。狂歌聊自得，隨地覓巖丘。」（太白山人漫稿卷四）或爲同時期作。

該詩疑作於正德年間詩人閒居大梁時。

〔三〕「竟非吾土堪垂淚，不爲儒冠豈誤身」，杜甫長沙送李十一銜：「竟非吾土倦登樓。」又，奉贈韋左丞丈二十二韻：「紈袴不餓死，儒冠多誤身。」

送張訓導棄官爲母〔一〕

蜀道干戈暮角悲，水行溪壑轉春姿。辭劉徐庶心先苦，迴馭王陽願不遲。正月巴山猶碧樹，孤舟峽口已黄鸝。併吞割據千年事，愁見岷峨有戰旗。

【箋】

〔一〕張訓導，不詳。訓導，古代學官。舊唐書職官三：「祭酒、司業之職，掌邦國儒學訓導之政令，有六學。……每歲終，考其學官訓導功業之多少，爲之殿最。」據詩意，似作於正德中詩人閒居開封時。

早春酬内弟璣〔一〕

騎馬衝泥到竹扉，孤城雪日弄暉暉。將飛鴻雁春相聚，得食魚蝦暖自肥。賈誼上書翻遠謫，桓榮稽古已多違。亦知匡濟諸君事，勿羨東臯早拂衣。

【箋】

〔一〕内弟璣，即夢陽左氏夫人之弟左國璣，生平見丙子生日答内弟璣（卷二十六）箋，該詩當作於正德中詩人閒居開封時。左國璣數試禮部不第，此時或在京。

早春郊園贈别〔一〕

野陰蒼蒼春不分，春堂黯黯惜離群。柳條欲折不應手，林花即開誰寄君。雁飛帆檣畏觸雪，日蒸山澤恣成雲。杳然攜别東園晚，綺席玉杯相對醺。

【箋】

〔一〕據詩意，該詩似作於嘉靖初年詩人閒居開封時。尾聯「東園」或即東莊，夢陽東莊置於嘉靖元年。

生日答李濂秀才〔一〕

臘前此日梅花劇，醆送初筵竹葉新。千里共爲青眼客，百年余是白頭人。清霜麗藻情休妒，醉舞狂歌意總真。忽憶退朝傳粥食，遲迴吟望一沾巾。

【箋】

〔一〕李濂，生平見三十篇贈醫李鄭張（卷十）箋。詩中稱李濂爲「秀才」，似爲正德八年李濂中舉人之前，疑詩作於正德五年或稍後。按，李濂先作有空同子生日席上作詩，曰：「尊開北海凍雲垂，客到東山錦瑟隨。逼臘壽筵無俗駕，忘年鄉社有幽期。山川杜甫豪吟日，風雪袁安穩臥時。檜竹檻梅俱媚眼，不辭今夕醉君卮。」（載李濂嵩渚文集卷二十八）夢陽答以該詩。正德五年（一五一〇）十二月七日爲夢陽三十七歲生日，次年夏即赴江西任官。

過内弟宅感詠〔一〕

天漢橋東①水竹居，明公卜築迴幽虛。軍城日月梁園永，戚里山河宋殿餘。諸弟冬林供雪筍，重闈日饌躍江魚。冰清牢落千年②事，手澤空嗟萬卷書。

【校】

①東，四庫本作「邊」。　②千年，弘德集、黄本、曹本作「千秋」。

【箋】

〔一〕内弟，即夢陽左氏夫人之弟左國璣，見丙子生日答内弟璣（卷二十六）箋。據詩意，疑作於正德五年前後寓居開封時。

積雨鄭左二子晚宴〔一〕

秋深衆草皆垂實，雨久高牆半濕痕。百歲榮枯同逆旅，二儀風霧自黄昏。烏鴉樹滑時窺屋，泥濘人稀早閉門。便合披簑邀鄭左，任從燒燭倒清尊。

【箋】

〔一〕鄭，即鄭作，生平見和方山子歌（卷八）箋。左，即左國璣，夢陽妻弟，生平見丙子生日答内弟璣（卷二十六）箋。據詩意，疑作於正德後期詩人閒居開封時。

送王生還里①〔一〕

華池避俗屯螢火〔二〕，往日談經近鹿場。萬里漂零余作客〔三〕，諸生親炙爾升堂。昨來見面生春色，歲暮還家帶雪霜。懷土力微難並進，强吟臨路獨淒涼。

【校】

①「送」上，弘德集有「汴上」二字。

【箋】

〔一〕王生，或即王天祐，慶陽（今甘肅慶城）人，夢陽於弘治九年（一四九六）丁憂期間所收學生，詳見寄王生（卷二十五）箋。據詩意當作於正德年間詩人閒居大梁時。

〔二〕華池，今甘肅華池縣東南東華池鎮，詳見贈王御史十四韻（卷十五）箋。

〔三〕「萬里漂零余作客」，杜甫登高：「萬里悲秋常作客。」

逢泰公門徒因寄①〔一〕

垂翅昨年辭帝都，散花今日見門徒。乘杯老去還能否，擊鉢狂來未信無。暫止乳鶯元逐燕，得時横隼莫驚烏。清沙密竹追隨地，腸斷飛虹月色孤。

【校】

①詩題，弘德集作「汴上逢泰公門徒因寄」。

【箋】

〔一〕據弘德集詩題及詩中「垂翅昨年辭帝都」一句，可知該詩當作於正德四年歸居開封時。按，正德三年春至秋八月，夢陽爲劉瑾下獄。

寄華韶州〔一〕

十年不寄一封書，索處常思萬里餘。謫宦賈生元獨遠，抗言劉向果誰如。新符海外勞分虎，舊德朝中想佩魚。退食昔移青瑣步，論文偏過省郎廬。

【箋】

〔一〕華韶州，疑爲華杲。杲字文光，無錫（今屬江蘇）人。弘治九年（一四九六）進士，改庶吉士，授户科給事中，論劾侍郎程敏政，調官太僕，歷韶州知府，政寬刑簡，動必益民。去後韶民思之，終福建左布政使。明顧清東江家藏集卷二十一華氏敕命碑陰記：「弘治十二年己未正月二十有五日，詔封今貴州左參政華杲父守莊爲户科給事中，母楊氏爲孺人，各賜敕一通。時杲官未半歲，蓋特恩也。杲受命逾月，以言事罷所居，官調主南京太僕寺簿。後十年，以本寺丞出知廣東之韶州。」可知杲出知韶州在正德四年前後，時夢陽因涉劉瑾案放歸大梁，居開封。詩云「十年不寄一封書」，自弘治十二年至正德四年，恰爲十年。又云「謫宦賈生」、「抗言劉向」，亦暗指二人經歷。

贈鄭庚〔一〕

文物江東數歙都，里傳貞白似君無。門前不種鈎衣草，堂上常巢返哺烏。爲客老年今道路，告歸春日復江湖。沙溪酒熟兒孫勸，拄杖徐行步緑蒲。

【箋】

〔一〕鄭庚，據詩意，似爲歙人，係鄭作族人。按，夢陽誠孝堂記（卷四十八）云：「其婚姻家有曰鄭庚者，尚德人也，見三子能成其父志，而竊大幸喜，至大梁，告我以顛末，請記。」似作於正德二年前後閒居開封時。

北行家兄與内弟玉實間行偵緩急即如雷霆之下魂魄並褫矧又如饑渴〔一〕

吾兄淚眼若懸河，内弟尫羸苦更多。昏黑同行草莽裏，明星獨傍邑城過。荒山葛藟縈初蔓，空屋荆花滿故柯。臨路斷腸俱哽咽，望歸攜手向煙蘿。

【箋】

〔一〕家兄，指夢陽兄長李孟和。夢陽族譜家傳（卷三十八）曰：「孟和，吏隱公子，字子育，爲散官。初名茂。天順五年十二月十日亥時生。娶孟氏。」事跡具高叔嗣蘇門集卷七大明北墅李公墓表。内弟玉，指夢陽妻弟左國玉。因劾劉瑾案，正德二年（一五〇七）三月，夢陽官免歸大梁，次年五月，劉瑾矯旨械繫逮夢陽入京，孟和、國玉亦隨之北上。該詩當作於正德三年五月。

寄答内弟璣九日繁臺見憶〔一〕

悵别登臺逢九日，雲閒水落望長安。風急愁聞木葉下〔二〕，秋清淚滿菊花團。臨危始識交親重，處世空嗟行路難。一勺塗鱗終放擲，九天歸翼待扶摶。

【箋】

〔一〕内弟璣，即夢陽妻弟左國璣，生平見丙子生日答内弟璣（卷二十六）箋。繁臺，見早春繁臺（卷二十四）箋。該詩寫於正德年間詩人閒居開封時。

〔二〕「風急愁聞木葉下」，屈原九歌湘夫人：「裊裊兮秋風，洞庭波兮木葉下。」又杜甫登高：「風急天高猿嘯哀，渚清沙白鳥飛迴。無邊落木蕭蕭下，不盡長江滚滚來。」

喬太卿宇宅夜别①〔一〕

竹梧池館夜偏寒，促席行杯漏未闌。燕地雪霜連海嶠，漢家鐘鼓動長安。吟猿見月移孤樹，宿雁驚人起别灘。二十逢君同躍馬，十年回首笑彈冠。

【校】

①詩題，曹本作「喬太常宇宅夜別」。

【箋】

〔一〕喬太卿，指喬宇，生平見媧皇墓送喬太常（卷十五）箋。從「燕地雪霜連海嶠，漢家鐘鼓動長安」看，夢陽此時正在京師。又據「二十逢君同躍馬，十年回首笑彈冠」，可推測該詩作於正德初年喬宇奉命赴中鎮、西海行祭前夕，時夢陽任户部郎中。

【評】

明詩選卷十：陳卧子曰：淒壯。

清吴喬圍爐詩話卷六：其喬太師宅飲別云：「燕地雪霜連海嶠，漢家蕭鼓動長安。」大且遠矣，與當時情事何涉？雖有哀樂之情，融化不得，豈非如牛頭阿旁異物耶！又云：二李派詩句，换其題，皆是絶妙好詞。喬太師宅之詩，「燕地雪霜連海嶠」移之登臨，移「吟猿見月移孤樹」於山中，移「宿雁驚人起別灘」於江南，皆合作矣。結云：「二十逢君同躍馬，十年回首笑彈冠。」既用「彈冠」事，移之譏喬不薦拔，即合作矣。「上客相如漢大夫」，移之爲趨炎則妙矣。

別都主事穆奔喪歸①〔一〕

瑶池②不聽鳳皇簫，銀漢愁看烏鵲橋。海内君親情併苦，天涯書劍路俱遥。陰陰朔塞鳴秋葉，滚滚寒江急暮潮。君去會應朝北斗，余歸終擬伴漁樵。

【校】

①詩題，弘德集作「夜別都主事穆奔父喪歸吴」，曹本作「別都主事奔喪歸」。　②瑶池，弘德集作「瑶臺」。

【箋】

〔一〕都主事穆，指都穆，字玄敬，吴縣（今江蘇蘇州）人，弘治十二年（一四九九）進士，官至工部主事、禮部主客司郎中，加太僕寺少卿，致仕。有壬午功臣爵賞録、使西日記、金薤琳琅、吴下塚墓遺文、都氏鐵網珊瑚、南濠居士詩話等著作。胡纘宗明中憲大夫太僕寺少卿致仕都公墓誌銘載：「（弘治）甲子，拜工部都水司主事，……未幾，丁父憂。」故該詩疑寫於弘治十七年（一五〇四）或稍後，時夢陽任户部主事。

夜別王檢討九思〔一〕

露白秋城角夜哀，朔雲邊月滿燕臺。仙人閣在銀河上，嬴女簫從碧落來。江葉自隨山葉舞，燭花偏傍菊花開〔二〕。風塵荏苒年華異，莫怪臨岐數酒杯①。

【校】

①酒杯，弘德集作「舉杯」。

【箋】

〔一〕王九思，生平見送王子歸鄠杜（卷二十一）箋。據李空同先生年表，夢陽於弘治十六年（一五〇三）七月「奉命餉寧夏軍，便道歸慶陽」。王九思於弘治九年十月始任檢討之職，夢陽出發前夕於王九思府邸飲酒道别，故詩中有「露白秋城角夜哀，朔雲邊月滿燕臺。仙人閣在銀河上，嬴女簫從碧落來」等句。王九思步其韻，亦有十四夜月與李二獻吉飲（載渼陂集卷五）詩，中有「萬户秋風砧杵哀，殊鄉今夕故人來」等句，詩當作於此時。

〔二〕「江葉自隨山葉舞，燭花偏傍菊花開」，杜甫曲江對酒：「桃花細逐楊花落，黄鳥時兼白鳥飛。」

宿江氏〔一〕

尋山累日山中宿，玉港回鑣見爾家。世遠樓臺喬木裏，族繁門巷一溪斜。深冬野竹猶風葉，細雨檐梅已凍花。惆悵哲人今異代，玉峰回首碧參差。

【箋】

〔一〕江氏，不詳。夢陽作有宿江氏莊（卷二十四），二詩疑爲同時作。據詩意，似爲正德六年（一五一一）冬詩人在江西任官時作。

穀日酬鄭屠二省使攜酒見訪〔一〕

殊方穀日軒齊過，返照虛窗暖自通。短鬢江湖今會少，早春閶闔舊趨同。越南閩北風煙際，岸柳園梅霽雪中。時世艱難須共濟，此生杯酒任西東。

【箋】

〔一〕穀日，農曆正月初八日。鄭、屠二省使，鄭，疑即鄭岳，字汝華，號山齋，福建莆田人，弘治六年（一四九三）進士，授户部主事，改刑部主事，轉湖廣按察司僉事。正德初，擢江西按察使、左布政使。嘉靖初升右副都御史巡撫江西、兵部右侍郎等。本朝分省人物考卷七十四、明史卷二百零三有傳。據明史李夢陽傳：正德八年（一五一三），夢陽因不服權貴，得罪江西巡按御史江萬實及左布政使鄭岳，「寧王宸濠者浮慕夢陽，嘗請撰陽春書院記，又惡岳，乃助夢陽劾岳」。則此詩當在二人交惡之前作。屠，即屠奎，正德間任江西布政使左參議，詳見螺杯賦（卷三）箋。該詩當作於正德六年或七年詩人任江西提學副使時。

滕閣訪屠子感贈①〔一〕

章門屢出緣尋子，滕閣留歡晚不回。霜落磧洲江漸細，日斜鄉國雁還來。紅巾未信干戈息，白髮能禁日月催。千古棟雲簾亦捲，西山秋色爲誰開〔二〕？

【校】

①詩題，弘德集作「晚秋滕閣訪屠子感贈」。

【箋】

〔一〕滕閣，即南昌之滕王閣。屠子，即屠奎，見前箋，本詩亦同時期之作。

〔二〕西山，在江西新建西，一名南昌山，即古散原山。王勃滕王閣詩：「畫棟朝飛南浦雲，珠簾暮捲西山雨。」

雨秋友人見過有贈〔一〕

時芳已後重陽雨，摇落深驚昨夜風〔二〕。鴉雀小亭雲竹静，蒹葭寒水瀨江東。詩名海内逢高適，人物吳中有阿蒙。數過淹留非縱酒，異鄉搔首各飛蓬。

【箋】

〔一〕據詩意，當作於正德六年或七年作者在江西任提學副使時。友人，不詳。

〔二〕「揺落深驚昨夜風」，杜甫詠懷古跡五首其二：「揺落深知宋玉悲。」

較射畢青雲峰示諸生〔一〕

射畢孤峰聊獨上，繞峰冬樹發孤雲。天開遠岫遲遲見，木①落寒江細細分。禮樂衣冠先此地，綱常簪組愧斯文。亨衢接武尋常事，孝子忠臣百世芬。

【校】

①木，原作「水」，據弘德集、黄本、曹本改。

【箋】

〔一〕較射，比賽射技，古代學校所學「六藝」之一。青雲峰，雍正江西通志卷四十古蹟撫州府：「青雲亭，名勝志：青雲峰在臨川治南二里。嘉熙庚子，令李義山作亭山巔，名曰青雲亭。董居誼詩：『溪傍好山添翠濕，亭依喬木得陰濃。有人欲踏青雲路，認取城南第一峰。』」青雲峰在今江西撫州。該詩當作於正德六年或七年夢陽提學江西視學撫州時。

發南浦贈人〔一〕

大寒冰雨何紛紛，曉行日臨江吐雲。得風舲舸故相逐，異港鳬鷗還自群〔二〕。浦南蓼洲春欲動〔三〕，岸西雪山晴未分。與君接席向杳①藹，吟坐傳杯侵暮曛。

【校】

①杳，原作「香」，據弘德集、黄本、曹本改。

【箋】

〔一〕南浦，在南昌西南，章江至此分流，見豫章篇（卷五）箋。詩似作於正德七年冬詩人任江西提學副使時。

〔二〕「得風舲舸故相逐，異港鳬鷗還自群」，杜甫進艇：「俱飛蛺蝶元相逐，並蒂芙蓉本自雙。」

〔三〕蓼洲，雍正江西通志卷七山川一南昌府：「蓼洲，在府城西一里南塘灣，二洲相並，水自中流入章江，有民居數百家，一名谷鹿洲。酈道元云贛水又逕谷鹿洲，即此。北堂書鈔作軥𨏔洲，云是呂蒙作勾鹿大艑處。」

江上逢羅通政〔一〕

秋乘彩鷁修春服，曉解牙章拜五雲。三十超遷門下省，遲迴瞻戀聖明君。烈風江上年垂暮，把酒旗亭袂忍分。晝錦故山家慶集，堂開鶴髮野梅芬。

【箋】

〔一〕羅通政，疑即羅欽忠。按，據明俞汝楫編禮部志稿卷四十三歷官表：「羅欽忠，字允恕，江西泰和人，弘治十二年（一四九九）進士，正德元年（一五〇六）任禮部員外郎，官至通政司左通政。」又，據明武宗實録卷六十七、卷一百零四：正德五年，羅欽忠升左通政。正德八年九月，「升通政司左通政羅欽忠爲南京太僕寺卿」。據詩意，該詩當爲正德八年秋夢陽於江西任提學副使時，與返回家鄉的羅欽忠相遇江上所作。

清江彭君幽居〔一〕

新霽隔城江色來，僻居春暮徑花開。當門銀杏有千歲，穿葉黄鸝能百迴〔二〕。南徼雲沙曾杖鉞，北山薇蕨且銜杯。波深五月鰣魚至，獨釣吟行鷗不猜。

【箋】

〔一〕清江，今江西樟樹，南唐昇元元年（九三七）置，屬洪州，治所即今江西樟樹市西南臨江鎮，保大十年（九五二）改屬筠州。太平寰宇記卷一百零六筠州：清江縣「以大江清流爲名」。北宋淳化三年（九九二）於縣置臨江軍，元爲臨江路治，明爲臨江府治。彭君，不詳。據詩意，當作於正德七年（一五一二）詩人視學臨江時。

〔二〕「穿葉黄鸝能百迴」，杜甫蜀相：「隔葉黄鸝空好音。」又百憂集行：「一日上樹能千回。」

題嚴編修東堂新成〔一〕

城居市遠同村僻，堂構春成屬燕忙。星檻夜凭斜北斗，日窗朝坐影扶桑。問奇頗類揚雄宅，醒酒真輕李相莊。喜即繫舟臨秀浦，恨猶轄笏背鈴岡〔二〕。

【箋】

〔一〕嚴編修，即嚴嵩，字惟中，一字勉庵，號介溪，分宜（今屬江西新余）人。弘治十八年（一五〇五）中進士，授編修。正德三年（一五〇八），因疾告歸，在分宜鈐山讀書數年，後起復。嘉靖二十一年（一五四二）起，由禮部尚書兼華英殿大學士晉太子太師、華蓋殿大學士，居宰輔。因恃寵攬權，聚斂貪賄，濫殺諫臣，樹植私黨，於嘉靖四十一年致仕。著有鈐山堂集四十卷，明史卷三百零八有傳。朱國禎湧幢小品卷十一天人云：「李獻吉督學江西，試士袁州畢，嚴介溪來見，時嚴方讀書鈐山堂，有盛名，獻吉亦雅重之。」又嚴嵩鈐山堂集卷三有奉酬空同先生垂訪見詒七律一首，有「病來渾與故人疏，珍重能勞長者車」之句。夢陽視學袁州在正德七年春，該詩當作於此時。

〔二〕鈐岡，明一統志卷五十七袁州府：「在分宜縣南三里，山勢特出，登之則舉一邑皆在目前。上有仰山行祠，祠側有泉。民有病者，求飲即愈。」雍正江西通志卷八山川二袁州府：「鈐岡山，在分宜縣水南二里，新澤水出于右，長壽水出于左，夾于山末，故曰鈐。山勢聳特，登之可眺一邑。上有仰山行祠，山腰有泉，病者飲之輒愈。山椒有問東亭，明推官徐之孟創，今傾圮。」楮笏，即揩笏，當作拄笏。拄，支撐；笏，古代大臣上朝時所持手版。世説新語卷三簡傲：「王子猷作桓車騎參軍，桓謂王曰：『卿在府久，比當相料理。』初不答，直高視，以手版拄頰云：『西山朝來，致有爽氣。』」比喻任官而有高致。

泰和南行羅通政舟送①〔一〕

開船日午君俄至，逆水開尊得併船。貪數岸花杯不記，已衝江雨纜猶牽。雲山楚越相逢地，劍珮京華始識年。感昔願仍還省閣，顧今俱已静風烟。

【校】

①詩題，弘德集作「自泰和南行羅通政舟送」。

【箋】

〔一〕羅通政，即羅欽忠，見江上逢羅通政（卷三十）箋。按，據明武宗實録卷一百零四：正德八年九月，「升通政司左通政羅欽忠爲南京太僕寺卿」。疑羅赴南京前回家省親，該詩疑作於正德八年夢陽任江西提學副使視學吉安時。泰和，明屬吉安府，即今江西泰和。

寄孟洋謫桂林教授①〔一〕

長沙賈誼君仍遠，南涉三湘復九疑。虎豹深山聊澤霧，蛟龍得雨固須時。行藏學閣蒼梧夕，鼓角夷城白髮悲。悵望適荆心豈忝，飄零極海翅非垂。

【校】

①詩題，弘德集作「寄孟御史洋謫桂林教授」，曹本作「寄孟御史謫桂林教授」。

【箋】

〔一〕孟洋，生平見贈孟明府自桂林量移汶上（卷二十五）箋。據國榷卷四十九：正德八年三月「試監察御史孟洋下獄。洋論大學士梁儲屢被劾，當去。禮部尚書靳貴陰求入閣，上責其排陷，謫桂林教授」。孟洋答顧全州華玉寄書云：「又全州過豫章，李獻吉附寄余詩簡，慨然詠此，以答全州。」（載孟有涯集卷九）顧璘過南昌時，夢陽在江西任提學副使，故作寄孟洋謫桂林教授，託顧璘轉交孟洋。

南康至日送韓訓導赴湖州推官〔一〕

黯黯寒冬湖水頭，遷官別我向湖州。吾道百年逢小至，雪江千里屬安流。飛騰刑獄官非忝，簡拔朝廷意實優。見説東南力已竭，哀矜此外爾何求〔二〕。

【箋】

〔一〕韓訓導，不詳。正德八年（一五一三）冬，夢陽至南康養病，井銘（卷六十）曰：「正德八年冬至，予至南康府。」又廣信獄記（卷四十九）：「李子寓南康府，臥病待罪。」該詩疑作於正德八年冬至。

〔二〕「見説東南力已竭，哀矜此外爾何求」，杜甫江村：「但有故人供禄米，微軀此外更何求。」

仰頭遇友夜泊感贈①〔一〕

舟夜雙燈倚碧灘，江雲靄靄覆春湍。中年獨覺滄洲穩，直道誰非行路難〔二〕。坐裏旌旗環匯澤，花時金鼓發長安。時危故國思芳草，懶慢先君得挂冠。

【校】

①詩題，弘德集作「仰頭遇友人夜泊感贈」。

【箋】

〔一〕仰頭，江西地名，不詳。據詩意，似作於正德九年詩人解官離别江西前。

〔二〕「中年獨覺滄洲穩，直道誰非行路難」，杜甫人日二首其二：「早春重引江湖興，直道無憂行路難。」

龍沙餞胡子還城①〔一〕

春卿送弟返扁舟，子孟還城設餞遊。樹蔭金沙開錦席，花吟楚鳥勸吟甌。平風岸壓鼋鼉窟，倒日江明鸛雀樓。古木徐亭偏寂寞，醉希凝望水東流。吴育字春卿。胡健字子孟，俱宋顯人也。

【校】

①詩題，弘德集作「龍沙餞胡子還城同吴子」。

【箋】

〔一〕胡子，不詳。夢陽廣信獄記（卷四十九）中有胡雲者，係夢陽在江西之門人，似即其人。龍沙，又名龍岡，在今江西南昌城北，見贈姚員外（卷十二）箋。此詩疑作於正德九年詩人解職離别江西前。

别太華君〔一〕

自我徘徊襄漢間，秋風倏忽吹襄山。鶖鶬竟日亂洲渚，鴻雁孤鳴愁草菅。秦路傷心紫芝折，楚巖回首桂花斑。層城月出歌鐘滿，誰念揚雄獨閉關？

【箋】

〔一〕按，本集卷二十五有九日楚山太華君同登，卷三十二有楚山九日太華君同登。據詩意，三詩均作於正德九年詩人解官離别江西遊歷襄陽時。太華君，疑即襄陽人何宗賢，見太華山人歌（卷二十一）箋。

贈何君遷太僕少卿①〔一〕

省客新乘卿士車，尋盟特別水雲居。還朝賈誼元前席，去國虞生合著書。貪顧休輕冀野馬，祖行親釣汴河魚〔二〕。虛疑厄閏春情晚，驛路群花宛宛舒。是年遇閏，何有「官似黄楊厄閏年」之句。

【校】

①詩題，弘德集作「贈别何君遷太僕少卿」。

【箋】

〔一〕何君，即何孟春，生平見訪何職方孟春新居二首（卷三十）箋。據明武宗實録卷一百二十：正德十年正月，己卯，「升河南布政司左參政何孟春爲太僕寺少卿」。該詩當作於此時，時夢陽已歸居大梁家中。

〔二〕汴河，即古汴水。見十二月十日（卷二十三）箋。

夏日赴監察許君之宴同張監察〔一〕

霜府池亭夏亦寒，捲簾河嶽火雲殘。筵開冰動琅玕簟，酒伴瓜行白玉盤。蕎石尋花時徑往，躍魚投餌晚留歡。孰教逃暑陪驄馬，自分清朝老釣竿。

【箋】

〔一〕監察許君，即許完，時任河南清軍監察御史。張監察，即張淮，時亦任河南監察御史，見雍正河南通志職官。故該詩作於正德十一年左右，見寄許監察二首（卷二十五）箋。

柬趙訓導二首〔一〕

趙，安邊營將家子〔二〕，讀易人也。

安邊坐堡近沙場，白日胡沙慘慘黄。彀弩汝兄增品秩，操觚吾子獨文章。雙龍一命新朝闕，三鱓諸生已報堂。授易未容輕管輅，揲蓍端合契羲皇。

其二

田園共傍古蕭關，舞鳳城臨斬斷山〔三〕。連茹實期王貢上，轉蓬俄聚洛河間。風塵落葉頻驚眼，苜蓿深杯且破顔。宋嶽魏臺俱不没〔四〕，及秋騎馬肯同攀。

【箋】

〔一〕趙訓導，即趙澤，時宦居開封，與夢陽友善。按，夢陽壽兄序（卷五十七）曰：「正德庚辰之歲，李有長公者，年六十矣。十二月十日，其生辰也。傳曰：『六十始壽。』于是都指揮同知霦、僉事臣、左長史春、右長史昷、訓導澤、通判環、司務彬、儀賓正八人者，爲長公者壽，登厥堂致詞而稱觴焉。」題目下，曹本、李本有小注「蔡霦、鞏臣、王春、郭昷、趙澤、李環、黄彬、仝正」諸姓名，則趙訓導即趙澤。又，夢陽趙妻温氏墓志銘（卷四十四）曰：「温氏者，予友趙澤妻也。正德十年，趙君拜開封府儒學訓導，挈其妻暨諸子來。越五年，是爲正德己卯，而其妻温氏卒。……昔者，予也居趙同巷焉，遊同學焉，謀同道焉，寢嘗同榻焉。又嫂呼温，以是知温之賢稔。趙千户者，趙君之父也，守禦安邊營，而趙君來遊於郡學，於是温事其父母，其父若母安焉。」故該文當作於正德十年至十四年間。

〔二〕安邊營，即安邊城，亦稱安邊所。明一統志卷三十六慶陽府：「安邊城，在環縣境，地名徐丁臺，宋崇寧築，賜今名。」又乾隆甘肅通志卷二十二古蹟慶陽府：「安邊城，在縣西北，地名徐家臺，宋崇寧五年築，賜名。金爲安邊砦。元廢。舊志：城在縣西北一百二十里，明置安邊所。」

〔三〕舞鳳城，不詳。斬斷山，在今甘肅慶城縣。讀史方輿紀要卷五十七陝西一延安府安化縣：「又有斬斷山，在府城南三里。」

〔四〕宋嶽，即艮嶽，在今開封城内東北隅。宋徽宗政和七年（一一一七）於汴梁東北築萬歲山，宣和四年，徽宗自爲艮嶽記，以爲山在國都之艮位，故名艮嶽，詳見宋史地理志一及宋張淏艮嶽記。魏臺，即銅雀臺，見銅雀伎（卷十七）箋。

酬和許監察九日對菊之作〔一〕

風檐落葉隨行步，坐近寒花引濁醪。久客重陽還細雨，故山他日幾登高。羈心汴館頻搴蘂，醉眼江門舊送濤。願戢霜威長晚色，賸抽英響續遺騷。

【箋】

〔一〕許監察，即許完，時任河南清軍監察御史，見河南清軍察院名碑（卷四十一）箋。詩似作於正德十一年（一五一六）或稍晚之重陽節，見寄許監察二首（卷二十五）箋。

酬和李子夏日遊天王寺見贈〔一〕

玉皇諸閣鎖空寥，夙昔攀緣客互招。細細嵩雲通佛栱，冥冥河氣度僧寮。柏潭路古搖晴葫，竹洞城陰掩熱椒。聞爾昨遊吾自阻，碧紗誰並照煙霄。

【箋】

〔一〕李子，不詳。天王寺，雍正河南通志卷五十寺觀開封府載：「天王寺，在府城北，明洪武二十年僧勝安建，内有藏經閣，明末河水淤平。」據詩意，當作於正德十一年或稍後詩人閒居開封時。

喜鄭生至自京師傳崔陸徐何諸人消息〔一〕

汝從京國傳消息，屈指離吾幾换年。當日應劉俱老健，朅來燕趙自風煙。陽回草木清霜後，歲暮賓朋醉眼前。别業舊臺攜手在，野鴻沙鳥日翩翩。

【箋】

〔一〕鄭生，指鄭作，生平見和方山子歌（卷八）箋。崔、陸、徐、何，崔即崔銑，見贈崔子（卷十）箋，陸即陸深，徐即徐縉，何即何景明，衆人皆在京任官。該詩似作於正德中後期夢陽閒居開封時。

繁臺冬日喜鄭生歸集〔一〕

予從汝去稀過此，即使經過亦惘然。乍聚酒杯須落日，久晴臘月有和煙。向陽小草纖纖出，傍水浮雲宛宛連。野立舉天昏色起，好横酣眼望三川。

【箋】

〔一〕鄭生，指鄭作，生平見和方山子歌（卷八）箋。據詩意，似作於正德九年詩人自江西離官後閒居開封時。

正月二日臺卿李公監察毛公袁公枉駕而顧毛歸有作輒次其韻二首①〔一〕

君子三陽元並進，朝廷四海況爲家。冠彈貢氏非吾願，星聚荀門敢自誇。走洗玉盤深映竹，驕嘶驄馬半銜花。緑尊未倒歸須夜，臺柏無言已宿鴉。

其二

吾生五九笑吾涯，短圃低牆即是家〔二〕。酒熟喜當賓客過，詩成慚使世人誇。日臨河嶽雲俱色，春入樓臺樹自花。轉盼不堪天地異，得棲無小後啼鴉。

【校】

①「臺」上，弘德集有「蒙」字。

【箋】

〔一〕夢陽大梁書院田碑（卷四十二）曰：「是田也，都御史内江李公、監察御史吉水毛公實倡之。」則「都御史内江李公」即此「臺卿李公」，即李充嗣，字士修，號梧山，四川内江人，成化二十三年

（一四八七）進士，正德中巡撫河南應天，進工部尚書，修治蘇松水利，嘉靖二年（一五二三）改南京兵部尚書，嘉靖七年致仕卒，有梧山集，明史卷二百零一有傳。據明武宗實録卷一百三十六、一百六十四，正德十年（一五一五），李充嗣遷右副都御史，巡撫河南，直至正德十三年七月，改巡撫蘇松。期間與夢陽多有交遊，見端本策序（卷五十）箋。

監察毛公，即毛伯温，見寄毛監察（卷二十六）箋。袁公，即袁澤。按，雍正陝西通志卷六十人物六引馬志曰：「袁澤，字汝霖，醴泉人。弘治己酉舉人，兩署學政，矩範尊嚴，諸士翕然仰之。繼擢御史，糾劾奸惡，無所顧避。清理河南軍戎，兼刷文卷，並造軍器，俱有成法，以疾歸。」又據雍正河南通志卷三十一職官二：正德中，袁澤任河南清軍監察御史。據明武宗實録卷一百五十五：毛伯温、袁澤巡按河南在正德十一至十二年春，從「吾生五九笑吾涯」可知，當時夢陽四十五歲，該詩作於正德十二年（一五一七）一月。

〔二〕「短圃低牆即是家」，杜甫絶句漫興九首其二：「野老牆低還似家。」

和毛監察秋登明遠樓之作〔一〕

院鎖簾垂白日幽，爲誰乘興獨登樓。地平嵩嶽窗中出，天倒黄河檻外流。坐對爐煙雲並起，醉摇霜筆樹還秋。可憐大廈須梁棟，未展那知匠氏憂。

【箋】

〔一〕毛監察，指毛伯温，見寄毛監察（卷二十六）箋。明遠樓，爲明清二代鄉試之所，此在開封。毛楝吉水毛襄懋先生年譜：正德丙子（十一年），「是年三十五歲，……出按河南道。八月，監臨鄉試，得王君教、杜君柟，多名士。公暇輒與崆峒李夢陽相唱和不倦」。詩當作於正德十一年（一五一六）或稍後。毛伯温任監察御史巡撫河南，作登大梁明遠樓：「同心共竣論文事，乘興還登明遠樓。中嶽雲開天霽色，大河風静地中流。人材孰過唐虞盛，科目賢於夢卜求。遥想試書開驛史，思皇端慰九重憂。」（東塘集卷七）之後有多人和作，夢陽此詩乃其一。王尚絅亦有登明遠樓韻：「小坐崚嶒最上樓，年來矮屋礙擡頭。半空風起波翻海，四月天寒雨送秋。去國尚懷王粲賦，看雲還動子山眸。閭閻況復渾多事，一曲南薰憶解憂。」又有秋日和登明遠樓韻二首，其一：「堂下魚龍泛海漚，嘯看雙眼據危樓。風雲地覆中華迴，圖畫天開萬里秋。利國何年曾有問，專門他日尚堪求。最憐馬獻明庭盡，信是廬空未足憂。」其二：「群公雅韻落天上，首首書題明遠樓。乘興浩然方望楚，傷心甫也正悲秋。齊梁日月還能數，潁洛風烟盡可求。多病不才今愧我，少年曾爾賦先憂。」（蒼谷全集卷四）此外，夏言河南文場明遠樓次毛汝礪韻（桂洲詩集卷十六）、李濂秋日貢院登明遠樓次毛監察韻（嵩渚文集卷二十三），皆與此詩同韻，當爲同時所作。

雪後困酒和王左史〔一〕

旭日上雪檐溜懸，廣文先生猶醉眠。牀頭緑尊①已交卧，解醒復倒囊中錢。開門泥濘午活活，有客騎馬來翩翩。强起梳頭煨芋栗，暖杯寒光仍四筵。

【校】

①尊，黄本作「樽」。

【箋】

〔一〕左史，左長史之省稱。王左史，據詩意，或即王春，見送王左史入覲（卷二十六）箋。按，夢陽壽兄序（卷五十七）曰：「正德庚辰之歲，李有長公者，年六十矣。……于是都指揮同知霖、僉事臣、左長史春、右長史昆、……八人者，爲長公者壽，登厥堂致詞而稱觴焉。」左長史春即王春，爲周王府左長史。庚辰，爲正德十五年（一五二〇），該詩約當作於此時。

東邊子變前韻〔一〕

繁丘草青春可憐〔二〕，欲往恰值春風顛。應門童子不通客，空同先生閒自眠。柳長故裊金色縷，梅落盡鋪白玉錢。安得即遊共爾閣，滿引香醪花簇筵。

【箋】

〔一〕邊子，指邊貢，見發京別錢邊二子（卷二十）箋。夢陽明故奉訓大夫代州知州邊公合葬志銘云：「奉訓大夫代州知州邊公既卒之四年，是爲正德甲戌，而其子貢復按察副使，提學於河南。」邊貢華泉集卷十四有俟軒解，曰：「正德甲戌仲冬之月，華泉子將如梁，道過黄池之津。」邊貢於正德十年始任河南按察司提學副使，正德十三年因母卒回鄉守制，正德十六年改任南京太常寺少卿。故自正德十年至十三年間邊貢在開封任官，得與夢陽相往來。故該詩當作於此時，時夢陽已由江西歸居大梁家中。又據詩題，此詩與前詩爲同時之作。

〔二〕繁丘，繁臺所在的山丘。繁臺，見早春繁臺（卷二十四）箋。

仲春繁臺飲餞醉歸口占呈陳邊二使君〔一〕

晝日起風花欲開，過鴻未盡巢燕來。看山已嚴陽翟駕，群餞復聚梁王臺。苦云離合每不易，便醉顛倒何嫌猜。背閣碧樹故裊裊，當筵哢鳥時徘徊。不見當年艮嶽盛，今日纍纍青草堆。

【箋】

〔一〕陳使君，不詳，疑爲陳雍。按，明武宗實録卷一百二十五載：正德十年五月，「升河南布政司右布政使陳雍爲貴州左布政使」，見送陳左使赴貴州二首（卷二十五）箋。邊子，指邊貢。該詩當作於正德十年仲春，前一年秋夢陽由江西歸居大梁，參前箋。

春日過遂平將軍第同李尹〔一〕

十年不到將軍第，一日重來令尹偕。春色不改延客閣，芳樹盡覆彈琴齋。尋香檻蝶娟娟逐，競暖池魚宛宛皆〔二〕。晚步鹿葱鶯欲放，續遊無吝玉爲牌。

【箋】

〔一〕遂平將軍，據明史諸王世系表一，當爲朱安洛，「康穆王朱安洛，恭安庶一子，弘治四年以鎮國將軍襲封，嘉靖二十四年薨」。李尹，不詳。遂平，今河南遂平，朱安洛封遂平將軍之爵位。詩約作於正德十二年前後夢陽閒居開封時。

〔二〕「尋香檻蝶娟娟逐，競暖池魚宛宛皆」，杜甫曲江之二：「穿花蛺蝶深深見，點水蜻蜓款款飛。」

限韻贈黄子〔一〕

禁垣春日紫煙重，子昔爲雲我作龍。有酒每要東省月，退朝曾對掖門松。十年放逐同梁苑，中夜悲歌泣孝宗〔二〕。老體幸强黄犢健〔三〕，柳吟花醉莫辭從。

【箋】

〔一〕黄子，據尚書黄公傳（卷五十八），當爲黄紱之子黄彬，詳見蒸熱三子過我東莊（卷十）箋。此人在正德中至嘉靖八年（一五二九）間與夢陽交遊頗多，或作於正德後期。

〔二〕梁苑，即東苑，又名兔園、梁園，在今河南商丘東南。史記梁孝王世家：「孝王築東苑，方三百餘里。」又，元和郡縣圖志卷七宋城縣：「兔園，縣東南十里。漢梁孝王園。」此代指開封。孝宗，即明孝宗朱祐樘。善於納諫，可稱明主。

〔三〕「老體幸强黄犢健」，杜甫百憂集行：「健如黄犢走復來。」

【評】

皇明詩選卷十：宋轅文曰：或悲或達，情見乎詞，結又振起全勢。陳卧子曰：元美極賞此作，要是高常侍佳境。

朱琰明人詩鈔正集卷五：空同爲劾壽寧侯事傾之再三，孝宗乃再三保全之，左右議予杖以稍洩張氏之憤，孝宗謂尚書劉大夏曰：「若輩欲以杖斃夢陽，我寧殺直臣以快左右心乎？」遂不復爲患。宜其感激涕零不能忘也。

清吴喬圍爐詩話卷六云：唐人王貞白太液池詩：「此波涵帝澤。」以「波」與「澤」犯而改爲「中」，獻吉之「深夜悲歌泣孝宗」，好句也，却「悲」、「泣」相犯而不知，心粗故也。心粗者無一事有成。

清李鍈輯詩法易簡録卷十一七言律：前四言昔在禁垣，常相從遊，後四轉到今日放逐之後，亦當相從。末句「莫辭從」，「從」字自次句「雲龍」生來，「柳吟花醉」，暗應首句「春日」。用法嚴密。

贈王推官相國之子①〔一〕

青年籍甚王推府，得郡吞江復據湖。楚楚驊騮當道路，英英秋月坐冰壺。三槐舊業承非忝，駟馬高門望與俱。相國醴筵今更數，在邦無憶鯉庭趨。

【校】

①「之」上，弘德集有「王君」二字。

【箋】

〔一〕王推官，不詳。推官，各府之佐貳官，掌理刑名、贊計典。相國，或即王鏊。據詩意，似作於正德後期。

高門堤陳氏別業夏集〔一〕

門堤平野突崔嵬，幔屋深林石磴迴。盛世行藏吾學圃，異鄉天地此登臺。馮軒五月涼風入，移席孤城返照來。急管暮催杯更進，醉翁非爲酒徘徊。

【箋】

〔一〕高門堤，在開封黄河邊。陳氏，不詳，當爲開封之友人。此詩疑作於正德後期作者閒居開封時。

李夢陽集校箋卷三十一　七言律三

贈酬二

夏日繁臺院閣贈孫兵部兼懷大復子〔一〕

獨馬孤城送客迴，亂蟬高柳出銜杯。晴天河嶽今開閣，戰地金元晚上臺。才自籌邊期獻納，義猶傾蓋愧徘徊。何休門客如君幾，北望天風萬里來。

【箋】

〔一〕孫兵部，疑即孫燧。按，雍正河南通志卷五十四名宦上載：「孫燧，字德成，浙江餘姚人，進士。正德中爲河南右布政使，平賦役，清冤獄。以薦拜副都御史，巡撫江西，會宸濠叛，燧不屈遇害，贈禮部尚書，謚忠烈。」明史卷二百八十九本傳稱：「（正德）十年十月擢右副都御史，巡撫江西。」可知該詩似作於正德十年（按，正德九年秋夢陽自江西經襄陽返開封）夏。繁臺，見早春繁臺（卷二十四）箋。大復子，即何景明，時何景明在京任中書舍人，直内閣制敕房經筵官。孫燧中弘治六年進士，與夢陽爲同年，故二人早已相識。

送楊子還里〔一〕

曾修書院盱江側〔二〕，君去懷予試一遊。當日水山應更好，別來松桂幾經秋。謝詩早向麻源覓〔三〕，顔帖時從廟碣收〔四〕。此外何求惟有醉〔五〕，背山合起望泉樓。

【箋】

〔一〕楊子，不詳。據詩意，似作於正德九年後歸居開封時期。

〔二〕盱江，即今江西臨川之撫河及南城以南之盱水。夢陽在江西任提學副使時曾改建盱江書院，並作有夜行盱江（卷二十七）、盱江書院碑（卷四十二）等詩文。

〔三〕麻源，位於江西南城，因麻姑山得名，謝靈運任臨川内史時曾作入華子岡是麻源第三谷詩。

〔四〕此句寫顔真卿麻姑仙壇記。

〔五〕「此外何求惟有醉」，杜甫江村：「微軀此外更何求？」

送張工副〔一〕

爲官秦邸君西去，因憶簡王相遇時。池出異蓮要作賦，館開修竹坐傳卮。龍旂寂寞還雲氣，鶴馭飄翩祇夢思。寄問白頭强相國，醴筵吟筆似前隨。

【箋】

〔一〕張工副，不詳，似爲秦王府官吏。工副，明會要卷四十職官十二王府官：「二十五年，定王府官屬，除工正、工副、倉庫等官照舊以吏員選除外，……」則工副爲王府官吏，掌工程事宜。

夏行人齎太皇太后哀詔過此以病淹于郊館僕爲作詩〔一〕

野館春雲劇暮陰，病臣哀詔此經臨。君親敢謂三江遠，涕淚懸知萬國心。風砌獨花堪憤悶，雨檐雙燕足清吟。遐陬每引前星望，賴爾兼程布此音。

【箋】

〔一〕夏行人，疑即夏言，貴溪（今屬江西）人。正德十二年（一五一七）進士，授行人，擢兵科給事中。

見夏都給勘鄴潞之戰惠見憶之作寄答四首(卷三十一)箋。據史載,明孝貞太皇太后卒於正德十三年初,該詩當作於正德十三年春,時夢陽閒居大梁。夢陽在江西任官時即與夏言有交遊,見冬日象山書院(卷三十二)箋。

城南新業期王子不至①〔一〕

新園本欲誇王史,竟日城南期不來。即使屋荒還五柳,忍令春暮只孤臺。對人芳藥翻翻出,近日浮雲細細開。已囑甕頭封緑蟻,明朝儻許盡餘杯〔二〕。

【校】

①王子,弘德集作「王左史」。

【箋】

〔一〕王子,疑即王春,見送王左史入覲(卷二十六)箋。該詩疑作於正德十五年前後詩人閒居開封時。

〔二〕「明朝儻許盡餘杯」,杜甫客至:「隔籬呼取盡餘杯。」

再期王左史不至〔一〕

地散官拘此亦希，草堂重約忍偏違。元期芍藥枝枝賞，忽復葵榴片片飛。諸客酒停時望旆，孤城日落尚留扉。人生樂事真能幾，野立蒼雲又白衣。

【箋】

〔一〕箋同上。詩當作於正德十五年（一五二〇）左右詩人閒居開封時。

繁臺次秦氏韻〔一〕

一秋今到十賢堂〔二〕，萬事傷心歎渺茫。草緑梁臺猶殿閣，花殘宋苑只宮牆。天南星宿元朝斗，崖北靈芝本向陽。未老息棲終傍此，預愁人擬卧龍岡。

【箋】

〔一〕秦氏，或即秦金，見七夕遇秦子詠贈（卷十五）箋。據詩意，似寫於正德四年前後詩人閒居開封時。按，秦金於正德三年任河南提學副使，五年升河南布政司左參政，得與夢陽酬唱。

〔二〕十賢堂，位於開封今龍亭附近，今已毀。

【評】孫枝蔚四傑詩選：王元美謂律至獻吉而大。其大者若冬日象山書院：「人亡故國還祠廟，世異陰崖尚品題。」臺寺夏日：「雲雷畫壁丹青壯，神鬼虚堂世代遥。」熊監察至自河西喜而有贈：「封事幾騰天北極，籌邊真歷地西頭。」繁臺次秦氏韻：「草緑梁臺猶殿閣，花殘宋苑只宫牆。」皆氣象高古者也。

送田生省母兄如晉①〔一〕

匹馬遥衝落日微，萬山何處是庭闈。塗紆沁上花應發，春盡并門雪尚飛。臨柏乍開荆樹閣，傍萱重着老萊衣。馮高試望風雲氣，大駕新從此路歸。

【校】

①詩題，弘德集作「送田生省母兄如晉在柏臺故云柏也」。

【箋】

〔一〕田生，即田汝耔，生平見雨後往視田園同田熊二子（卷十）箋。據弘德集詩題，田生赴晉探望其母，因其兄在山西任按察司僉事，其母亦在晉。柏臺，御史臺别稱。漢御史府中列植柏樹，常有野鳥數千棲其上，事見漢書朱博傳。唐宋之問和姚給事寓直之作：「柏臺遷鳥茂，蘭署得人芳。」據雍正山西通志卷七十八職官，正德十二年至十四年，汝棘兄汝耔任山西按察司僉事，此詩當作於正德十三年（一五一八）前後，時詩人閒居開封。

寄題孫氏苕溪草堂孫是時始有婚事〔一〕

苕溪之傍何者丘，幾時自卜林塘幽。已聞寬田足放鶴，曾否餘錢兼買舟。狎人鸂鶒元成偶，近檻芙蓉故並頭。塵世要留風格在，東南聊作醉鄉遊。

【箋】

〔一〕孫氏，即孫一元，生平見太白山人傳（卷五十八）箋。夢陽太白山人傳曰：「而湖舉人施侃者，雅喜山人而病其放，因說之居，山人然之，於是買田苕溪之旁，又説之婚，則婚侃妻妹張氏。」明劉麟清惠集卷八有孫太初墓誌銘，記曰：「太初，不知何許人，自稱曰關中人，人亦曰關中人，湖南雅社西溪龍致仁題其名曰：『太初，關中人。』正德戊寅秋八月，僦居湖南之後林村。是歲娶妻，己卯舉一女。庚辰二月二十日卒。」正德戊寅，孫一元結婚，是該詩當作於正德十三年（一五一八）。

送毛監察還朝是時皇帝狩于楊河〔一〕

楚生臨水送將歸，黎子當筵賦式微。天下汝爲真御史，百年吾是舊漁磯。沙寒白日蓬科轉，風起黄河木葉稀。此去有書應力上，太平天子本垂衣。

【箋】

〔一〕毛監察，指毛伯温，生平見寄毛監察（卷二十六）箋。毛伯温時任監察御史，巡按河南。明史卷十六武宗本紀：正德十二年九月壬辰，武宗「如陽和，自稱總督軍務威武大將軍總兵官。……冬十月癸卯，駐蹕順聖川。甲辰，小王子犯陽和，掠應州。丁未，親督諸軍禦之，戰五日。辛亥，寇引去，駐蹕大同」。朱國禎皇明大政記卷二十四亦載：正德十二年九月，「上獵大同陽和衛城」。按，陽和，即詩題之「楊河」。明史卷四十一地理志：「陽和衛：元白登縣，屬大同路。洪武初，縣廢。二十六年二月置衛。宣德元年徙高山衛來同治。北有雁門山，雁門水出焉。南有桑乾河。西南距行都司一百二十里。」該詩當寫於正德十二年（一五一七）秋。

【評】

皇明詩選卷十：宋轅文曰：澹而旨。

送李行人還朝〔一〕

南使樓船漫北迴，西巡車駕欻東來。星辰再逐千官入，閶闔重臨萬國開。寒盡旌旗猶拂雪，春新環珮且沾梅。虞弦定有薰風奏，佇望陽和遍九陔。

【箋】

〔一〕李行人，不詳。行人，官名，掌傳旨、册封、撫諭之事。弘德集卷二十九收録此詩，似作於正德後期閒居開封時。

逢吉生汴上〔一〕

汴上相逢俱白頭，秦中却憶少時游。煙花樓閣春風日，錦繡山河百二州。未論聽鶯穿細柳，實因走馬出長楸。金尊邂逅今宵月，明發仍懸兩地愁。

【箋】

〔一〕吉生，不詳。汴上，即開封。據詩意，疑作於正德十年後詩人閒居開封時期。

郊園夏集别李沔陽①〔一〕

東門慣種召平瓜，彭澤新成處士家。晨起忽嘶花外馬，君來同泛柳邊槎。向人菡萏元隨檻，哺子鵁鶄各占沙。明發路岐愁把袂，秋風江漢有歸艖。

【校】

①詩題，弘德集作「郊園夏集兼别李沔陽」。

【箋】

〔一〕李沔陽，即李濂，見田居左生偕二李見過二首（卷十七）箋。正德十年（一五一五）李濂官沔陽（今湖北仙桃）知州，時夢陽已閒居大梁，該詩似寫於此時。

李沔陽飲後田鄭二子復集於斯莊望見陂水驟落衆頗訝之〔一〕

五馬柴門夜已迴，二豪尊酒旦重開。林乾鳥雀群應喜，水落鳧鷖半不來。疏懶合收任氏釣，嘯歌真慕阮公臺。亦知河朔非凡輩，逃暑無辭掌上杯。

【箋】

〔一〕李沔陽，即李濂，見田居左生偕二李見過二首（卷十七）箋。田，即田汝耔，見雨後往視田園同田熊二子（卷十）箋。鄭，即鄭作，見和方山子歌（卷八）箋。按，正德十年（一五一五）李濂官沔陽（今湖北仙桃）知州，時夢陽已閒居大梁，該詩當寫於此時或稍晚。

早春酬張客見贈〔一〕

周王祈雪罷燈遊，楚客思鄉迥獨愁。不雨風雲常裊裊，入春江漢轉悠悠。穠花錦石添雙①鬢，橫笛短簫悲彩舟。歧路斷腸俱不減，予今搔首爲西州。

【校】

①雙，弘德集作「霜」。

【箋】

〔一〕張客，不詳。據詩意，似作於正德九年後作者歸居開封時期。

田居嘲答李沔陽①〔一〕

郊園自枉君侯車，日日觸熱尋吾廬。柳長風多秪欲睡，瓜成雨來仍用鋤。遠田陰陰立黄鵠，新波雙雙跳白魚。即令石水泥五斗，豈無五馬愁騎驢。

【校】

①詩題，弘德集作「田居雨後嘲答李沔陽用其韻」。

【箋】

〔一〕李沔陽，即李濂，見田居左生偕二李見過二首（卷十七）箋。正德十年，李濂官沔陽知州，夢陽時已閒居大梁，該詩當寫於此時。按，李濂嵩渚文集卷二十五有雨中柬空同子田居，此當爲同時步韻之作。

別熊御史出塞〔一〕

今夕何夕春風微〔二〕，把酒長歌春興違。嬌鶯乳燕黯不語，嫩蘂柔條空自稀。都門車騎明朝發，關下行人三月歸。北望胡沙青草盡，祁連山外斷鴻飛。

【箋】

〔一〕熊御史，即熊卓，武宗正德初任監察御史，奉敕出塞勞軍，檢御選明詩、明詩綜，熊卓有出居庸、居庸館中等詩。夢陽有熊士選詩序（卷五十二），曰：「熊士選者，豐城人也。名卓，字士選，弘治丙辰進士，爲平湖知縣，擢監察御史。以劉瑾黜之歸，黜者四十有八人，而余亦與焉。」是該詩似作於正德初夢陽任户部郎中時。

〔三〕「今夕何夕春風微」，杜甫今夕行：「今夕何夕歲云徂。」

春望柬何舍人〔一〕

城南春望春可憐，小苑高樓生暖煙。幾家芳草斷腸處，無數落花吹笛邊。川原萋萋入暮雨，車馬駸駸矜少年。欲向仙郎誇白雪，陽春久已絶人傳。

【箋】

〔一〕何舍人，指何景明，字仲默，見送何舍人齎詔南紀諸鎮（卷二十）箋。弘治十七年（一五〇四），何景明受中書舍人之職。次年五月，孝宗死，武宗繼位，何奉哀詔使貴州、雲南。該詩疑寫於弘治十七年，時夢陽任户部主事。

贈張含〔一〕

孔門諸子接升堂，杜甫交遊盡老蒼。萬里南歸望秋月，一樽①對别逢春陽。生兒當如李亞子，有父況作尚書郎。肅肅雲鴻天路永，樊籠斥鷃莫空翔。

【校】

①樽，弘德集、黃本作「尊」。

【箋】

〔一〕張含，見贈張含二首（卷十二）箋。「生兒當如李亞子，有父況作尚書郎」，李亞子，即五代李存勖。此指張含父張志淳，該詩似作於張志淳致仕南京工部侍郎前。按，據國榷卷四十八，張志淳於正德五年（一五一〇）九月致仕前任南京工部左右侍郎。據贈張含，張於正德四年八月離大梁歸雲南，「萬里南歸望秋月，一樽對别逢春陽」，似指張含來自雲南，時間應爲次年。故該詩疑作於正德五年詩人居開封時。

題環上人精舍〔一〕

前月到寺萱草香，今月到寺葡萄長〔二〕。潢潦盈盈旭日動，樓閣灑灑高雲涼。出門每恨市城隔，浮世空嗟車馬忙。圓月清秋期重訪，即扳留卧贊公房。

【箋】

〔一〕環上人，不詳。恐爲京師某寺僧人。

〔二〕「前月到寺萱草香，今月到寺葡萄長」，杜甫九日：「去年登高郪縣北，今日重在涪江濱。」

送膠州學職〔一〕

廣文先生騎馬來〔二〕，膠東膠西花欲開。鱣堂蕭蕭帶暮雨，芹池殷殷鳴春雷。太山西望真堪仰，洙泗東流竟不迴。寥落廟宫多古樹，屬君收取棟梁材。

【箋】

〔一〕膠州，元至元十二年（一二七五）置，屬益都路，治所在膠西縣（今山東膠州）。轄膠西、即墨、高密三縣。明洪武初，以州治膠西縣省入。洪武九年（一三七六）屬萊州府。

〔二〕新唐書百官志三：「（祭酒、司業）掌儒學訓導之政，總國子、太學、廣文、四門、律、書、算凡七學。」廣文先生，泛指清苦閒散的儒學教官。

送人還洛

十月朝天春始迴，洛邦真喜使君來。柳條臨路若相待，梅花滿堂渾欲開。雪晴幾過回鑾浦，日落時登承露臺。九重他日求賢詔，不道今無賈傅才。

秋日飲王子之第〔一〕

岧嶤玉殿逐秋開，迤邐金風觸酒迴。賓客百年梁氏苑，河山雙鬢李仙杯。露凋梧葉浮龍井，月引簫聲出鳳臺。莫羡同舟流逆調，須知雅樂是真才。

【箋】

〔一〕王子，不詳。按，弘德集卷二十九收録此詩，據詩意，似作於正德中後期閒居開封時。前首送人還洛作時同。

見素林公以詠懷六章見寄觸事叙歌輒成篇什數亦如之末首專贈林公①〔一〕

南伐經年駕北還，麗雲遲日藹燕關。花明合殿春開扇，柳引千官曉復班。新有越裳供雪雉，是年始貢者三國。更聞飛將奪天山。務農銷甲從今事，飽飯行歌興不慳。

其二

香含雞舌曾爲吏，日侍龍顔朝退時。春色故摇三殿柳，曉風偏放萬年枝。鏘鏘劍佩鵷行亂，裊裊旌旗鳳輦移。迂謬一麾今廿載，半生心事白頭知。

其三

青天萬仞削芙蓉，憶踏匡廬第一峰。哀壑暮雲埋虎豹，大江春浪變魚龍。天池玉②筆親留碣，石室山僧獨扣鐘。搔首昔曾霄漢上，舊題應被紫苔封。

其四

投簪萬里旋舟日，暫憩覃園傍峴西。潭起漢娥留佩賦，井傳王粲倚樓題。林猿浦雁心常往，楚雨襄雲路不迷。縮項一槎真欲釣，幾時重訪鹿門棲？

其五

買園近闢三三徑，啓户遥當六六峰。敢向大河誇樂土，且將名嶽寄行蹤。風林躍馬狐狸走，草澤回舟雁鶩衝。昨復潁陽開別業，傍軒新徙具茨松。

其六

西伐親將龍虎軍，南歸甘即鷺鷗群。謝安實費登山屐，司馬虚傳喻③蜀文。釣罷蘭溪宵上月，吟成壺嶺晝生雲。何時勉爲蒼生起，悵望東南五色氛。

【校】

①詩題，弘德集作「昨莆林公以詠懷六章見寄觸事叙歌輒成篇什數亦如之末首專贈林公托陳方嶽寄

去」。②玉，弘德集、黄本、曹本作「御」。③喻，弘德集、黄本作「諭」。

【箋】

〔一〕見素林公，即林俊，生平見暮春逢林子邂逅殊邦念舊寫懷輒盡本韻（卷十五）箋。據史載，林俊於正德十六年（一五二一）改任刑部尚書。又李開先李崆峒傳云：「林都御史俊北上，曾以詩六首見貽，崆峒乃如數奉和，（林）至京，改任刑部尚書。」故該詩當作於正德十六年或稍前，時夢陽閒居大梁。

小至後寄甥曹嘉①〔一〕

隔縣經秋汝面難，好音爲郡舅心寬。三河雁起沙先暮，四海陽回雪尚寒。萊竹召棠他日事，石渠金馬向來官。公餘定有尋幽興，莫惜新篇寄我看。

【校】

①詩題，弘德集作「小至後寄甥曹推官嘉」，曹本作「小至後寄甥曹嘉推官」。目録原作「至後寄甥曹嘉」，據此補改。

【箋】

〔一〕曹嘉，字仲禮，生平見戊子元夕示曹甥（卷二十三）箋。推官，各府之佐貳官，掌理刑名、贊計典。曹嘉乃正德十二年（一五一七）進士，後以御史言事出補大名府推官。按，明武宗實録卷一百七十七：「（正德十四年八月）江暉、馬汝驥已擬授編修，王廷陳、汪應軫擬授給事中，曹嘉擬授御史，以嘗言事忤旨，俱令補汝驥澤州，廷陳裕州，應軫泗州，俱知州；嘉，大名府推官。」詩當作於正德十四年詩人閒居開封時。

河上茅齋成呈家兄①〔一〕

愚弟罷官兄獨喜，卜築茅齋傍竹林。開窗忽見萬里色，背水常留十畝陰。春來燕子休相賀，日暮幽人且自吟。庭下會栽棠棣樹，牀頭新製有虞琴。

【校】

①詩題，弘德集作「河上茅齋落成呈家兄」。

【箋】

〔一〕家兄，指夢陽兄李孟和，字子育，見壽兄序（卷五十七）箋。正德二年三月，夢陽因參與彈劾劉瑾而致仕，歸大梁後，與兄孟和在黄河邊建築草堂。夢陽河上草堂記（卷四十九）曰：「正德二年閏月，予自京師返河上，築草堂而居。其地古大梁之墟，今曰康王城是也。瀕河，河故常來。今其地填淤高，河不來，人稍稍治墳墓、葺廬舍矣。……予兄故墾田數十百區，樹柳以千數，環堂皆柳也。登堂見大堤，及城中塔背，隱隱見河帆。」又十四夜翛然臺（卷十八），小序曰：「正德初，李子潛河上，築翛然之臺。」該詩疑寫於此時或稍後。

留别李田二秀才〔一〕

五年梁苑棲遲穩〔二〕，千里南州忽此行。海内尚還憂盗賊，老夫何用拜簪纓。音書陸續憑誰寄？醆酒留連見我情。惆悵暮天雲不盡，秋風相憶豫章城。

【箋】

〔一〕據詩意，似寫於夢陽被起用爲江西提學副使欲别開封時，時間爲正德六年五月。李、田二秀才，李，即李濂，生平見田居左生偕二李見過二首（卷十七）箋；田，即田汝耔，生平見雨後往視田園同田熊二子（卷十）箋。按，李濂有送李獻吉之江西提學詩：「璽書三月下青冥，五兩清風送去舲。會見西江沾化雨，定知南斗避文星。懷賢節駐廬山洞，弔古帆停孺子亭。把酒送君無限意，好收梁棟獻明庭。」（嵩渚文集卷二十六）即爲此時作。

〔二〕梁苑，即東苑，又名兔園、梁園，在今河南商丘東南。史記梁孝王世家：「孝王築東苑，方三百餘里。」又，元和郡縣圖志卷七宋城縣：「兔園，縣東南十里。漢梁孝王園。」此代指開封。

贈鄭羽士①〔一〕

怪爾零丁老鍊師，藏珍破屋鬢成絲。坐看丹竈宵忘寢，行折園葵午療飢。久雨水漳松樹死，塌牆人過廟門疑。空傳薦福千金帖，今世誰尋少保碑？

【校】

①詩題，弘德集作「贈鄭道士于廟住持者」。

【箋】

〔一〕據弘德集詩題，此詩當爲贈開封于謙祠住持鄭道士之作。于廟，據史籍，即于公祠，在河南開封城馬軍衙橋西，夢陽作有少保兵部尚書于公祠重修碑（卷四十一）。詩中「空傳薦福千金帖，今世誰尋少保碑」一句，亦可證。鄭羽士，事跡不詳。該詩疑作於正德後期詩人閒居開封時。

送蘇文學往主三賢書院〔一〕

邦侯敦禮聘才賢，梁客乘秋詣汝川〔二〕。堂上久懸徐穉榻，門前俄報孝廉船。雲山紫邏霜應峻，風穴青松晚更妍。獨上高丘試回首，紫陽白鹿自江煙。

【箋】

〔一〕蘇文學，不詳。文學，古代學官名。漢代於州郡及王國置文學，或稱文學掾，或稱文學史，爲後世教官所由來。三國魏武帝置太子文學，魏晉以後有文學從事。唐初於州縣置經學博士，德宗時改稱文學，宋以後廢。此用古稱。雍正江西通志卷二十一書院　南昌府：「三賢書院，在奉新縣寶雲寺西，祀宋周濂溪、蘇東坡、黄山谷。至元間，邑人鄧謙亨建，歐陽圭齋記之。」故該詩似作於正德七年夢陽任江西提學副使時。

〔二〕汝川，即江西汝水，爲今臨川東之撫河。源出江西廣昌南驛前鎮，北流經臨川，到王家洲分爲兩支。後撫河堵口，主流改道，經青嵐湖入鄱陽湖。

鄭生聞予種樹有成便冒雪攜酒來看鄭時有江東之行①〔一〕

鄭綮騎驢雪故來，無功行樹及春栽。沾濡立愛新松色，冷凍回驚早杏開。密片深當紅蕾集，寒聲虚帶翠蕤迴。思君蓑笠滄江上，酒罷翻愁去舸催。王績，字無功。

【校】

①詩題「之行」下嘉靖集有「末句及之」四字。

【箋】

〔一〕嘉靖集收録此詩，故詩作於嘉靖元年至三年間。鄭生，指鄭作。據方山子集序（卷五十一）：嘉靖五年，鄭作年四十七歲，病痰核，將歸方山，夢陽送之郊。據詩意，當作於嘉靖初年詩人閒居開封時。

送蔡子赴省〔一〕

君從歷下游三輔，暫就薇花避柏烏。關内久懸馮異望，河西早上伏羌圖。茶官詭譎時侵馬，餉吏奔趨日備胡。生養願今開氣象，山河百二本皇都。

【箋】

〔一〕嘉靖集録此詩，故詩當作於嘉靖元年至三年間。蔡子，或爲蔡霖，見送蔡帥備真州（卷十一）箋。正德十五年前後蔡霖任河南都指揮同知，時夢陽閒居開封。

鐘樓重別熊子〔一〕

野寺荒臺餞客游，江湖城郭暫消憂。危檐獨趁翩翩燕，細浦雙行宛宛鷗。人世舉杯俱勝跡，風林長夏有清秋。情來不用重翹首，西北浮雲是帝州。

【箋】

〔一〕鐘樓，應在開封。嘉靖集收此詩，故詩當作於嘉靖元年至三年間。熊子，即熊爵，見雨後往視田園同田熊二子（卷十）箋。按，夢陽有熊子河西使回三首（卷二十四），小注曰「是時甘軍殺都御史許銘」，明史世宗本紀載：「嘉靖元年春正月，……己巳，甘州兵亂，殺巡撫都御史許銘。」即此熊子。該詩似作於熊爵赴河西前，詩人時閒居開封。

閻曹二子發京姪木與之同舟而下有詩紀之予亦和此篇①〔一〕

共水同舟伴謫居，海天春色静涵虚。蠻方故啓流官路，漢史終收痛哭書。蜀徼山高常戴雪，滇門池苦亦生魚。上林花樹年年在，前席行看入禁廬。

【校】

①詩題下，嘉靖集有小注：「閻，蒙自縣丞。曹，茂州判。」

【箋】

〔一〕據嘉靖山東通志卷十七科目與雍正雲南通志卷二十三流寓：閻，指閻閎，字尚友，山東臨清人，正德十二年（一五一七）與曹嘉同榜進士，「嘉靖初吏科給事中，謫蒙自縣丞，寓建水，作正己堂記」，後召還」，曾任貴州提學副使。著有葦齋文紀、詩紀、南行稿、北還稿等。曹，指曹嘉，字仲禮，生平見戊子元夕示曹甥（卷二十三）箋。嘉靖四年乙酉（一五二五），「公甥御史曹君嘉以諫謫四川茂州判」（李空同先生年表）。此説有誤。按，皇明書卷十：「（嘉靖二年癸未）三月，御史曹嘉謫補外。……各奪級爲邊地雜職，乃以史道爲金縣縣丞，曹嘉爲茂州判官，閻閎爲蒙自縣縣丞焉。」又夢陽嘉靖集收此詩，該集所收詩限於嘉靖元年至三年間，該詩當寫於嘉靖二年。

【評】

皇明詩選卷十：陳臥子曰：極似高常侍送王李二少府詩。李舒章曰：不作方幅語。

甥嘉謫官過汴僦舍而居以時炎熱〔一〕

萬里嚴程此一州，問親娱舅爾須留。遷人賓客休填户，僦屋炎蒸幸有樓。穿檻筍高猶足采，戲池魚美更何求。館甥舊地花仍好，得暇頻來看海榴。

【箋】

〔一〕甥嘉，指曹嘉，字仲禮，生平見前箋。此詩收於夢陽嘉靖集，當作於嘉靖三年，時詩人閒居開封。

園莊餞蔡客還江東①〔一〕

來日麥苗歸麥黄，炎郊攜手暮蒼蒼。别筵車馬吾先醉，落日東南江自長。檣燕岸花休促棹，小堂新竹尚餘觴。吴門汴市無千里，應把并州作故鄉。

【校】

①詩題，曹本作「園莊餞蔡生還江東」。嘉靖集末有「二首」二字。又嘉靖集此詩有二首，此爲第二首，另一首見本書「補遺」。

【箋】

〔一〕嘉靖集録此詩，故詩當作於嘉靖元年至三年間，詩人時閒居開封。蔡客，不詳。

寄贈司寇林公還山〔一〕

徵書强逼上彤闈，退食長吟望翠微。漢室本緣三策重，都門真見二疏歸〔二〕。朝廷司寇元持法，天下蒼生遽拂衣。趨陛履聲皇念切，夢魂能復五雲飛。

【箋】

〔一〕林公，指林俊，生平見暮春逢林子邂逅殊邦念舊寫懷輒盡本韻（卷十五）箋。據明世宗實録卷二十九載，嘉靖二年（一五二三）七月，「庚寅，刑部尚書林俊請老，……上曰：卿先朝耆舊，自召用以來，慎重法守，屢進讜言，新政之初，方切委任，何乃固求休退？再覽今奏，益見懇切忠愛，特從所請，給驛以歸，仍加太子太保，有司月給食米三石，歲撥人夫四名應用，歲時以禮存問」。夢陽嘉靖集收此詩，詩當作於嘉靖二年。司寇，即刑部尚書。

〔三〕二疏，即西漢宣帝時疏廣、疏受叔侄，二人分别任太傅、少傅，同時以年老乞致仕，時人賢之。見漢書卷七十一。

謝南陵折贈牡丹十頭咸樓子重瓣〔一〕

王花折送出朱門，國色俄臨處士村。堆積實增春照耀，傳看直至日黄昏。先掄上萼園詩卷，已拚清香費酒樽。見説陳思才八斗，洛陽真譜許同論。

【箋】

〔一〕謝南陵，不詳。嘉靖集收録此詩，故詩當作於嘉靖元年至三年間，時詩人閒居開封。

儀賓柳子以合歡芍藥見贈予自不識此花而柳云種莳數年惟今歲雙朵時柳病方愈①〔一〕

賓卿贈藥驚奇異，共蔕分葩號合歡。入手自摩雙蕚歎，逢人恐當一花看。並頭虛漫誇蓮蘂，單瓣還應壓牡丹。汝抱繇疴今幸愈，和中天遺助平安。

【校】

①詩題，嘉靖集作「儀賓柳子以合歡芍藥見贈予自不識此花而柳亦云此種莳數年矣開即單頭唯今歲雙朵柳時脾病方愈乃予爲賦七言八句」。目録中「雙朵」原作「一朵」，據此改正。

【箋】

〔一〕柳子，不詳。據送柳儀賓進聖節表（卷二十六）箋，或即柳旺，某王府駙馬。嘉靖集收録此詩，故詩當作於嘉靖元年至三年間詩人閒居開封時。

夏日上方寺追念舊遊寄平陽王守前御史〔一〕

伏天樓閣同遊地，尊酒松林憶並攜。驄馬昨朝三極北，虎符俄剖萬山西。人間散合留高跡，壁上風雲護舊題。出守次公元入相，汾川應與潁川齊。黄霸，字次公。

【箋】

〔一〕平陽王守前御史，不詳。嘉靖集收録此詩，故詩當作於嘉靖元年至三年間詩人閒居開封時。

答杭雙溪渡河見寄①〔一〕

藩公赴鎮東來日，野老扶筇北上②時。貪墨似聞抛印綬，壺漿真見迓旌旗。豫州河嶽元中土，漢法封疆是重司。廿載别君今幸此，柴門能倒故人巵。

【校】

①詩題，嘉靖集作「答雙溪杭子渡河見寄之作」。　②北上，嘉靖集、黄本作「北望」。

【箋】

〔一〕杭雙溪，指杭淮，生平見酬秦子以曩與杭子併舟别詩見示余覽詞悲離愴然嬰心匪惟人事乖迕信手二十二韻無論工拙並寄杭子（卷十五）箋。詩中有「藩公赴鎮東來日，野老扶筇北上時」、「豫州河嶽元中土，漢法封疆是重司」等句，據明世宗實録卷二十四：杭淮於嘉靖二年（一五二三）三月，由湖廣按察使升任山東右布政使。又實録卷四十載：嘉靖三年六月，升河南左布政使劉文莊爲都察院右副都御史巡撫雲南。卷五十六復載：嘉靖四年十月，升河南左布政使杭淮爲南京太僕寺卿。杭淮當於嘉靖三年六月至四年十月任河南左布政使，該詩即作於此時期。夢陽嘉靖集收此詩，詩應作於嘉靖三年，時詩人閒居開封。

奉寄邃庵相公之作①〔一〕

徵書北闕朝朝下，不見東山起謝安。黄閣兩朝心自赤，蒼生四海淚曾乾。雲霄桃李猶門徑，歲月絲綸只釣竿。舟楫願公長好在，風江日夜有波瀾。

【校】

①詩題，嘉靖集作「九日詣我東莊遇水則舟之同黄子並苻李二生奉寄邃庵相公」，曹本、黄本無「之作」二字。

【箋】

〔一〕邃庵相公，即楊一清，生平見在獄聞余師楊公誣逮獲釋踴躍成詠十韻（卷二十八）箋。詩中有「徵書北闕朝朝下，不見東山起謝安。黄閣兩朝心自赤，蒼生四海淚曾乾」兩句，又據明通鑑卷四十三，楊一清在正德五年被起復，至正德十一年第二次致仕。嘉靖時，下書徵召，於嘉靖三年（一五二四）又起復爲兵部尚書總制三邊軍務。又夢陽嘉靖集收此詩，該集所收詩限於嘉靖元年、二年、三年，故該詩當作於嘉靖三年。嘉靖集詩題之黄子，據尚書黄公傳（卷五十八），當爲黄紱之子黄彬，居開封，詳見蒸熱三子過我東莊（卷十）箋。此人在正德中至嘉靖八年間與夢陽交遊頗多。

東莊冬日别謝行人①〔一〕

冬圃朋游菊半蕪，風林互飲葉全鋪。往來物理須霜露，離合人情豈路途。乾緑冷紅難避眼，剩香餘馥故侵壺。相逢莫漫憐修竹，要識乾坤有碧梧。

【校】

①詩題，嘉靖集、四庫本作「東莊冬日會别謝行人」。

【箋】

〔一〕謝行人，不詳。行人，官名，周禮秋官有行人之職。訏士：「邦有賓客，則與行人送逆之。」春秋、戰國時各國都有設置。國語晉語八：「秦景公使其弟鍼來求成，叔向命召行人子員。行人子朱曰：『朱也在此。』」韋昭注：「行人，掌賓客之官員名也。」又主號令之官。明代設行人司，復有行人之官，掌傳旨、册封、撫諭等事。嘉靖集收此詩，故詩當作於嘉靖元年至三年。又，夢陽有新買東莊賓友攜酒往看十絶句（卷三十六），詩作於嘉靖元年，其五云：「今春自買城東園，暇即郊行不憚煩。」故該詩當作於嘉靖元年。

雙溪方伯夏初見過就飲石几留詩次韻〔一〕

孤城春氣轉温風，石几閒門夏樹中。遇客便移杯酒玩，題詩今得故人同。猶驚鳥動花紛落，況值日斜樽不空。晚暮蒼茫萬里色，賴君長劍倚崆峒〔二〕。

【箋】

〔一〕雙溪方伯，即杭淮，生平見酬秦子以囊與杭子併舟别詩見示余覽詞悲離愴然嬰心匪惟人事乖迕信手二十二韻無論工拙並寄杭子（卷十五）箋。據明世宗實録卷二十四：杭淮於嘉靖二年（一五二三）三月，由湖廣按察使升任山東右布政使。又卷四十載：嘉靖三年六月，升河南左布政使劉文莊爲都察院右副都御史巡撫雲南。又實録卷五十六載：嘉靖四年十月，升河南左布政使杭淮爲南京太僕寺卿。杭淮當於嘉靖三年六月至四年十月任河南左布政使，該詩即作於此時。

〔二〕崆峒，即崆峒山，傳説軒轅黄帝向廣成子問道之地。一説在甘肅平涼西，較有名；一説在河南禹州。雍正河南通志卷八山川載：「（崆峒山）在（禹）州西北五十里，山前有觀，名逍遥。舊志云：黄帝問道于廣成子處。」此蓋指平涼之崆峒。

三司諸公久有蓮池之約會雨阻不赴乃移兵司東圃而飲爲詩以贈①〔一〕

西城宿雨天虚阻，東圃微晴人竟遊。地闊儘容雲氣入，亭深能使樹香留。尊前俊傑齊三府，林下迂疏自一丘。勛業太平公等在，故將高榻動南州。

【校】

①以贈，目録原作「以謝」，據此改正。

【箋】

〔一〕三司，明代各省設都指揮司、布政司、按察司，分主軍事、民政、司法，合稱三司。明史職官志一：「外設都、布、按三司，分隸兵刑錢穀，其考核則聽於府部。」據詩意，當作於嘉靖初年閒居開封時。

東莊再贈杭子兼呈其兄澤西年友〔一〕

冬郊日白無風沙，群飲送客遊瑯琊。到日定生韋澗草，有時同醉歐亭花。我今五十半潦倒，君日高貴元才華。過鄉爲問澤西子，老吟何處饒煙霞。

【箋】

〔一〕杭子，即杭淮，生平見酬秦子以曩與杭子併舟别詩見示余覽詞悲離愴然嬰心匪惟人事乖迕信手二十二韻無論工拙並寄杭子（卷十五）箋。據明世宗實録卷二十四：杭淮於嘉靖二年三月，由湖廣按察使升任山東右布政使。又卷四十載：嘉靖三年六月，升河南左布政使劉文莊爲都察院右副都御史巡撫雲南。又卷五十六載：嘉靖四年十月，升河南左布政使杭淮爲南京太僕寺卿。杭淮當於嘉靖三年六月至四年十月任河南左布政使，該詩即作於嘉靖四年冬。澤西，杭淮之兄，名杭濟，號澤西，與夢陽同年中進士。又，式古堂書畫彙考卷二十六録此詩，詩後有「嘉靖四年十一月也空同山人」一句。

乙酉除夕答鄭生兄弟見贈之作〔一〕

除夕天涯見客心，連枝游子各悲吟。徒將鬢雪凝青鏡，且把鄉梅託素琴。海嶽催春潛弄色，冰霜争歲沍成陰。吾家甕緑浮浮嫩，兄弟能來秉燭斟。

【箋】

〔一〕鄭生，即鄭作，夢陽方山子集序（卷五十一）：嘉靖五年，鄭作年四十七歲，病痰核，將歸方山，夢陽送之郊。據詩題，當作於嘉靖四年（乙酉）。

東莊謝臬司諸公攜酒見過〔一〕

白日餘紅亂撲衣，郊亭無事坐花飛。何緣五柳嘶驄馬，忽有群公到竹扉。過眼物華春自暮，賞心朋輩老應稀。亦知不是談玄宅，倘許頻來各醉歸。

【箋】

〔一〕謝臬司，不詳，或即謝迪，弘治、正德時大學士謝遷之弟。按，雍正浙江通志卷一百三十一選舉與卷一百三十七陵墓載：謝迪，字于吉，餘姚人，弘治十二年（一四九九）進士。臬司，明清提刑按察使司的别稱，主管一省司法，也借稱廉訪使或按察使。據雍正河南通志卷三十一職官：謝迪於嘉靖初年任河南按察使。又據雍正江西通志卷四十七秩官：謝迪於嘉靖元年任江西右參議，繼任副使。明世宗實録卷六十一則載：嘉靖五年二月，「庚申，升雲南按察使葛浩爲廣東右布政使，……江西副使謝迪爲河南按察使」。是謝迪任河南按察使在嘉靖五年（一五二六）。東莊，乃夢陽於嘉靖元年在開封所購置之莊園。夢陽有新買東莊賓友攜酒往看十絶句（卷三十六），詩作於嘉靖元年，故該詩當作於嘉靖五年或稍後。

上方寺會監司諸公〔一〕

梁園四月斗炎蒸，衆飲松堂爽色凝。天上樂聲僧梵接，掌中杯影塔雲層。高情不使忙官奪，野興常於勝地增。西海漸生歸路月，上方無藉散花燈。

【箋】

〔一〕監司，負有監察之責的官吏，明清時按察使、布政使等通稱爲監司。據詩意，似作於嘉靖五年前後詩人閒居開封時。

東莊藩司諸公見過〔一〕

少年湖海老中原，萬里誰期共一尊。邂逅路岐須盡醉，向來離合敢重論。桑麻事業陶公徑，鳥雀人情翟氏門。懶散廢書瓜可種，夜來時雨足吾園。

【箋】

〔一〕藩司，明清時期布政使的别稱。主管一省民政與財務之官員。按，夢陽有新買東莊賓友攜酒往看十絶句（卷三十六），詩作於嘉靖元年，是該詩當作於嘉靖五年前後詩人閒居開封時。

【評】

清汪端明三十家詩選初集：真至渾成，空同集中有數之作。

于公廟會王帥以其防秋北行〔一〕

新晴借廟張金鼓，舊約鋪筵集縉紳。氣早泠隨雲雨入，地幽人與竹松鄰。時來拜命防秋將，老去狂歌避世身。醉别贈君雙玉劍，持將西北掃風塵。

【箋】

〔一〕于公廟，即庇民祠，雍正河南通志卷四十八祠祀開封府：「庇民祠，在府治西，祀侍郎于謙，明成化中汴父老建，即公之寓廨所也。正德十年重修，每歲春秋，有司致祭。明李夢陽記。」又清一統志卷一百五十開封府二載：「庇民祠，在祥符縣治西，祀明少保于謙，即謙巡撫河南時舊廨也，成化中建。李夢陽有記。」夢陽叙九日宴集（卷五十九）曰：「嘉靖四年九月九日，趙帥觴客於青蓮之宫，歡焉。於是空同子立韻賦詩焉，衆和之，裒然而珠聚，爛然而錦彰，主人賡焉，鏗然而卒章。……是集也，趙帥、張尹則彙征有期，藍帥、白帥、王帥則剥牀未釋，王尹則不遠復者也。」則疑與此王帥爲同一人。該詩當作於嘉靖四年前後。防秋，舊唐書陸贄傳：「又以河隴陷蕃已來，西北邊常以重兵守備，謂之防秋。」

新秋宣威後堂會張鮑二帥晚過東圃作〔一〕

戟府臨秋氣自威，林亭過雨日能輝。但邀文士揮彤管，不願將軍試鐵衣。雲濕白花蘺槿重，風摇朱果石榴稀。彎弓欲看雙禽墮，海闊天晴雁不飛。

【箋】

〔一〕據前三司諸公久有蓮池之約會雨阻不赴乃移兵司東圃而飲爲詩以贈，該詩當作於正德末或嘉靖初詩人閒居開封時。張帥，不詳，或即張瓚。按，明武宗實録卷一百九十五：正德十六年五月，「升河南都指揮同知張瓚爲都指揮使，以捕賊功也」。鮑帥，疑即鮑國。按，據雍正河南通志卷三十一職官二：鮑國，江南壽州人，嘉靖初任河南都指揮使。又據明世宗實録卷四十二：嘉靖三年八月，「命署都指揮僉事鮑國掌河南都司事」。是該詩當作於嘉靖三年八月或稍後。本集卷二十一有贈鮑帥，亦即其人。

酬聶監察淮上見寄〔一〕

落木秋城動客哀，急風胡雁帶沙迴。夷門合是投簪地，淮海須憑攬轡才。勛業壯心頻覽鏡，暮雲詩句幾登臺。太微實與群星異，已有光芒接上台。

【箋】

〔一〕聶監察，疑即聶豹，字文蔚，號雙江，吉安永豐（今屬江西）人。正德十二年（一五一七）進士，除華亭知縣，屢遷平陽知府，修關隘，練鄉勇，以禦俺答侵擾。嘉靖四年（一五二五）召拜御史，巡按福建。出爲蘇州知府。累進兵部尚書，太子太保，後以中旨罷歸。爲學初好王守仁「致良知」之説，後傾向宋儒主静説，與守仁頗有異同。著有困辨録、雙江文集，傳見明史卷二百零二與明儒學案。該詩疑作於嘉靖五年前後詩人閒居開封時。

九日南陵送橙菊〔一〕

朱門美菊采先芳，玉圃新橙摘早霜。傳送滿盤真鬭色，分看隨手各矜香。深憐便合移樽酹，暫貯應須得蟹嘗。獨醉秋堂卧風物，一年晴雨任重陽。

【箋】

〔一〕南陵，疑即謝南陵，生平不詳，見謝南陵折贈牡丹十頭咸樓子重瓣（卷三十一）箋。據詩意，似作於嘉靖五年前後。

亭上限韻作〔一〕

片雲黑日熱轉添，忽有飛雨來纖纖。任情玉杯但一弄，乘興彩毫時復拈。角巾芒鞋客竟日，燕舞花明風滿簾。垂頭人吏困自睡，此地元非禮法嚴。

【箋】

〔一〕夢陽異道篇（卷六十六）曰：「嘉靖丙戌夏，倍熱，戊子更熱。」該詩疑作於嘉靖五年或七年。

送程生兼寄姑蘇五嶽黄山人〔一〕

壓枝梅杏纍纍碧，照眼櫻桃的的紅。舟楫大江無晝夜，路岐初夏有西東。淹留欲暮林間日，行坐惟便竹下風。秋水一帆湖海上，爲傳雙鯉到吴中。

【箋】

〔一〕程生，當指程誥，生平見孤鵠篇壽程生大母（卷七）箋。五嶽黄山人，即黄省曾，生平見喜程生自吴中回致五嶽黄山人音問（卷二十七）箋。按，據李空同先生年表、李夢陽致黄勉之（名省曾）尺牘其四，夢陽於嘉靖七年（一五二八）曾將自己編定的空同集六十二卷稿本交程誥轉黄省曾，故該詩當作於此時。

寄水南子〔一〕

孤雲晝陰董盆寺，迴風夕電南神岡。林木颯颯起新色，茅堂微微生嫩涼。高人北窗枕書卧，有酒誰與開尊嘗？鬱蒸殘暑不須念，雷雨時睹蒼龍翔。

【箋】

〔一〕水南子，即尚縉。夢陽明故臨江府知府致仕尚公墓志銘（卷四十七）：「嘉靖二年九月一日，臨江府知府致仕尚公卒，……公，睢人也，諱縉，字美儀，號水南子。」該詩疑作於嘉靖初年閒居開封時。

夏都給勘鄴潞之戰惠見憶之作寄答四首①〔一〕

廿年不入紫宸朝，白髮猶能伴野樵。敢向驊騮争道路，固知鵬鶚自雲霄。狂歌見月時呼酒，懶性臨風欲棄瓢。寄語昔遊青瑣客，嶺雲溪雪記同招。

其二

焚草常懷杜拾遺，從容退食梧垣遲。人當名世汝其輩，國有中興今固時。衰年丘園合潦倒，大業竹帛能留垂。迢迢故人寸心在，日日苦吟雙鬢知。

其三

侍臣斧鉞雲中下，山寨冰霜戰後行。穿腦乍攀黎賊路，石門重覽鄂王營。中興崖石元留頌，成筭朝廷敢論兵。試向絶巔看大海，年來波爲聖人平。

其四

岧嶤上黨接壺關，杖鉞東行歷萬山。巖凍雪埋擒虎窟，壑腥雲裊斫龍灣。嶄巉路透漁樵人，薈蔚林清鳥雀還。爲問登高能賦者，雪毫幾掃白雲間。

【校】

①夏都給，目録原作「夏都諫」，據此改正。

【箋】

〔一〕夏都給，即夏言，字公謹，貴溪（今屬江西）人。正德十二年（一五一七）進士，授行人，擢兵科給事中。嘉靖初，上疏言正德以來壅蔽，屢遷兵科都給事中，調查平定青羊山農民起義，論奏悉當。嘉靖十年，擢少詹事兼翰林學士，十五年，以禮部尚書兼武英殿大學士，旋爲首輔。二十一年，受嚴嵩排擠去官。二十四年，敕召還復官，二十七年，因嚴嵩誣陷遭殺害。隆慶初，「其家上書白冤狀，詔復其官，賜祭葬，謚文愍」（明史本傳）。千頃堂書目卷二十二著録其桂洲集五十卷。明史卷一百九十六有傳。夢陽在江西任官時即與夏言有交遊，見冬日象山書院（卷三十二）箋。

又，明史卷二百零三潘塤傳：「嘉靖七年累官右副都御史，巡撫河南。潞州巨盜陳卿據青羊山爲亂，山西巡撫江潮、常道先後討賊無功，乃敕塤會剿。塤謀於道曰：『賊守險，難以陣合諸路夾攻，出不意奪其險，乃可擒也。』遂分五哨三路入，募土人爲導。首攻奪井腦，賊悉衆争險。官軍奮擊，大破之，追奔至莎草嶺，燬安陽諸巢。山東副使牛鸞由潞城入，破賊李莊泉。其夕，河南副使翟瓚搗卿巢，卿敗走。瓚追敗之欒莊山，又敗之神河。山西僉事陳大綱亦屢蹙賊，先後降二千三百餘人。自進兵至搜滅賊巢，凡二十九日。捷聞，帝將大賚，遣給事中夏言往覈，未報。」鄴潞，即指潞州，在今河南。該詩約作於嘉靖七年（一五二八），時夢陽閒居開封。

熊監察至自河西喜而有贈〔一〕

當年五郡乘軺過，此日千城攬轡游。封事幾騰天北極，籌邊真歷地西頭。崑崙壯壓胡塵斷，弱水清翻漢月流。若使巡行皆汝輩，遠夷那係廟堂憂。

【箋】

〔一〕熊監察，或以爲熊卓，誤。按，據史載，熊卓於正德初年任監察御史，出使北方塞外，有出居庸、居庸館中等詩，可證，但其並未出使河西。另，熊卓卒於正德四年（一五〇九），夢陽任官江西視察豐城時寫有熊御史卓墓感述（卷十二）、熊士選祭文（卷六十四），亦可證。此處之熊監察，當指熊爵，祥符（今河南開封）人，正德十六年進士，嘉靖間先後出任巡按甘肅監察御史、巡按陝西監察御史、巡按四川監察御史等。夢陽有熊子河西使回三首（卷二十四），小注曰「是時甘軍殺都御史許銘」，明史世宗本紀載：「嘉靖元年春正月，……己巳，甘州兵亂，殺巡撫都御史許銘。」即爲此熊爵。故該詩當作於嘉靖元年或稍後，時夢陽在大梁賦閒。

【評】

孫枝蔚四傑詩選：王元美謂律至獻吉而大。其大者若冬日象山書院：「人亡故國還祠廟，世異陰崖尚品題。」臺寺夏日：「雲雷畫壁丹青壯，神鬼虛堂世代遥。」熊監察至自河西喜而有贈：「封事幾騰天北極，籌邊真歷地西頭。」繁臺次秦氏韻：「草緑梁臺猶殿閣，花殘宋苑只宮牆。」皆氣象高古者也。

李夢陽集校箋卷三十二　七言律四

時序

小至〔一〕

連年至日多暄暖，不似今年暖更饒〔二〕。脈脈水泉元自動，微微雲物向人遥。即防臘意傳梅蘂，更遣風光媚柳條。便可抽身解簪組，且謀春事伴漁樵。

【箋】

〔一〕按，本卷詩有近六十首爲「時序」之作，基本依時間先後編排。據詩意，此詩似作於弘治十八年（一五〇五）或稍前，冬至後一日。時夢陽在朝任户部員外郎。

〔二〕「連年至日多暄暖，不似今年暖更饒」，杜甫臘日：「臘日常年暖尚遥，今年臘日凍全消。」

人日〔一〕

翠篠娟娟暖不遲〔二〕，含風雪壁迥多姿。煙霞弄色不忍見，梅柳争春能幾時。返照高樓横欲斂，宿雲孤樹静難移。自傷消渴淹朱紱，不拜金花到玉墀。

【箋】

〔一〕據詩意，此似作於正德元年（一五〇六）正月初七，時夢陽任户部郎中。

〔二〕「翠篠娟娟暖不遲」，杜甫狂夫：「風含翠篠娟娟静。」

穀日〔一〕

人日穀日俱不惡，悠悠天意豈難明？得時田畯休空喜，少雪螟蝗恐旋生。陶令柳陰元傍宅，邵平瓜地故依城。載歌行路思農隱，未信青山亦世情。

【箋】

〔一〕據詩意，似作於正德元年正月初八日。時夢陽任户部郎中。

丁卯小至〔一〕

一冬爲客負檐暄，至日彤①雲客思繁。迎氣柳梅渾欲動，再開桃李更何言。飛沙霧竹催寒景，落日鄉關切斷猿。獨上高臺眺雲物，不堪清淚灑中原。

【校】

①彤，弘德集、黄本、曹本作「同」。

【箋】

〔一〕丁卯小至，指正德二年（一五〇七）冬至後一日。因劾劉瑾案，時夢陽正罷職閒居開封家中。

戊辰生日〔一〕

生還淹跡倚荒廬，懶散經秋賦索居。雙淚弟兄揮酒日，寸心關隴望鄉餘。臘晴柳日輝輝動，春逼冰河滚滚虚。三十七年吾底事，彈歌不爲食無魚。

【箋】

〔一〕戊辰生日，指正德三年十二月七日（即公元一五〇九年一月），時夢陽三十七歲生日，因劾劉瑾案，此年春被逮至京師，下錦衣衛獄，八月得釋，歸大梁，時夢陽自京城歸家未久。

臘日〔一〕

夷梁臘日春意動〔二〕，物色生態誰能禁？歸煙霏霏捎竹勁，融雪細細生苔深。腐儒奔走竟何事，鄉土棲遲多苦心。便欲乘閒買越舸，青春發興好南尋〔三〕。

【箋】

〔一〕該詩疑作於正德三年十二月初八，時夢陽自錦衣獄放歸不久。

〔二〕夷梁，即夷門、大梁，均爲開封的别稱，見春遊篇（卷十三）箋。

〔三〕「青春發興好南尋」，杜甫聞官軍收河南河北：「青春作伴好還鄉。」

九日繁臺二首〔一〕

窮秋避地兼逢節，曠野無山且上臺。江漢雁鶩翻北叫，太行河斷却東來。羈棲歎世深難醉，病起思鄉老易催。閏月有期還發興，菊花晚暮莫愁開。

其二

禹廟登高人盡迴，儒宫下馬盡殘杯。奔陳孔甲元孤憤，去趙虞卿且未哀。高葉下風還抱石，片雲拖雨故臨臺。酒闌却憶十年事，半醉呼鷹向此來。

【箋】

〔一〕該詩疑作於正德四年（一五〇九）之重陽節，時夢陽因劾劉瑾解職閒居開封。

己巳守歲〔一〕

窮年豈辦椒花頌，守歲真貪竹葉杯。天下風塵難即料，夜中星斗直須迴。傷心蜀漢新戎馬，觸目中原半草萊。飲罷空庭聊獨立，五更春角動城哀〔二〕。

【箋】

〔一〕己巳，指正德四年。守歲，指正值除夕，時夢陽在開封家中賦閒。

〔二〕「五更春角動城哀」，杜甫閣夜：「五更鼓角聲悲壯。」

辛未元夕雪後〔一〕

干戈西北塵雖静，寇盜東南檄尚飛。歎世酒杯難自强，競時燈火況多違。春偷草閣梅初放，雪舞堤城柳未①歸。三白農人歡荷笠，萬年天子願垂衣。

【校】

①未，弘德集、黄本、曹本作「乍」。

【箋】

〔一〕辛未元夕，指正德六年（一五一一）正月十五日夜，時夢陽在開封家中賦閒，二十六日，朝廷有人上奏欲復夢陽職。明武宗實録卷七十一載：正德六年正月，「丁丑，南京御史周期雍、王佩奏：原任給事中任惠、李光瀚、……王良臣俱以言（事）罷黜，都給事中趙士賢、署郎中李夢陽、主事王綸、孫磐、御史徐鈺、趙佑、楊璋、朱廷聲、劉玉等，雖不因言獲罪，亦敕諭有名者，其年力才識俱尚可用，乞復其原職。吏部覆請，許之」。

初度懷玉山有感〔一〕

年今四十身千里，生日登臨寓此中。憂國未收南望淚，思家猶阻北來鴻。寒冬白霧峰巒隱，車馬深山道路通。學海久傷青鬢改，振衣真愧玉巖風。

【箋】

〔一〕懷玉山，見赴懷玉山作（卷十三）箋。從「年今四十身千里」來看，當爲正德六年臘月（即公元一五一二年一月)。按,夢陽生於成化八年臘月(即公元一四七三年一月),此時正巧三十九歲,古人生日逢「九」過,故云:「年今四十身千里。」時夢陽任江西提學副使視學廣信府,並重建懷玉書院,見至懷玉山會起書院(卷十三)箋。

盱江小至〔一〕

建昌冬至益王宫,劍珮趨朝禮半同。萬里龍顏貪想像,十年霜鬢欻西東。臘偷江嶠梅先泄,春逼關河雁已通。雲物不遮鄉國目①,麻姑今擬暫停驄。

【校】

①目,四庫本作「月」。

【箋】

〔一〕盱江,即今江西臨川縣之撫河及南城縣南之盱水,見夜行盱江(卷二十七)箋。夢陽有盱江書院碑(卷四十二)曰:「今年冬十有一月,予至建昌府。」又嘉靖江西通志卷十五建昌府:「盱江書院,在府治北隅。宋儒李覯教授之所,有明倫、洙泗二堂,列誠意、正心、致知、格物四齋。元毁,地入府治,學田湮没。國朝正德壬申,提學副使李夢陽毁東嶽廟改建。」壬申爲正德七年(一五一二),該詩當作於此年冬至。

九日衙齋對酒偶作〔一〕

故鄉叢菊歎離居，客邸秋梅葉且舒。四海重陽三滯酒，兩河歸雁幾傳書？拂衣欲就淵明里，短髮猶驅孟博車。意遠遲回聊復酌，浮雲北望佇踟躕。

【箋】

〔一〕據詩意，似作於正德八年（一五一三）重陽節，夢陽時任江西提學副使。

南康元夕〔一〕

發春南地北同寒，旅宿張燈雪氣殘。三晉樓臺違夜月，五湖鷗鷺伴風湍〔二〕。真防柳色侵梅色，莫道蟬冠勝鶡冠。匣劍衝星愁易泄，倚笻還向斗牛看。

【箋】

〔一〕正德八年冬，夢陽至南康養病，時已接朝廷勘審之令。其井銘（卷六十）曰：「正德八年冬至，予至南康府。」又廣信獄記（卷四十九）：「李子寓南康府，卧病待罪。」該詩當作於正德九年正月十五夜。

〔二〕「三晉樓臺違夜月，五湖鷗鷺伴風湍」，杜甫詠懷古跡五首之一：「三峽樓臺淹日月，五溪衣服共雲山。」

楚山九日太華君同登〔一〕

登高此日吾惟汝，把酒他年憶菊時。酒劇江山聊自放，菊深風雨爲誰遲。謾於孔樂傷王賦，莫遣將歸學宋悲。轉眼干戈西北異，楚雲回首任支離。

【箋】

〔一〕太華君，即襄陽人何宗賢，見太華山人歌（卷二十一）箋。按，本集卷二十五有九日楚山太華君同登詩，卷三十有别太華君詩。據詩意，三詩均作於正德九年罷官離開江西暫居襄陽時。該詩當作於正德九年（一五一四）重陽節。

登高以雨留山寺〔一〕

鐘鼓高城夜到山，醉留真愛石堂間。傍龕燈伴吟猿宿，度澗風吹急雨還。來笑菊花供老鬢，卧愁雲霧滿人寰。朝晴更擬諸峰賞，萬仞丹梯合共攀。

【箋】

〔一〕據前詩，該詩當作於正德九年秋，時詩人攜妻左氏暫居襄陽。

乙亥元日柬臺省何邊二使君邊病卧久〔一〕

煙和日翠且重樓，洶洶綺羅悲此州。碧草可容漳浦卧，官梅真憶廣陵遊。來鴻去燕催今昔，柏葉薇花阻應①酬。興發春山能約往，冰開仙楫擬乘流。

【校】

①應，黄本作「但」。

【箋】

〔一〕乙亥元日，即正德十年正月初一，時夢陽賦閒大梁家中。何，指何孟春，生平見訪何職方孟春新居二首（卷三十）箋。按，據明武宗實録：正德十年正月，己卯，「升河南布政司左參政何孟春爲太僕寺少卿」。此時，何任河南左參政亦在開封。何孟春有乙亥元日次李獻吉見懷之作兼柬邊庭實，小序曰：「繁臺在汴城外，李屢約游，不果，而來詩有『興發春山能約往，來開仙楫疑乘流』之句，故以此答之。」邊，指邊貢，生平見發京別錢邊二子（卷二十）箋。邊貢於正德十年起任河南按察司提學副使，十三年因母卒回鄉守制，正德十六年改任南京太常寺少卿。自正德十年至十三年間邊貢在開封任官，得與夢陽相往來。邊貢有除夕河上卧病柬空同李子：「天涯卧病驚除夕，河上逢人感共游。歲月浮生雙鳥翼，風塵遠道一狐裘。君還豈爲鱸魚膾，我出真同雪夜舟。梅蕊柳條俱動色，幾時繼此並登樓。」亦作於同時。

乙亥元夕憶舊柬邊子卧病不會〔一〕

憶昔金錢並卜歡，稱心燈火獨長安。爐香欲散尚書省，環珮先歸太乙壇。十載酒杯喧五夜，九衢遊馬閲千官。蓬將①轉合今同此，月滿梁園却自看。邊舊太常，故曰太乙壇。

【校】

①將，弘德集、曹本作「飛」。

【箋】

〔一〕邊子，指邊貢，見發京别錢邊二子（卷二十）箋。時邊貢任河南提學副使，居開封。乙亥爲正德十年（一五一五），時夢陽賦閒大梁家中。

丙子冬至〔一〕

奉天門下玉闌橋，此日催班早侍朝。占史奏雲歡萬國，太官傳宴散層霄。苑梅迎律春先動，宫柳臨風色欲摇。一出忽今驚十載，百年勛業有漁樵。

【箋】

〔一〕丙子，指正德十一年（一五一六）冬至，時夢陽閒居大梁。「一出忽今驚十載」句，指夢陽於正德二年涉劉瑾迫害文臣案而歸家，故云。

丙子生日答田生〔一〕

當時結客少年場，走馬看花紫陌香。三黜偶然齊柳惠，兩朝奚但有馮唐。壽杯今夕余同醉，獻賦開春爾一方。京國逢人問衰健，爲言吾鬢已蒼蒼。

【箋】

〔一〕丙子生日，指正德十一年臘月（即公元一五一七年一月）。按，夢陽生於成化八年臘月（即公元一四七三年一月），此時正逢四十四歲生日，閒居大梁。田生，疑即田汝耔，生平見雨後往視田園同田熊二子（卷十）箋。

除夕寫懷呈毛使君〔一〕

晝日淒淒風色嚴，晚登雲閣漫開簾。山河不逐年華改，天地空悲老鬢添。隨俗香燈消獨夜，近人星斗下虛簷。微吟暗憶乘驄使，彩筆迎春幾自拈。

【箋】

〔一〕毛使君，即毛伯温，生平見寄毛監察（卷二十六）箋。時毛伯温始至開封任監察御史，巡按河南，詩疑作於正德十一年（一五一六）除夕。

元夕宴王孫第①〔一〕

向夕虛廊風自驚，敞筵華月坐留情。琴樓合與衣冠客，燈樹遥聞歌吹聲。吟劇晚梅聊索笑，醉移寒竹互尋盟。九衢遮莫催車馬，顛倒王孫百甕清。

【校】

①詩題，弘德集作「元夕宴王孫第次人韻」。

【箋】

〔一〕據詩意，該詩疑作於正德十一年正月十五日夜。王孫第，當爲開封之藩王府第。

丁丑除夕〔一〕

明朝行年四十七，默憶宦游年盛時。帝京守歲朋輩集，除夜開堂殽酒隨。彩筆迎春誰競長，白頭懷舊獨含悲。乘陽莫謂渾無事，冰泮黄河起釣絲。

【箋】

〔一〕丁丑，指正德十二年（一五一七），時夢陽閒居大梁。劉節有除夕用空同韻（載梅國前集卷八）詩，當作於同時。正德十二年起劉節任河南布政司右參政，與夢陽多有交遊。

戊寅立春庭前桃樹二首①〔一〕

冬殘月閏豫看春，暖氣晴陽應節新。老大徒懷炙背獻，艱危竊慮轉蓬身。下除飢鵲争嗛雪，出穴微蜂特傍人。獨立桃叢憶桃日，武陵今有泛花津。

其二

春日題春試彩毫，高門傳菜玉盤高。乍看旭日輝山檻，不分時風向砌桃。虎豹雲移思霧雨，魚龍冰動遲雷濤。物情且共天流轉，人世誰曾免二毛。

【校】

①「庭」上，弘德集有「立」字。

【箋】

〔一〕戊寅，指正德十三年（一五一八），時夢陽閒居大梁。

戊寅元日〔一〕

閏臘逢元晷自長，乍晴暄日趲年芳。當階雪浥桃枝透，隔户風傳竹氣香。籠内乾坤吾獨放，鏡中勛業鬢先蒼。北游春色隨龍輦，生意何由即萬方。

【箋】

〔一〕戊寅元日，指正德十三年正月初一，時夢陽閒居大梁。

小至喜康狀元弟河路過齎其兄書見示〔一〕

侵曉書雲雲四生，向昏濛雨散孤城。敲門怪爾關西使，匹馬緣誰淮上行。扳柳弄梅今日事，望鄉懷友百年情。傳言且共陽回喜，天意分明欲太平。

【箋】

〔一〕康狀元即康海，係夢陽好友，此時居武功（今屬陝西）家中，遣弟康河送書之夢陽，見寄康修撰海（卷十一）箋。該詩當作於正德十三年冬至後一日。按，後世以爲正德五年劉瑾伏誅後李、康二人交惡，此詩可證此説不可信。夢陽時閒居開封。

九月七日夜集〔一〕

此夜邀賓過草堂，實因佳節重壺觴。時侵叵奈燈前菊，老去誰拋鏡裏霜。草暗微寒催蟋蟀，雲開片月下滄浪。明朝好趁登高伴，木落天空望帝鄉。

【箋】

〔一〕據詩意，該詩似作於正德十三年（一五一八）九月，時詩人閒居開封。

冬至前一日雪集〔一〕

遽看風雪催長至，旋具盤飧款近賓。片片窺簾如避酒，霏霏點袂却隨人。臺寒預發書雲興，梅動猶潛隔夜春。醉裏白頭堪北望，陽回黄屋且西巡。

【箋】

〔一〕據詩意，該詩似作於正德十三年冬，時作者閒居開封。

己卯立春〔一〕

律窮寒極有今日，斗轉天迴還此春。雪擁竹根旋自濕，風來人面霎堪親。曾游舟楫思南國，未返旌旗望北辰。漫惜物華番覆醆，幾揮生菜欲沾巾。

【箋】

〔一〕己卯立春，指正德十四年（一五一九）立春日，時夢陽閒居大梁。

庚辰元日〔一〕

今日何日陰霏霏，看之不見濡人衣。層冰滿眼秖突兀，白日何處能光輝。單于祭馬春欲動，漢皇射蛟南未歸。傳道①揚州好花月，鳳簫應伴五雲飛。

【校】

①道，四庫本作「到」。

【箋】

〔一〕庚辰元日，指正德十五年（一五二〇）正月初一，時夢陽閒居大梁。按，詩中「漢皇射蛟南未歸」句，指武宗尚在南京，等待宸濠至，以演捕濠之禮。詩似有所諷。

元夕〔一〕

千年爛熳鰲山地，少小看燈忽二毛。兵後忍聞新樂曲，月前真愧舊宮袍。南州樓閣煙花起，北極風雲嶂塞高。悵望碧天聊獨立，夜闌車馬尚滔滔。

【箋】

〔一〕據詩意，似作於正德十五年（一五二〇）正月十五日夜，時詩人閒居開封。

立春前一日雪柬黄子〔一〕

春前白雪紛紛至，落地欲消還未消。明日立春應五出，晚來微月尚争飄。梅花故傍袁安室，柳色潛回鄭綮橋。聞道郢人能妙曲，曲成吾品赤鸞簫。

【箋】

〔一〕據詩意，該詩似作於正德十六年立春前一日。黄子，據尚書黄公傳（卷五十八），當爲黄紱之子黄彬，詳見蒸熱三子過我東莊（卷十）箋。此人在正德中至嘉靖八年間與夢陽交遊頗多。

辛巳立春〔一〕

冬晴轉覺冰霜厲，日散俄還海嶽春。彩勝恩光曾侍帝，菜盤風俗謾隨人。雪融樓閣沾沾薄，煙動松筠裊裊新。人壽幾何吾半百，到唇杯酒莫辭頻。

【箋】

〔一〕辛巳立春，指正德十六年（一五二一）立春日，時夢陽閒居開封。

辛巳元日〔一〕

倏忽吾生五十春，兩朝遺佚太平身。望鄉心逐關雲起，懷國情將汴柳新。自信右軍非墨客，王右軍五十書始成。誰言高適是詩人？適年五十始詩。南征昨報龍旗返，佇想嵩呼動紫宸。

【箋】

〔一〕辛巳元日，指正德十六年正月初一。夢陽生於成化八年臘月（即公元一四七三年一月），故該年恰好五十歲，時夢陽閒居開封。按，「南征昨報龍旗返」句，指武宗已自南方歸京。夢陽居開封，恐尚不知武宗落水患病之事。武宗卒於正德十六年三月。

辛巳生日〔一〕

吾今五十頭半霜，大兒已壯孫已長。力田頗自識草木，出門每與憂豺狼。風晴野冰白皛皛，臘近山日寒蒼蒼。但能草澤射猛虎，豈須熊館誇長楊。

【箋】

〔一〕辛巳，指正德十六年臘月（即公元一五二二年一月）。夢陽生於成化八年臘月（即公元一四七三年一月），故該年正逢五十歲，故云：「吾今五十頭半霜。」時閒居開封。

辛巳除夕遇立春〔一〕

改元明日初開曆，除夕今年暗入春。天地漸分三極色，行藏已半百年身。和煙浥浥梅應劇，滴露蕭蕭竹未勻。喧歲不知宵遽曙，北雲何處望楓宸？

【箋】

〔一〕辛巳除夕，指正德十六年臘月三十日。「改元明日初開曆，除夕今年暗入春」句，改元，即武宗卒，世宗即位，改元「嘉靖」。該詩作於正德十六年除夕，時夢陽閒居大梁。

壬午元日〔一〕

元年元日光華異，青帝青陽左個開。北斗不將天地轉，春風那使萬方回。蛟龍窟宅寒猶閉，鴻雁雲霄暖自來。迴首玉顔慚大藥，許身元擬是仙胎。

【箋】

〔一〕夢陽嘉靖集收此詩，該集所收詩限於嘉靖元年至三年間。壬午，爲嘉靖元年（一五二二），故該詩作於嘉靖元年正月初一，時詩人閒居大梁。

癸未除夕〔一〕

連冰累雪欺年暮，除歲嚴風放夜晴。挂斗拖星猶凍色，趲鐘催鼓遽春聲。喧城車馬朝元客，戰野旌旂御寇兵。人事物華應遂轉，燭堂深坐獨含情。

【箋】

〔一〕夢陽嘉靖集收此詩，該集所收限於嘉靖元年至三年間。癸未，即嘉靖二年，故該詩作於此年除夕，時詩人閒居大梁。

丙戌九日〔一〕

百年佳節今風雨，數日東籬已菊花。老鬢不緣吹帽短，濕枝何事向尊斜。紛披九徑憐揚子，潦倒三杯笑孟嘉〔二〕。欲補登高望晴色，晚來紅氣有雲霞。

【箋】

〔一〕丙戌，指嘉靖五年（一五二六），時夢陽閒居大梁，正值重陽節。

〔二〕孟嘉，字萬年，江夏人，東晉名士，陶淵明外祖父，官至從事中郎、長史，頗受桓温器重。傳見《晉書》卷九十八。

雜詩

九日浦江王水亭共泛二首〔一〕

長蘆古陂城一偏，樓臺波水秋相鮮。紫萸黄菊有今日，翠管銀筝須此筵。微風改席徐回纜，落日留賓更進船。漫説龍山能落帽，何如李郭共登仙。

其二

君王别館湖中央，菊日浮游錦纜香。貪把深杯向蘆葦，錯教横吹驚鴛鴦。車徒雜沓四岸合，殿閣洄沿一水長。萬古有人同①此地，他年吾輩是重陽。

【校】

①同，弘德集、黄本作「還」。

【箋】

〔一〕據詩意及後一首，此詩疑作於正德十六年（一五二一）秋，時詩人在開封閒居。浦江王，指封於開封之周藩。

憶西南陂九日之泛〔一〕

一游水亭心自牽，沙色湖風常眼前。蕩摇每疑菊在把，出没似有鷗隨船。冥冥浦漵幾落日，蒼蒼蒹葭時遠天。頻來此地亦可惜，恨無好詩酬紫煙。

【箋】

〔一〕賈道成墓志銘（卷四十六）云：「正德戊寅九日，李子、賈生共汎城隅之陂。」作於正德十三年重陽節。又，夢陽辛巳九日田子要東陂之遊雨弗克赴詩（卷三十二），作於正德十六年重陽節。此詩疑作於正德十六年。

再約陂泛屬風雨阻①〔一〕

自游此陂秋每晴，再約寧知風夜驚。紛披已詫黄葦亂，吞吐能禁白浪生。朝來霧雨細細動，時有鴻雁嘈嘈鳴。但問舟航今好在，無愁天地無開明。

【校】

①詩題，弘德集作「再約西南陂泛屬風雨阻」。

【箋】

〔一〕據前箋，此詩似作於正德十六年。

九月晦日西南陂再泛二首①〔一〕

水國窮秋霽更寒，渚宫重宴菊猶殘。閒身欲住張融舸，短髮羞欹杜甫冠。日映樓臺天上過，風恬魚鳥鏡中看。緣池莫戀團圞竹，即擬枚乘賦不難。

其二

水上冬初多白雲，沙間煙滿白鷗群。經添雨雪湖非減，刈盡蒹葭路轉分。當岸女牆晴倒出，傍船木葉醉偏聞。迴途恐觸蛟龍蟄，莫遣鳴笳徹暮曛。

【校】

①「西南陂」，目録原作「西陂」，據此補改。

【箋】

〔一〕此詩當作於正德十六年九月二十九日，參前箋。

辛巳九日田子要東陂之遊雨弗克赴〔一〕

今秋霖雨何連緜，佳日阻放東陂船。衰年實怯白頭浪，朋游忍負黄花天。城陰來往戲群鷺，寺門從横鳴亂泉。閒看静聽誰共汝？淅瀝晚暝松林煙。

其二

昨來晴立寺南丘，城水湖雲向客流。夕陽欲低鐘磬閣，隔岸忽聞簫鼓舟。動興帆檣真爲節，阻人風雨故禁秋。當籬蘂菊披披艷，獨嗅孤吟迴自愁。

其三

衝泥杜甫吟愁雨，落帽參軍醉倚風。雲水無緣雙放舸，蒹葭何意獨鳴鴻。清沙錦纜相期地，白首黄花轉望中。借問臨高把杯酒，幾層湖閣坐秋空。

【箋】

〔一〕辛巳九日，指正德十六年（一五二一）重陽日。田子，即田汝耔，生平見雨後往視田園同田熊二子（卷十）箋。東陂，開封城東之湖，在上方寺附近。夢陽有東陂秋泛三首（卷二十三）、秋日城東陂餞汪三（卷二十八）、城東陂秋泛（卷三十三）等詩，皆作於此時。

無事〔一〕

無事日長春但眠，水昏野暗風常顛。繁葩亂蘂眼欲盡，乳燕啼鶯心自憐。匣中幸猶有雙劍，杖頭奈可無百錢。人生幾何忽已老，激昂淚下如流泉。

【箋】

〔一〕按，弘德集卷二十九收録此詩，據詩意，疑作於正德末年詩人閒居開封時。

東園夏集〔一〕

水館風林夏日宜，野天晴色曠襟期。舊馴麋鹿呦呦切，新集鳧鷖泛泛遲。穿徑獨蜂猶覓蘂，倚牆餘杏漫留枝。蟬鳴鳥亂從渠暮，把酒看雲是我時。

【箋】

〔一〕據前詩箋，似作於正德末年。

霖雨洶涌城市簿筏而行我廬高塏尚苦崩塌何況黄子住居湫隘詩以問之〔一〕

前日頻雨無完牆，今番如注誰禁當。田廬城屋盡漂没，驕雲驚霧還飛揚。恒飢烏鴉只自噪，滿意蒿藋如人長。辭宅頗怪晏嬰子，卜居何必青泥坊。晏子宅近市，湫隘，景公徙之，晏子不從。杜詩「飯煮青泥坊底芹」。

【箋】

〔一〕李空同先生年表載：正德四年己巳，夢陽「以舊業讓兄，借居土市街。室廬湫隘。是歲秋霖彌月，公作苦雨前後篇、久雨柬黄子詩」，該詩當作於正德四年。黄子，據尚書黄公傳（卷五十八），當爲黄紱之子黄彬，詳見蒸熱三子過我東莊（卷十）箋。此人在正德中至嘉靖年間與夢陽交遊頗多。

正月望日繁臺寺集〔一〕

臘凍雲黄海岳愁，春青日白快吾游。陰坡氣觸娟娟雪，暖澤冰分細細流。晨起探梅穿野寺，晚來移席傍鐘樓。無端四望風煙起，燈火煌煌滿汴州。

【箋】

〔一〕據詩意，該詩寫於正德年間詩人閒居開封時。繁臺寺，據夢陽國相寺重修記（卷四十八），即國相寺，在開封東南。

夏日𣎴園〔一〕

夏日深林喧乳鴉，名園游客散平沙。百年事業真杯酒，四海朝廷正一家。隊隊自來循檻蝶，番番相學後春花。黃雲薄暮休驚眼，白首吾生信有涯。

【箋】

〔一〕佘園，即佘育家園莊。佘育，字養浩，號鄰菊居士、潛虬山人，歙縣（今屬安徽）人，有潛虬山人集、美牆集，見佘園夏集贈鮑氏（卷十六）箋。該詩似作於正德十一年夏。

田居喜雨〔一〕

有田憂水復憂乾，一雨農心得暫寬。從此荷鋤添野事，向來垂釣省風湍。臺林澤草俱回態，急響微沾並作寒。薄暮斷虹收霹靂，曠原西日倚筇看。

【箋】

〔一〕按弘德集卷二十九收此詩，似當作於正德中後期閒居開封時。次首秋遲亦作於此時期。

秋遲

秋遲月閏菊無花，景短天昏日易斜。山峻幾時殲虎豹，海枯他日見龍蛇。行藏且付杯中物，潦倒新添鏡裏華〔一〕。盜賊關南今定否〔二〕？暮雲哀角起三巴。

【箋】

〔一〕「潦倒新添鏡裏華」，杜甫登高：「潦倒新停濁酒杯。」

〔二〕關南，五代時稱瓦橋、益津、淤口三關以南地區爲關南。此句似指正德五年發生於河北的劉六、劉七起義。

獨上〔一〕

獨上高樓生夕煙，帝畿冬望轉凄然。西山雨雪留殘景〔二〕，北海風塵接暮天。只爲浮名傷遠道，況逢寒日下長川。江梅岸柳年年發，菊徑茅堂亦可憐。

【箋】

〔一〕按，弘德集卷二十九收録此詩，據詩意，似作於正德後期夢陽閒居開封時。

〔二〕西山，似在北京西郊。見離憤（卷九）箋。

臺寺夏日〔一〕

古臺高並鬱岧嶢，斷塔稜層鎖寂寥。積雪洞門常慘慘，熱①天松柏轉蕭蕭。雲雷畫壁丹青壯，神鬼虚堂世代遥。惆悵宋宫偏泯滅，二靈哀怨不堪招。

【校】

①熱，百家詩、詩綜作「炎」。

【箋】

〔一〕臺寺，即繁臺之相國寺，見正月望日繁臺寺集（卷三十二）箋。按，弘德集卷二十九收録此詩，似當作於正德後期閒居開封時。

懷古

于少保廟〔一〕

朱仙遺廟已沾衣，少保新宫淚復揮。金匱山河丹券在，玉門天地翠華歸。平城豈合留高祖，秦相何緣怨岳飛。最怪白頭梁父老，哭栽松柏漸成圍。

【箋】

〔一〕于少保廟，即于謙祠廟，在開封城内。夢陽少保兵部尚書于公祠重修碑（卷四十一）曰：「正德十年，監察御史巡按張君、清軍許君並謁公祠下，見其門屋三間，僅存堂，欹漏欲頽矣，……祠修於是年春，越夏而告成。張君名淮，南皮縣人。許君名完，丹徒縣人。事祠事者，開封知府賀君鋭也。」詩似作於此時。

朱遷鎮〔一〕

水廟飛沙白日陰，古墩殘樹濁河深。金牌痛哭班師地，鐵馬驅馳報主心。入夜松杉雙鷺宿，有時風雨一龍吟。經行墨客還詞賦，南北淒涼自古今。

【箋】

〔一〕朱遷鎮（朱仙鎮），在今河南開封西南，爲古代水陸交通要地。宋岳飛大破金兵，進軍至此。宋史岳飛傳：「飛進軍朱仙鎮，距汴京四十五里，與兀朮對壘而陣，遣驍將以背嵬騎五百奮擊，大破之，兀朮遁還汴京。」詩當作於正德中詩人閒居大梁時。

【評】

楊慎李空同詩選：此爲空同七言律第一首。「古墩」，字亦非苟，用李太白詩「沙墩至梁苑，二十五長亭」，與此相近。

明詩歸卷三：鍾惺云：聲調雄渾，是空同所長，不足爲貴，所貴雄渾中有一種靈透之氣耳。此詩絶不填塞事實，只淡淡寫意，而武穆精爽之氣隱隱往來其間，可謂真雄渾、真靈透矣，不減杜工部「丞相祠堂」之作。

又，譚元春云：朱仙鎮，不知是何風景，有此二語，宛然所出。一朱仙鎮在目，詩能自開情境如此。

又，鍾惺云：深得武穆之心。

又云：無限悲涼，却出之勁挺。

又云：痛心語！可與「此懷一屈不可復申」同讀。

春日謁三皇廟〔一〕

爰從開闢無三聖，蠢爾生民豈至今？寂寞廟宫誰下馬，遲迴天地獨沾襟。縈階藥蔓還春色〔二〕，摇日叢蓍已暮陰。悵望龍髯心更苦，白雲偏繫鼎湖心〔三〕。

【箋】

〔一〕三皇廟，明代洪武年間令各地建三皇廟，定期祭祀三皇。此當在開封。萬曆開封府志卷十五祠祀：「三皇廟，在府治東北隅。」三皇，指伏羲、神農、黄帝。詩似當作於正德後期閒居開封時。

〔二〕「縈階藥蔓還春色」，杜甫蜀相：「映階碧草自春色。」

〔三〕「白雲偏繫鼎湖心」，杜甫秋興八首之一：「孤舟一繫故園心。」

吹臺春日古懷〔一〕

廢苑迢迢入草萊，百年懷古一登臺〔二〕。天留李杜詩篇在，地歷金元戰陣來。流水浸城隋柳盡，行宫爲寺汴花開。白頭吟望黄鸝暮，瓠子歌殘無限哀。

【箋】

〔一〕據詩意，當作於正德時期閒居開封時。

〔二〕「百年懷古一登臺」，杜甫登高：「百年多病獨登臺。」

自關西回展外舅大夫之墓用前韻〔一〕

遥阡無計掃春萊，絮酒何因到夜臺。西客兩年和淚到，北風千里共愁來。田園樹大身先葬，書畫樓成畫不開。殁後外孫今五尺，百年遺恨使人哀。

【箋】

〔一〕外舅大夫，夢陽岳父左夢麟。夢陽明故朝列大夫宗人府儀賓左公遷葬志銘（卷四十五）曰：「左公，諱夢麟，字應瑞，年四十，弘治三年六月三日病卒，葬白塔兒原梨園中。葬二十二年，而爲正德五年，於是始徙於今墓云。今墓去舊墓東北四百步而近。」據詩題「自關西回」，詩疑作於弘治十七年。時夢陽奉命餉軍寧夏，返京途中至開封小住。

狄梁公寧州有廟①〔一〕

狄相②昔爲州刺史，于今伏臘③土人思。向來伊水瞻遺墓④，此處羌民拜古祠⑤。鸎鵡夢中天地轉，太行山上旆旌遲。稔知忠孝平生事⑥，更讀希文萬古碑⑦。

【校】

①詩題，嘉靖慶陽府志卷二十藝文作「狄梁公廟」。　②相，嘉靖慶陽府志卷二十藝文作「老」。
③于今伏臘，嘉靖慶陽府志作「千秋萬載」。　④伊水瞻遺墓，嘉靖慶陽府志作「伊洛瞻陵墓」。
⑤此句，嘉靖慶陽府志作「又在寧江見廟祠」。　⑥此句，嘉靖慶陽府志作「平生忠孝垂今古」。
⑦此句，嘉靖慶陽府志作「不愧希文數字碑」。

【箋】

〔一〕狄梁公，即唐狄仁傑。明一統志卷三十六慶陽府：「狄仁傑廟，在寧州城西。唐垂拱中建，有碑，豫州流民哭於其下，即此碑。存字剥落不可讀，獨宋范仲淹碑銘在六君子堂。」寧州，今甘肅寧縣，明屬慶陽府。明一統志卷三十六慶陽府：「寧州，在府城南一百五十里，本公劉邑，後爲義渠戎所居，秦置義渠縣，始皇時爲北地郡，……宋復爲寧州，宣和初置興寧軍，金屬慶原路，元屬鞏昌路，本朝改今屬。」此詩疑作於弘治十六年夢陽餉軍寧夏時。

靈武臺〔一〕

環縣城邊靈武臺，肅宗曾此①辟蒿萊。二儀高下皇輿建〔二〕，三極西南玉璽來。衣白山人經國計，朔方孤將出群才②。可憐一代風雲際，不勸君王駕鶴迴③。

【校】

①曾此，嘉靖慶陽府志卷二十藝文作「即位」。辟，嘉靖慶陽府志作「披」。②出群才，嘉靖慶陽府志作「濟時才」。③「可憐」一聯，嘉靖慶陽府志作「只爲天子東征去，聖武神功益壯哉」。

【箋】

〔一〕靈武臺，在今甘肅慶陽市環縣東北。明一統志卷三十六慶陽府：「靈武臺，在環縣東北三里，此地舊屬靈武郡，相傳唐肅宗即位於此。」弘治十六年七月，夢陽奉命餉寧夏軍，便道歸慶陽掃墓，該詩當作於此時。

〔三〕「二儀高下皇輿建」，杜甫又作此奉衛王：「二儀清濁還高下。」

【評】

清沈德潛明詩别裁集卷四：咎肅宗之闕於子職也，語微而顯。

清李鍈輯詩法易簡録卷十一七言律：首二句破題，三句言肅宗即位，收復兩京，四句言明皇自蜀傳位也。肅宗即位靈武，非奉明皇詔命，先言皇輿建，後言玉璽來，措語先後之間，便已凛然挾風霜之氣。末二句緊承五六句來，責肅宗不能退居青宫以盡子職而致慨于李、郭之不能匡救。詞婉義嚴，風人之筆。

又，第七句大轉法。

冬日象山書院〔一〕

草疏葉黄沙出溪，日高南崦氣淒淒。人亡故國還祠廟〔二〕，世異陰崖尚品題。烏雀石林迎旆散，野狐風草怒人啼。昔賢名跡誰堪此，兩淚遥傷萬仞梯。

其二①

曉岸霜林出併驄，冬晴丹壑自含風。遺祠俎豆攀緣日，往事荆榛想像中。半凍巖泉和雨斷，實連山谷暗雲通。搴蘿更洗磨崖讀，迴立徘徊落葉紅。

【校】

①其二，弘德集、黄本、曹本、李本題作「象山書院同友」。

【箋】

〔一〕雍正江西通志卷二十二書院二載：「象山書院，在貴溪縣南三峰山下。宋陸文安九淵講學之所。紹定四年，提刑袁甫請於朝，遣上舍生洪陽祖即其地建書院。中爲聖殿，翼以兩廡。後爲彝訓堂，翼以居仁、由義、志道、明德四齋。堂後爲仰止亭，有池，上建濯纓、浸月二亭，堂左爲儲雲、佩玉二精舍，右爲梭山、復齋、象山三先生祠，賜額象山書院，袁甫記。元季毁於兵。明景泰間，巡撫韓雍、知府姚堂重建，又置田以供歲祀，李奎記。正德間，提學李夢陽、知縣謝賓重修。」嘉靖江西通志卷九廣信府：「象山書院，在貴溪縣。……正德辛未，提學李夢陽增建門堂，立牌坊，命知縣謝賓建仰止亭於其後。」又，同治貴溪縣志卷四書院載：「象山書院，舊在縣南六十里應天山，宋陸文安講學於此，始名象山。……正德辛未，提學副使李夢陽增建門堂房扁。」貴溪縣屬廣信府，是該詩疑作於正德六年冬夢陽視學廣信時。雍正江西通志卷一百四十九藝文詩三載夏言次李空同遊象山書院詩，曰：「泛舟涉前津，陟岸歷平坂。巖高既岑嶝，境曠復幽衍。遺祠莽荒寂，俎豆舊莫展。鄙予辱里門，歎惋屢縈緬。壯哉李子遊，清風披層巘。千秋肯堂構，吾道賴舒卷。歸來重修謁，創覯昔心遣。遺音託深劚，三賢諒俱顯。」夏言，字公謹，貴溪人。正德十二年進士，嘉靖時官至禮部尚書、武英殿大學士，後爲嚴嵩所害，棄市。見夏都給勘鄴潞之戰惠見憶之作寄答四首（卷三十一）箋。

〔二〕「人亡故國還祠廟」，杜甫登樓：「可憐後主還祠廟。」

【評】

孫枝蔚四傑詩選：王元美謂律至獻吉而大。其大者若冬日象山書院：「人亡故國還祠廟，世異陰崖尚品題。」臺寺夏日：「雲雷畫壁丹青壯，神鬼虚堂世代遥。」熊監察至自河西喜而有贈：「封事幾騰天北極，籌邊真歷地西頭。」繁臺次秦氏韻：「草緑梁臺猶殿閣，花殘宋苑只宫牆。」皆氣象高古者也。

補録

秋望①〔一〕

黄河水繞漢宫②牆，河上秋風雁幾行。客子過壕追野馬，將軍韜箭射天狼。黄塵古渡迷飛輓，白月横空冷戰場。聞道朔方多勇略，只今誰是郭汾陽〔二〕？

【校】

①詩題，列朝作「出使雲中作」。　②宫，列朝作「邊」。

【箋】

〔一〕按，詩題，列朝詩集作「出使雲中作」。雲中，即古之雲中郡，約在今山西大同、内蒙托克托一帶，在黄河南岸，見出塞曲（卷十七）箋。弘治十六年（一五〇三），夢陽奉命餉寧夏軍，自京城出發，過大同至榆林（今屬陝西），詩疑作於此時。

〔二〕郭汾陽，即唐人郭子儀，華州鄭縣（今陝西渭南）人，肅、代時期中興名將。事見舊唐書卷一百零二、新唐書卷一百三十七。

【評】

皇明詩選卷十：李舒章曰：關山歷歷。宋轅文曰：「白月」一語，驚心動魄。又曰：此詩空同集不録，或以爲結用唐人故耳，然如汾陽公，亦自不妨。

明王世貞藝苑卮言卷五：仲默别集亦不能佳，惟空同集是獻吉自選，然亦多駁雜可删者。余見李嵩憲長稱其「黄河水繞漢宫墻，河上秋風雁幾行。客子過壕追野馬，將軍韜箭射天狼。黄塵古渡迷飛輓，白月横空冷戰場。聞道朔方多勇略，只今誰是郭汾陽」一首，李開先少卿誦其逸詩，凡十餘首，極有雄渾流麗勝其集中存者，爾時不見選，何也？余往被酒跌宕，不能請録之，深以爲恨。

明潘之恒箋云：此弇州公藝苑卮言所録者，氣調高古，足與王摩詰出塞作争雄。先生遺稿多散佚不檢，或以爲咎。先生笑曰：「是自家物還自來。」噫，此非但名言，亦合楞嚴還義，孰謂先生不禪？顧與禪合耶！（載空同子集卷三十二秋望後）

陳田輯撰明詩紀事丁籤卷一引藝苑卮言：空同集是獻吉自選，亦多駁雜可删者。余見李嵩憲長稱其「黄河水繞漢邊牆」一首，李開先少卿誦其逸詩，凡十餘首，極有雄渾流麗，勝其集中存者。

清沈德潛明詩别裁集卷四：王元美云：雄渾流麗。

清吴喬圍爐詩話卷六云：獻吉秋望詩曰：「黄河水繞漢宫牆。」水而繞牆，近之至也，是漢何宫？瓠子宫與下文不合。謂以古比今，則明無離宫。「牆」字本趁韻，而違礙實甚。又云：「河上秋風雁幾行。」在蘭州及娘娘灘猶可，餘處則爲瞎話，篇中無處可據也。又云：「客子過濠追野馬，將軍韜箭射天狼。」刺避敵也。在大同則「濠」字不落空，其城沿邊有濠有地網，餘處則「濠」字落空，湊數矣。又云：「黄塵古渡迷飛輓。」渡須有水，是説何處？又云：「白月横空冷戰場。」釋典謂朔爲黑月，望爲白月，言時非言月也。彼見「白月」二字新僻，於明月即爾用之，不知出處意義也。月體如杯，何可言横？月光遍地，横又不可。選者謂此詩驚心動魄，當是以文理全無，故如是耳。如次聯意，結當用唐休璟、張仁愿有邊功者，而曰：「聞道朔方多勇略，只今誰是郭汾陽？」汾陽有破賊功，無邊功，其便橋之事，乃和戎，非戰功也。若指郭登，上文又無土木事意。直是湊字湊句，見韻即趁，一經注釋，百雜碎耳。

按，「補録」之詩爲鄧雲霄、潘之恒刊空同子集時補入，此處仍依底本置於本卷之末。

李夢陽集校箋卷三十三　七言律五

游覽

潼關〔一〕

咸東天險設重關，閃日旌旗虎豹閒。隘地黄河吞渭水，炎天白雪壓秦山。舊京想像千官入，餘恨逡巡六國還。滿眼非無棄繻者，寄言軍吏莫嗔顔。

【箋】

〔一〕潼關，古稱桃林塞。東漢時設潼關，故址在今陝西潼關東南，處陝西、山西、河南三省要衝，素稱險要。北魏酈道元水經注河水四：「河在關内南流潼激關山，因謂之潼關。」杜甫北征詩：「潼關百萬師，往者散何卒。」朱安淛李空同先生年表：弘治十六年（一五〇三）夢陽「奉命餉寧夏軍，便道歸慶陽，汛掃先壠，焚黄」。詩當作於此時。

【評】

皇明詩選卷十：宋轅文曰：結是作家語。

清吴喬圍爐詩話卷六云：函谷關，在漢武時，楊僕移之而東，置於新安，去舊地三百里，仍名函谷關。獻帝建安四年之前，仍移置於舊關之西二十里，始名潼關。東西二關，互爲興廢，何以曰「重關」耶？「炎天」，太煞無謂，或者别有出處乎？「白雪」，言歌則無謂，言雪則剩「白」字，亦不敢測。「秦山」者，終南深處也，與潼關無涉。宫門乃可用「千官」，與關門無涉。惟第六句用過秦論有根本，真是才子大家。結用「棄繻」，疑是與其侣公車出關之作。夫事可寄意者甚多，何至用此耶！總爲胸中不曾立得一意，五十六個盛唐字面在筆端亂跳，勉强押韻捱拈，湊在紙上而已。

題雲臺觀〔一〕

雲臺觀枕玉泉湄，翠削三峰對不移。窗裏山光時隱見，晚來雲氣壁淋漓。醮辰絳節朝群帝，天路金童引鳳螭。頭白掃門憐弟子，斸松石礙白苓滋。

【箋】

〔一〕雲臺觀，在今陝西華陰南八里。弘治十六年七月，夢陽奉命餉軍寧夏，返京時當途經華州（今陝西華陰），故登遊華山。按，隆慶華州志卷三引夢陽此詩，該詩似作於此時。

榆林城〔一〕

旌千裊裊動城隅，十萬連營秪爲胡。不見坐銷青海箭，盡言能挽繡蝥弧。白金獸錦非難錫，鐵券貂璫莫浪圖。昨夜照天傳砲火，過河新駐五單于。

【箋】

〔一〕榆林，今陝西榆林，見雜詩三十二首（卷十四）箋。弘治十三年（一五〇〇），夢陽奉命犒榆林軍，疑該詩作於此時，亦或作於弘治十六年餉軍寧夏途中。

出塞〔一〕

黄河白草莽蕭蕭，青海銀州殺氣遥。關塞豈無秦日月，將軍獨數漢嫖姚。往來飲馬時尋窟，弓箭行人日在腰〔二〕。晨發靈州更西望〔三〕，賀蘭千嶂果雲霄。

【箋】

〔一〕據李空同先生年表，弘治十六年七月，夢陽奉命餉寧夏軍。據末聯，詩當作於歸途中。

〔二〕「弓箭行人日在腰」，杜甫兵車行：「行人弓箭各在腰。」

〔三〕靈州，北魏置，治所在今寧夏吴忠北，隋唐爲靈武郡，轄境相當今寧夏中衛、中寧二縣以北地區。明初設靈州千户所，弘治十三年升爲靈州。

【評】

皇明詩選卷十：李舒章曰：氣自岸傑。

汪端明三十家詩選初集：一起高亮。

武昌〔一〕

武昌城北大江流，沱水夾城鸚鵡洲。楚蜀帆檣風欲趁，蛟龍濤浪暮堪愁。青煙自没漢陽郭，新月故懸黄鶴樓。無限往來傷赤壁，三分輕重本荆州。

【箋】

〔一〕正德六年（一五一一）五月，夢陽前往江西任官，經武昌乘船順長江至九江，此或在武昌所作。

江行〔一〕

江行日日隨風雨，日日迎風帆不懸。頗怪蛟龍歡出没，更兼鷗鷺劇連翩。窗開淅淅琴書濕，岸轉冥冥竹纜牽。迴合萬山心目破，撇漩誰忍向湖煙〔二〕。

【箋】

〔一〕據前詩，該詩亦作於正德六年夏赴江西途中。

〔二〕「撇漩誰忍向湖煙」，杜甫最能行：「撇漩捎濆無險阻。」

泛湖〔一〕

匡廬彭蠡曲相連，伐鼓鑾歌趁進船。屏見雲横石壁浄，鏡開日破浪花圓。漁樵山澤堪時給，盜賊干戈枉自纏。遣帥已添新節制，指揮行見掃風煙。

【箋】

〔一〕湖，指鄱陽湖。據詩意，當作於正德七年（一五一二）前後詩人任江西提學副使時。

南溪秋泛三首〔一〕

聞説南溪徑尺魚，漁人何事網常虚。魚行碧葦深先見，網入寒潭迴不舒。東舍刈禾摇夕浦，西鄰決水溜秋渠。平生肉食憂空切，此日臨淵意有餘。

其二

乍見鸕鷀立釣磯，還驚翡翠掠波飛。汀葭晚宿濛濛霧，野竹晴含宛宛暉。謝傅未忘舟楫興，楚臣空戀芰荷衣。蒼茫水落雲泥静，悵望林翁却自歸。

其三

却向林亭觀水磑，暫移沙舸躡雲堆。奔湍迅轂元相激，石竇桐標故不摧。旋影動摇波底日，斷聲吹轉地中雷。何人解識機心事，後世徒矜造化才。

【箋】

〔一〕南溪，不詳。據詩意，疑正德七年或八年在江西任提學副使時作。

遊西山歸呈熊御史卓①〔一〕

高閣開襟生遠興，西山當眼更分明。酒邊花樹三春暗，湖上風林盡日清。憶昨並穿巖洞入，只今疑繞薜蘿行。浮生擾擾非吾意，去鳥悠悠空世情。

【校】

①詩題，黄本、百家詩作「遊西山歸呈熊卓」。

【箋】

〔一〕西山，疑在北京西郊，見離憤（卷九）箋。熊御史卓，即熊卓，生平見夢陽熊士選詩序（卷五十二）。正德初，熊卓任監察御史，該詩疑作於正德初夢陽任户部郎中時。

出輝縣城望石門山其上有仙潭玉鯉①〔一〕

明星欲落開縣城，千峰萬峰初雪晴。源泉亂石涓涓溢，削壁孤雲裊裊生。估客深穿猛虎窟，樵夫習傍翠巖行。仙門屹立三潭水，玉鯉空懸一綫情。

【校】

①詩題，弘德集作「出輝縣城望石門山蓋其上有仙潭玉鯉人罕得釣」。李本無「其」字。

【箋】

〔一〕夢陽遊輝縣雜記（卷四十八）曰：「予當正德戊辰，值春仲之交，而遊於輝縣。於是覽蘇門之山，降觀於衛源，乃登盤山，至侯趙之川，遂覽於三湖，返焉。」戊辰，爲正德三年（一五〇八），疑該詩作於此時。明一統志卷二十八載：「輝縣，在府城西六十里，古共伯之國，周傭國地，春秋時併於衛，漢置共縣，屬河内郡，晉屬汲郡，隋改爲共城縣，唐初以縣置共州，……金改河平縣，又改蘇門縣，後升爲輝州。元因之，本朝仍爲縣，……」石門山，在今河南輝縣西北。

盤山道中作〔一〕

磵道晴雲雪草春，石門丹壁鬬嶙峋。聞雷不羨蛟龍起，避地翻將虎豹鄰。少室山人虚索價，壺關三老實藏珍。煙花白日經行處，鴻雁冥冥歎此身。

【箋】

〔一〕據詩中「少室山人」、「壺關三老」，疑作於正德三年閒居開封，在輝縣一帶遊歷時。參夢陽遊輝縣雜記（卷四十八）。

遊上方寺晚登鐘樓①〔一〕

東北叢林冠此都，地分清寂聚僧徒。青天寶塔還今古，赤日珠光乍有無。草徑鷺乾時獨立，松林鶴並晚相呼。登樓更見河流急，歎世因悲馬負圖。

【校】

①詩題，弘德集作「游上方寺晚登鐘樓作」。

【箋】

〔一〕據詩意，疑作於正德四年前後詩人閒居開封時。

王孟寺北望 在郾城縣南。〔一〕

暑路塵沙淹客心，晚原臺榭慰登臨。西山日抱重檐落，汝水雲移畫棟陰〔二〕。盜賊兩河猶轉戰，朝廷萬載莫輕侵。懷芹欲獻江湖遠，北望徒傷北極深。

【箋】

〔一〕王孟寺，在河南郾城南。本篇疑作於正德五年或稍後詩人閒居開封時。按，頸聯「盜賊」二句，或指正德五年發生於河北的農民起義，亦波及山東、山西、河南等地。

〔二〕汝水，淮河支流，詳見逢郏王子（卷二十六）箋。

賢隱寺 在信陽州。〔一〕

谷寺鳴鐘午未深，眈幽特與伴相尋。行穿樹杪樓臺見，坐傍山腰紫翠沉。獨響澗泉傳石竇，並飛梁燕入松陰。徘徊自笑三江客，佇望誰知萬里心。

【箋】

〔一〕據小注，該詩詩人似於正德五年前後遊歷信陽時作，亦或作於正德六年夏赴江西任官途中。雍正河南通志卷五十寺觀載：賢隱寺，「在信陽州城西一十里賢首山，一名賢首寺，始建未詳」。按，孟洋有賢隱寺懷李獻吉嘗游此留題詩，見孟有涯集卷六。

開先寺〔一〕

讀書臺倚鶴鳴峰，迴合千山翠萬重。白晝懸泉喧霹靂，清秋雙劍削芙蓉〔二〕。撐持古寺還雲閣，寂寞前朝自暮鐘。瑤草石壇應不死，興來真欲跨飛龍。

【箋】

〔一〕開先寺，在今江西星子西十五里廬山南麓，本南唐李中主書堂，後爲寺，清康熙時改爲秀峰寺，見觀瀑布賦（卷二）箋。有學者以爲夢陽上廬山有兩次，誤。夢陽登廬山之明確記載有三：第一次爲正德六年（一五一一）八月，九江謁濂溪先生祠告文（卷六十四）曰：「維正德六年，歲次辛未，秋八月，中順大夫江西按察司副使後學關西李某，以巡視事至九江府。」第二次爲正德八年六月，夢陽遊廬山記（卷四十八）末云：「正德八年夏六月，李夢陽記。」第三次爲正德八年冬，歲暮五首（卷二十九）其五：「歲當癸酉廬山曲，冬盡扁舟記獨棲。」據詩意，此詩當爲第一次登廬山時作，時間爲正德六年秋。

〔三〕夢陽看廬嶽「錦屏雙劍晚遮樓」下有小注：「錦屏、雙劍，並峰名。」

瀑壑晚坐〔一〕

醉踏匡山晚未遲，翠巖丹壑凜秋姿。峰高瀑布天齊落，峽静星河夜倒垂。遠害欲尋麋鹿伴〔二〕，暫羈終與世人辭。摩①崖遍剔蒼苔讀，獨坐雲松有所思。

【校】

①摩，弘德集、黄本、曹本作「磨」。

【箋】

〔一〕據詩意，似作於正德六年秋詩人任江西提學副使視學南康時。

〔二〕「遠害欲尋麋鹿伴」，杜甫題張氏隱居其一：「遠害朝看麋鹿遊。」

五面石 貴溪。〔一〕

東華山北五面石〔二〕，削成五面何嶙峋。崩崖鼠餐何代雪，陰洞苔滋千古春。映日閃閃上雲氣，步天渺渺昇仙真。草衣木食亦吾志，放浪胡爲羈此身！

【箋】

〔一〕五面石，在今江西貴溪。太平寰宇記卷一百零七江南道五信州：「五面石，在縣西南七里，山東面連接弋陽縣鐵山，南屹然却立，最爲孤峰，削成五面。凡有登臨者，泛貴溪而入，至懸處扳蘿而上下，可坐數百人。」夢陽於正德六年冬視學廣信，增建象山書院，該詩亦當作於此時，見冬日象山書院（卷三十一）箋。

〔二〕東華山，在廣昌縣（今屬江西撫州）。正德建昌府志卷二：廣昌縣：「東華山，在南上里，乃諸峰之超絶者。中華山，在縣東二十里，山獨秀出。西華山，在縣西一里許，山側有古桂一株，花亦異品，士夫多玩之。金華山，在縣西北四十里，世傳夜有神光如金華色。南華山，在縣南三十里。」

東華山贈友〔一〕

午時叱馭逾重險，薄暮捫蘿到絶巔。四海風煙落日外，萬山閩越酒杯前。劇傷嶺谷旌旗滿，暗憶家園道路偏。自古有人同戮力，吾曹須擬太平年。

【箋】

〔一〕東華山，在今江西廣昌，見前詩箋。夢陽於正德六年冬視學廣信，增建象山書院，該詩疑亦作於此時，見冬日象山書院（卷三十一）箋。

龜峰寺〔一〕

弋陽縣南山下寺〔二〕，三十二峰羅列奇。最愛紫煙生石鼎，絶憐青嶂削靈芝。峭①崖哀壑還人世，古往今來自鬢絲。已遣野塲維玉騎，合留崖月照金卮。石鼎、靈芝並峰名。

【校】

①峭，原作「哨」，據四庫本改。

【箋】

〔一〕據詩意，該詩疑作於正德六年詩人任江西提學副使視學廣信（今江西上饒）時。

〔二〕弋陽縣，即今江西弋陽。隋開皇十二年（五九二）以葛陽縣改置，屬饒州。太平寰宇記卷一百零七江南道五信州：「弋陽縣「以地居弋江之北爲名」。元屬信州路，明屬廣信府。

别龜峰①〔一〕

江上②龜峰天下稀，挈朋貪賞夜忘歸。冠裳他日思丹壑，車馬平明發翠微。歸路竹蘿偏拂幰，出山雲氣故隨衣。杳然一笑憐踪跡，自不投簪願孰違。

【校】

①詩題，同治弋陽縣志卷十三藝文作「同汪抑之閑齋遊龜峰」，疑爲編者所改。②江上，弘德集、黄本作「江山」。

【箋】

〔一〕龜峰，即龜峰山。清一統志卷二百四十二廣信府：「龜峰山，在弋陽縣南二十里，弋陽江經其下，有三十二峰，皆筍植笏立，峭不可攀，中峰有巨石如龜形，又有蜃樓峰，能吐納雲氣，以驗晴雨。」詩疑作於正德六年詩人任江西提學副使視學廣信時。按，夢陽主持重修鵝湖書院後，汪偉爲此撰寫鵝湖書院記。據康熙弋陽縣志卷八，汪俊、汪偉亦有同遊唱和之作，故此次遊龜峰，當由汪俊（字抑之）、汪偉（字器之，號閒齋）兄弟相陪。

鉛山石井①〔一〕

吁嗟此巖太奇古，雲牙石乳相拄撐。碧泉中洞晝亦黯，青草倒垂冬尚生。即令入海信誰遏，秖怪出山常底清。撼促桑柘會欲落，猗此可濯嶄我纓。

【校】

①詩題，弘德集作「鉛山石井刻張濱鵝湖詩處」。

【箋】

〔一〕鉛山，見鉛山(卷二十七)箋。雍正江西通志卷二十二書院二載：「鵝湖書院，在鉛山縣北十五里鵝湖寺傍，宋儒朱子、陸復齋象山、呂東萊講學之所。……景泰癸酉，巡撫韓雍建祠崇祀，復舊額，李奎記。正德辛未，提學李夢陽重建，汪偉記。」鉛山，明屬廣信府。據詩中頷聯，該詩似作於正德六年冬，時夢陽視學廣信，並修復鵝湖書院。弘德集詩題之張濱鵝湖詩，即全唐詩卷六百所收張演社日村居「鵝湖山下稻粱肥」詩。

鉛山陸趨宿南巖寺①〔一〕

北風越南山木稀，關西宦子常念歸。遠烟漠漠谷日暝，前路迴迴冬燒微。村春水旋疾徐應，灘雁夜驚高下飛。鐘鳴騎合巖寺近，松火竹深開石扉。

【校】

①詩題，弘德集作「鉛山陸趨上饒宿南巖寺」。

【箋】

〔一〕鉛山，見鉛山(卷二十七)箋。南巖寺，在弋陽縣，見南巖寺(卷十三)箋。雍正江西通志卷二十二書院二載：「鵝湖書院，在鉛山縣北十五里鵝湖寺傍，……正德辛未，提學李夢陽重建，汪偉記。」據詩意，該詩似作於正德六年冬詩人視學廣信時。

自新喻馬赴新淦方等寺晚飯〔一〕

趨塗暝雨已忽霽，入寺晚飯烏將棲。仲夏稻苗特裊裊，黄昏松桂何淒淒。流年遠村換物色，曠野青天悲鼓鼙。峨峨百丈屹在眼，策馬欲攀交虎蹄。百丈山有范椁山房。

【箋】

〔一〕新喻，明屬臨江府，即今江西新餘，見新喻遇薛子送贈二首（卷二十五）箋。新淦，即今江西新幹。西漢置，屬豫章郡，爲豫章都尉治，後爲南部都尉治。治所即今江西樟樹。元和郡縣圖志卷二十八吉州新淦縣：「縣有淦水，因以爲名。」元貞元年（一二九五）升爲新淦州。明洪武初復改新淦縣，屬臨江府。方等寺，在新淦境内。隆慶臨江府志卷十三新淦縣：「方等寺，在中塘。」

按，嘉靖江西通志卷二十二臨江府載：「金川書院，在新淦縣。正德七年，提學李夢陽建，祀忠臣練子寧，書院之後扁曰浩然堂，自爲記。」明一統志卷五十五臨江府亦載：「金川書院，在新淦縣，正德七年李夢陽建，祀練子寧，扁曰浩然堂，自爲記。」夢陽作有新立金川書院祠練公父子文碑幸成（卷三十七）詩。故該詩當作於正德七年（一五一二）夏詩人任江西提學副使視學臨江府時。

快閣登眺〔一〕

江上冥冥風浪生，閣中清眺會儒英。野舟冒險只自渡，汀鳥避人時一鳴。四海登臨吾白髮，萬山迴合此孤城。劇談轉切憂時念，日暮浮雲況北征。

【箋】

〔一〕快閣，在江西泰和縣（今屬吉安市）東，見快閣引（卷二十二）箋。該詩疑作於正德七年夢陽任江西提學副使視學吉安府時。

麻姑山〔一〕

冒險探深雲霧收，麻姑山水冠南州。潭深自激風雷黑，谷迴誰群鹿豕游。仙女石壇殘欲没，魯公碑版斷仍留。可憐蹤跡俱塵土，兩瀑雲霄萬古流。

【箋】

〔一〕雍正江西通志卷十山川四建昌府載：「麻姑山，在府城西南十里，建之鎮山也，唐隸撫州，故顔真卿有撫州南城縣麻姑仙壇記。」嘉靖江西通志卷十五建昌府：「盱江書院，在府治北隅。宋儒李覯教授之所，有明倫、洙泗二堂，列誠意、正心、致知、格物四齋。元毁，地入府治，學田湮没。國朝正德壬申，提學副使李夢陽毁東嶽廟改建。」夢陽盱江書院碑（卷四十二）云：「今年冬十有一月，予至建昌府。」是該詩當作於正德七年冬詩人視學建昌（今江西南城）時。

題玄壇觀〔一〕

江行晝静便清暑，水口山奇鎖吉安。豈爲天生饒怪石，遂令人擬築玄壇。潭渦地轉常年黑，樓閣崖懸五月寒。風牖把杯聊暫倚，海蒸雲起故須看。

【箋】

〔一〕玄壇觀，不詳。據詩意，當在江西吉水境内。該詩疑作於正德七年詩人視學吉安府時。

將至安仁〔一〕

安仁古岸叉河濱，細柳濃煙密弄春。花發北山翻盜賊，眼昏南國且風塵。盤渦浴鷺緣誰喜，下瀨雙帆他自親〔二〕。破浪會看風萬里，采薇應許畢閒身。

【箋】

〔一〕安仁，即安仁縣，今江西餘江縣（今屬鷹潭市），明屬饒州府，見安仁聞夜哭（卷二十四）箋。正德六年起，江西各地接連發生農民起義，朝廷派兵鎮壓，戰事連綿不斷。夢陽時任江西提學副使，親歷其事，該詩正爲此而作，作時或爲正德八年春。

〔二〕「盤渦浴鷺緣誰喜，下瀨雙帆他自親」，杜甫愁：「盤渦鷺浴底心性，獨樹花發自分明。」

看廬嶽〔一〕

春時看嶽落星洲〔二〕，夏來看嶽復江州。獨行稔負煙霞伴，久住非貪麋鹿遊〔三〕。石室丹書吾異世，錦屏雙劍晚遮樓。登尋擬縱涼天目，一葉飄飄江漢流。錦屏、雙劍，並峰名。

【箋】

〔一〕夢陽在江西任官時三次登廬山。據詩中「夏來看嶽復江州」句，此詩疑作於正德八年六月。按，夢陽遊廬山記（卷四十八）末云：「正德八年夏六月，李夢陽記。」

〔二〕落星洲，即落星灘，在江西星子縣南五里鄱陽湖中。見中秋南康（卷二十三）箋。

〔三〕「久住非貪麋鹿遊」，杜甫題張氏隱居其一：「不貪夜識金銀氣，遠害朝看麋鹿遊。」

楚望望襄中形勢〔一〕

楚望峰頭望楚雲，遥憐紫蓋紫陽君。廬荒不斷盤龍氣，碑滅猶存墮淚文。地轉江淮浮遠戍，木①同巴峽壍雄軍。里名冠蓋非吾事，願訪鹿門麋鹿群。

【校】

①木，疑當作「水」。

【箋】

〔一〕楚望，即楚望山，楚望峰，亦名望楚山，在襄陽城西南峴山諸峰中。夢陽封宜人亡妻左氏墓志銘（卷四十五）：「甲戌，李子以與江御史構，從理官於上饒，而徙左氏星子。會訛言賊過星子，於是左氏自徙於潯陽。是年，李子官復罷，道潯陽就左氏。泝江入漢，至於襄陽，將居焉。會秋積雨，大水，……」又李空同先生年表：「至襄陽，愛峴山、習池之勝，欲作鹿門之隱，會江水泛漲，洶洶没堤，乃歸大梁」。是該詩當作於正德九年（一五一四）秋，時夢陽攜妻子暫居襄陽。

繁臺雨望和田生①〔一〕

感事逢時恨不稀，水城寒食半花飛。青郊白馬朝誰並，細雨輕帆晚自歸。何計上賓留鳳馭，是時有孝貞太皇②太后之喪。無書北狩挽龍旂。是時帝在宣府。層臺獨上休翹首，牢落江州易濕衣。

【校】

①詩題，弘德集作「繁臺清明雨望和田生」。②皇，原無，據四庫本補。

【箋】

〔一〕繁臺，在開封東南。田生，即田汝耔，生平見雨後往視田園同田熊二子（卷十）箋。據史載，明孝貞太皇太后卒於正德十三年二月，明武宗即由宣府返京奔喪。據詩中小注，該詩當寫於此時，夢陽時在大梁賦閒。

大梁城東南角樓〔一〕

城樓占角分孤峻，野色生煙合杳冥。華夏亦爲元社稷，古丘曾是宋朝廷。直看紫極雲霾壯，背觸黄河風浪腥。日暮凴軒益愁思，夷門今有少微星〔二〕。

【箋】

〔一〕據詩意，當作於正德後期詩人閒居開封時。

〔二〕夷門，大梁城東門，此代指大梁，見贈張含二首（卷十二）箋。

晚過禹廟之臺①〔一〕

暮行群過禹王宫，瑟颯松林静入風。步競石梯秋獨健，眼收沙海月還空〔二〕。聲名北上青驄客，潦倒中原白髮翁。杯酒重傷分手地，古今踪跡本飛鴻。

【校】

①詩題，嘉靖集作「晚過禹廟之臺再賦」，四庫本作「晚過禹廟」。

【箋】

〔一〕禹廟之臺，即禹王臺，在開封城東南。夢陽嘉靖集收此詩，該集所收詩限於嘉靖元年至三年，此詩當作於這一時期，夢陽時閒居開封。

〔二〕沙海，在今河南開封境内。戰國策東周策：「夫梁之君臣欲得九鼎，謀之暉臺之下、少海之上。」元吴師道補注：「『少』當作『沙』。九域圖：開封有沙海，引此。」孟浩然和張三自穰縣還途中遇雪：「風吹沙海雪，來作柳園春。」參楊慎升庵詩話沙海。

題黄公東莊草堂〔一〕

草色通門柳覆牆，繞堂新雨足時芳。晴郊客過沾猶濕，春晝人閒覺更長。拚引滿杯聽鳥哢，願留餘醞待花香。休誇水際兼山際，且醉松傍與竹傍。

【箋】

〔一〕黄公，據尚書黄公傳（卷五十八），或爲黄紱，其子黄彬與夢陽有來往，寓居開封，詳見蒸熱三子過我東莊（卷十）箋。正德中期至嘉靖八年間黄彬與夢陽交遊頗多，該詩或作於此時期。

少林寺〔一〕

林深谷暝客子入，鐘鳴葉落秋山空。煙雲細裊石澗底，巒岫亂積松窗中。唐碑漢碣蘚字剥，虎啼猿嘯蘿燈紅。獨坐悠悠息塵想，少室影下月出東〔二〕。

【箋】

〔一〕少林寺，即今河南登封之少林寺。據詩意，當作於正德九年後詩人閒居開封時。

〔二〕少室，即今河南省境内之少室山。

望少林次韻〔一〕

三十六峰雲氣通，何峰寺西何者東。林巖霜横遠亦静，煙嵐日破重還空。千山盡歷暮轉碧，一樹不落秋能紅。漸聞鐘聲出杳靄，得路誰憐馬僕功？

【箋】

〔一〕少林，即少林寺。據詩意，當作於嘉靖初年詩人閒居開封出遊中州各地時。

宿少林次韻〔一〕

萬山微暝一鐘鳴，古寺深秋倦客情。僧本折蘆翻面壁，人非騎鶴故吹笙。寒催亂木風交響，白動虛巖月自生。慚愧勞勞不成寐，丁丁卧聽早樵聲。

【箋】

〔一〕少林，即少林寺。據詩意，當作於嘉靖初年詩人閒居開封赴中州各地遊歷時。

暑日過雪臺子園莊〔一〕

蟬聲樹色村村似，一坐君亭日每斜。静裏柴門惟燕雀，老來尊酒是桑麻。年豐鄰里家家麥，時至園林處處花。苦熱只今憂赤土，幾時龍起沛天涯。

【箋】

〔一〕雪臺子，即劉節，字介夫，號梅國，更號雪臺。正德十三年前後，劉節任河南布政司右參政。嘉靖初轉左參政，嘉靖六年離任赴浙江任官。見七夕雪臺子過東莊（卷二十七）箋。則該詩當作於嘉靖初年詩人閒居開封時。

城東陂秋泛①〔一〕

返照孤城落木中，畫船秋水坐來空。影涵樓閣人齊過，香引蒹葭路轉通。雲氣襲樽温復冷，笛聲將棹北還東。不須預問天邊月，波上餘霞閃閃紅。

【校】

①詩題，曹本作「寺前秋泛限韻」。

【箋】

〔一〕城東陂，即東陂，開封城東的湖。賈道成墓志銘（卷四十六）云：「正德戊寅九日，李子、賈生共汎城隅之陂。」作於正德十三年重陽節。又，辛巳九日田子要東陂之遊雨弗克赴詩（卷三十二），作於正德十六年重陽節。曹嘉有寺前秋泛詩：「湖上晴遊即鏡中，輕烟淡靄静浮空。岸迴舟自蒹葭入，塔迴雲從殿閣通。鷺吹魚龍時出没，傍筵鷗鷺晚西東。鳴橈更泛桃花水，不辨秋林返照紅。」（李攀龍古今詩删卷二十八）此詩當爲與甥曹嘉同賦之作，作時或爲嘉靖初年。

立夏後晴遊我莊〔一〕

郊出不知昨夜雨，日高煙翠濕空林。楊花欲盡村村雪，梅子先傳樹樹金。笑向市城開俗眼，喜從園野見吾心。繞亭奚啻千竿竹，夏日黄鸝更好音〔二〕。

【箋】

〔一〕我莊，即東莊。夢陽於嘉靖元年建東莊別墅，則此詩當作於嘉靖初年，見新買東莊賓友攜酒往看十絶句（卷三十六）。

〔二〕「夏日黄鸝更好音」，杜甫蜀相：「隔葉黄鸝空好音。」

徐將軍園亭〔一〕

將軍別墅今停馬，五月塘池蓮半紅。舉眼江山惟赤日，快人樓閣自涼風。穿林竹翠沾衣滿，布席葵香撲酒空。平世主人虚抱武，醉來誇挽六鈞弓。

【箋】

〔一〕徐將軍，疑指徐達，助朱元璋起兵，屢建戰功，北定中原，爲明開國功臣。累官中書右丞相，封魏國公，死後追封中山王，明史卷一百二十五有傳。徐將軍園亭，在今江蘇南京城南。據李空同先生年表：嘉靖八年，夢陽因病就醫京口，該詩或作於此時。

詠物

清明下糧廳題杏花〔一〕

清明著處花争發，一樹庭前爾獨遲。不爲炎天能結實，豈應官署許生枝。桃蹊李徑雖多寵，撲酒飛簾自一時。已辨青錢貪酩酊，合教紅蕾赴深期。

【箋】

〔一〕下糧廳，明清主管糧食的官署，隸屬户部。明張學顔萬曆會計録卷三十三：「下糧廳主事壹員，驗糧廳主事壹員。」據詩意，似作於弘治年間詩人任職户部時。

柑至

丹橘黄柑世所珍〔一〕，年年隨貢走風塵。内庭賜出人人羡，近市收來顆顆匀。翻訝久藏香不逸，迥疑初摘蔕猶新。金盤玉箸真誰事〔二〕，寂寞文園自病身。

【箋】

〔一〕「丹橘黄柑世所珍」，杜甫寒雨朝行視園樹：「丹橘黄柑北地無。」據詩意，似作於弘治後期詩人任户部主事時。

〔二〕「金盤玉箸真誰事」，杜甫野人送朱櫻：「金盤玉筯無消息。」

菊〔一〕

世上虚名白髮悲，霜前幽壑迥春姿。閒巡獨對真憐汝，醉折寒花欲贈誰。官舍野堂渾一色，冷風凄露漫相欺。高年漸覺馨香遠，萬里徒傷酒一巵。

【箋】

〔一〕據詩意，疑作於正德中閒居開封時。

牡丹盛開群友來看①〔一〕

吾家何處牡丹園，楊子岡西古宋原。忽有芳菲妍岸閣，豈期車馬駐江村〔二〕。憐香實怕青蘿掩，在野虚愁蔓草繁。碧草春風筵席罷，何人道有國花存。

【校】

①詩題，弘德集作「牡丹盛開城中衆友人來看」。

【箋】

〔一〕詩云：「吾家何處牡丹園，楊子岡西古宋原。」據此可知該詩當作於正德後期詩人閒居開封時。楊子岡，不詳，疑即今河南扶溝縣崔橋鎮之楊岡村。扶溝，今屬周口市，明屬開封府。

〔二〕「豈期車馬駐江村」，杜甫賓至：「漫勞車馬駐江幹。」

冬至菊〔一〕

至日貪看九日花，弄霜吞雪轉宜誇。思將正色留天地，肯使陰陽管歲華。寒蒂已包重放萼，暖根應抱更生芽。書雲莫誤禎祥奏，斗酒東籬自有家。

【箋】

〔一〕據詩意，當作於正德十二年前後詩人閒居開封時。

王左史宅賞冬菊〔一〕

菊筵元向春前約，共憶霜黄薄牡丹。冬日此逢香欲暖，夜堂偏醉色終寒。閒居四海嗟吾賞，晚歲三杯稱爾官。疏影獨枝看轉劇，好添華燭近高闌。

【箋】

〔一〕王左史，疑即王春，見送王左史入覲（卷二十六）箋。該詩當作於正德十二年前後詩人閒居開封時。

乙亥春郊圃牡丹盛開聿余離兹倏爾四載實兄蒔藝成功約客往賞屬雨發詠焉〔一〕

牡丹元種無多本，别久叢分鬱映杯。穠劇秪宜鴿鳥戲，品增疑傍棣花開。支離野圃群葩掩，杳裊春庭細雨來。高會主賓忻並健，銜泥車馬莫空回。

【箋】

〔一〕乙亥春，即正德十年（一五一五）春，時夢陽已歸居大梁。夢陽於正德六年五月赴江西任官，故有「余離茲倏爾四載」之語。兄，指李孟和，見壽兄序（卷五十七）。

人有送牡丹花至者與客同賦

大梁城郭萬人家，太半朱門競此花。不爲國姿寧用折，玩傳賓手轉須嗟。雙牽戲蝶臨書牖，獨惹遊絲擈釣槎。我亦有園新植此，往來無倦出城車。

牡丹賞歸柬邊王二子①〔一〕

非因絶代專芳品，豈復郊園守後時。夜静雨姿應更劇，野寒風蘂莫頻吹。空齋獨憶香仍滿，晴日重尋路不遲。肯擬飛觴留健筆，願攀②驄馬護高枝。

【校】

①詩題，弘德集作「牡丹賞歸柬邊王二台使」。②攀，弘德集、黄本、曹本作「扳」。

【箋】

〔一〕邊子，指邊貢，見發京别餞邊二子（卷二十）箋。王，疑即王封君。邊貢華泉集卷十二封承德郎工部主事槐亭王公墓誌銘曰：「正德丙子冬十一月十有九日槐亭王封君卒於家。……當是時，閩石峰子陳琳、齊華泉子邊貢之二人者之與按察友也，同仕於梁，聞訃悲焉。」夢陽明故奉訓大夫代州知州邊公合葬志銘：「奉訓大夫代州知州邊公既卒之四年，是爲正德甲戌，而其子貢復按察副使，提學於河南。」邊貢華泉集卷十四有俟軒解，曰：「正德甲戌仲冬之月，華泉子將如梁，道過黄池之津。」邊貢於正德十年始任河南按察司提學副使，十三年因母卒回鄉守制，十六年改任南京太常寺少卿。自正德十年至十三年間邊貢在開封任官，得與夢陽相往來。故該詩當作於此時，時夢陽已由江西歸居大梁家中。

霖淫想郊園牡丹〔一〕

園途雨濘花遥阻，倚杖流雲灑北郊。縱使彩煙偏國本，豈逾清露足春梢。卷心暗蘂須時苦，緑濕紅沾任俗抛。傳道魏緋纍滿眼，傍株今可結遊庖。

【箋】

〔一〕按弘德集卷二十六收録此詩，似作於正德十二年前後。

郊園餞御史許君屬牡丹盛開〔一〕

曠圃風郊爾獨開，國香仙色敢辭猜。若先桃李名應减，縱隔城池客自來。穠壓野欄張燕待，餞臨官路挽驄陪。萬鬢千莖非容易，忍遣臺霜近酒杯。

【箋】

〔一〕御史許君，即許完，時任河南清軍御史，見寄許監察二首（卷二十五）箋。明代時，監察御史派遣清理軍籍稱「清理軍政御史」，簡稱「清軍御史」。是該詩當作於正德十一年前後，時作者閒居開封。

晚移席草堂再贈許君①〔一〕

晚坐移花酒並移，几鐙窗月轉春姿。情真解纜爭侵夜，意不憐香豈盡巵。洶洶野風喧樹惱，冥冥波浪去途疑。亦知仙種貪行豸，醉聽鄰雞是別期。

【校】

①詩題，弘德集、黄本、曹本作「看牡丹晚移席草堂再贈許君」。

【箋】

〔一〕許君，即許完，時任河南清軍監察御史。詩當作於正德十一年或稍晚，見寄許監察二首（卷二十五）箋。

王左史宅賞牡丹〔一〕

槐庭弦管稱春筵，草圃繁華近暮天。老爲名花扳自放，醉逢國色轉須憐。娟娟影静金尊裏，冉冉香回玉笛前。莫問平章舊時宅，沉香亭已入荒煙。

【箋】

〔一〕王左史，即王春，見送王左史入覲（卷二十六）箋。按，夢陽壽兄序（卷五十七）曰：「正德庚辰之歲，李有長公者，年六十矣。……于是都指揮同知霖、僉事臣、左長史春、右長史昆、……八人者，爲長公者壽，登厥堂致詞而稱觴焉。」左長史春即王春，爲周王府左長史。庚辰，爲正德十五年（一五二〇），該詩亦當作於此時。

郊園牡丹復花客往①〔一〕

問主尋芳客故來，百花開盡此花開。淒涼野徑堪車馬，爛熳天香只草萊。穿葉自由蜂逐逐，坐枝頻起燕迴迴。楊花暮合風沙迴，繞樹猶傾醉後杯。

【校】

①詩題，弘德集作「郊園牡丹復花客往看之」。

【箋】

〔一〕據前首箋，似當作於正德十五年前後，下二首作時同。

夏日盆荷階葵芬敷率爾成句

候及名叢每自芳，物華清暑倍年光。出波翠蓋枝枝静，入院丹心朵朵香。向日豈期回俗眼，折筒聊得洗詩腸。不應種近榴花奪，繞檻巡池淚數行。

山行見梅

長至山行梅不遲，攀條觸雨益垂垂。雲暗野橋真獨見，歲寒蜂蝶敢相欺。時心已抱調羹實，久色難銷傲雪姿。愁在不緣鄉國亂，白頭心事本同期。

谷園二月梅集〔一〕

江南梅花苦繁劇，江北有梅花不肥。春枝已矜雪後媚，玉蘂即妨風處稀。金尊綺席不時賞，快馬輕車堪夜歸。遥憶暗香月色動，莫令遽掩東園扉。

【箋】

〔一〕谷園，或即祥符谷氏家花園，參送谷氏（卷十一）箋。該詩似作於正德末年詩人閒居開封時。

梅下限韻作〔一〕

聞説仙芳每避凡，託根長傍竹松巖。那期野圃深隨酒，可奈風花細撲衫。斜日席移春欲透，步叢香起雪猶銜。歲寒朋舊今何處？徙倚裁書手自緘。

【箋】

〔一〕作時同前。

賞歸憶谷園梅〔一〕

臨梅真惜先開蘂，後蘂吾歸應更繁。藉草無愁細細落，有蜂只恐垂垂翻。折曾爛熳春攜袖，醉記扶疏月坐園。已覺時心向桃李，肯緣孤潔重迴軒。

【箋】

〔一〕谷園，或即祥符谷氏家花園，參送谷氏（卷十一）箋。該詩似作於正德末年。

詠蟬〔一〕

秋來雨多涼氣深，寂寞寒蟬愁暮陰。幸值開晴方聽汝，不緣清切轉關心。故逾叢棘沾沾入，却傍高槐細細吟。曹賦僅能推感激，駱詩徒亦擬同音。

【箋】

〔一〕據詩意，此首與以下二首均似作於正德後期。

和清明後見燕

坐棟穿簾爾亦驚，紛紛紅紫遍春城。群衝海霧寒應阻，對語堂花暖却明。去住溪山他日夢，主賓天地世人情。即論遲暮心難已，切恐差池恨轉生。

秋日睹白雲生率爾遣興

天際遊雲白㬈㬈，渭陽羈客淚縱橫。摶風弄雨有誰見？木落秋高堪自行。變幻樓臺翻有態，突然龍豹轉須驚。老夫趁此欲登望，怪爾輕遮翡翠城。

和李大隔牆見余家海棠次其韻〔一〕

種汝深愁樹不長，數年今遽出吾牆。臨衢幸不矜全色，隔院應難掩暗香。敢向紛紛争俗眼，私憐㬈㬈壓時妝。胭脂强半喧蜂少，倘過同傾花下觴。

【箋】

〔一〕李大，似即夢陽長兄李孟和，見春晴野寺和李大（卷二十三）。以上詠物詩均載弘德集卷二十六，疑此詩作於正德末年。

同雙溪方伯詠石几〔一〕

栗栗天生白石几，癯癯日伴白頭翁。清尊淹留不斷客，灌木陰森常自風。看處遽浮金玉色，移來深仗鬼神功。茲須小物君堪醉，取致嵩山萬翠中。

【箋】

〔一〕雙溪方伯，指杭淮，生平見酬秦子以曩與杭子併舟别詩見示余覽詞悲離愴然嬰心匪惟人事乖迕信手二十二韻無論工拙並寄杭子（卷十五）箋。據明世宗實録卷二十四載，杭淮於嘉靖二年（一五二三）三月，由湖廣按察使升任山東右布政使。又卷四十載：嘉靖三年六月，升河南左布政使劉文莊爲都察院右副都御史巡撫雲南。卷五十六載：嘉靖四年十月，升河南左布政使杭淮爲南京太僕寺卿。是杭淮當於嘉靖三年六月至四年十月任河南左布政使。該詩當作於此時。

再賦①〔一〕

確然片石我之几，置之堂邊樓在東。葱芊海棠上重緑，絢爛盆榴旁小紅。性含煙霞不減色，光敵玉金常吐虹。老夫有時醉凭汝，扣之高歌天暮風。

【校】

①詩題，曹本作「石几再賦」。

【箋】

〔一〕作時同前。

詠陶臺使蘭陽公廨五色葵花〔一〕

炎天小縣葵葵好，五色空庭日日香。開正得時須讓赤，見宜尊禮莫欺黄。交枝接葉誰爲衆，異蘂同心自向陽。此物煩君獻天子，上林閒地草蒼茫。

【箋】

〔一〕陶臺使，疑即陶諧，字世和，號南川，會稽（今浙江紹興）人，弘治九年（一四九六）進士，著有南川集等，明史卷二百零三有傳。嘉靖元年（一五二二）陶諧任江西按察司僉事，三年轉河南按察司副使，八年升河南右布政使。明世宗實録卷四十三：嘉靖三年九月，乙酉，以「江西按察司僉事陶諧爲河南副使」。又卷七十七：嘉靖六年六月，「河南按察司副使陶諧爲本布政司右參政」。又卷一百零三：嘉靖八年七月「升河南布政使司右參政陶諧爲本司右布政使」。則該詩當作於嘉靖三年或稍後陶任河南按察司副使時。

詠瓶中柏限韻〔一〕

愛汝側葉寒能青，插之銅瓶依石屏。晝屯雲氣果不俗，夜飛光芒疑有靈。森聳似學鸞鳳翼，屈曲已具虬龍形。更欲移栽萬仞嶺，待與松桂凌冥冥。

【箋】

〔一〕按，陶諧作有李崆峒宅詠瓶柏限韻詩，曰：「帶月分來抗雪青，金瓶插對錦雲屏。尚留老幹撑霄漢，更有盤根托地靈。葉葉細含蘭芷氣，枝枝生具虎虬形。落暉餘映空堂静，翠靄遥連黛巘冥。」（南川漫遊稿卷四）當爲同時作。是該詩當作於嘉靖三年或稍後陶任河南按察司副使時。

爲崔後渠詠菉竹亭〔一〕

崔家孤亭萬竹裏，繞窗栗栗青琅玕〔二〕。結實當春鳳不餒，託根有地龍且蟠。霜風飄蕭起空谷，美人翠袖生暮寒〔三〕。彼淇盈盈一水隔，望而不見徒自歎。

【箋】

〔一〕崔後渠，即崔銑，河南安陽人，生平見贈崔子（卷十）箋。據中州人物考卷一崔文敏銑：正德十二年（一五一七）春，崔銑引疾歸家，十四年，作後渠書屋讀書、講學其中，直至嘉靖初擢南京國子監祭酒。是此詩當作於正德十四年以後，嘉靖二年（一五二三）以前，夢陽時閒居開封。

〔二〕「繞窗栗栗青琅玕」，杜甫鄭駙馬宅宴洞中：「留客夏簟青琅玕。」

〔三〕「美人翠袖生暮寒」，杜甫佳人：「天寒翠袖薄，日暮倚修竹。」

傷悼

哭王舍人昇〔一〕

金門鐘動會千官，野老騎驢戴鶡冠。走問常州王内舍，昨朝客死漢長安。悄然門巷賓朋絶，迢遰家鄉行路難。即使過君終挂劍，肯令捫腹竟回鞍。

【箋】

〔一〕明詩綜卷二十三：「昇，字廷禮，號玉潤生，長洲人。」又，邊貢華泉集卷七有寄王昇舍人二首，故該詩當作於夢陽在户部任官時，時間約爲弘治十一年（一四九八）至十八年間。

哭亡友范副使淵其族孫進士永鑾寄其絶筆詩到〔一〕

憶在先朝侍聖顔，珮聲齊散紫宸班〔二〕。傷心晝省分官地，併馬西湖舊看山。絶命秖傳詞爛熳，竄身誰述路間關。江門墓近湘流咽，拱木黄昏鳥雀還。

【箋】

〔一〕范淵字静之，號君山，桂陽（今湖南汝城）人，見七峰歌壽范郎中淵（卷二十）箋。按，雍正湖廣通志卷三十二選舉志：范淵，武陵人，弘治九年（一四九六）進士。籍貫或有誤。雍正四川通志卷七上名宦：「范淵，桂陽人。正德中以郎中謫威州，選番民子弟入學宫，教以詩、書，淑以道義，自是番民慕義歸順，民建祠祀之。」又，據雍正雲南通志卷十八上秩官：范淵，正德中任雲南按察司副使。據詩意，該詩當作於正德七年（一五一二）左右。按，明武宗實録卷七十二載：正德六年二月，「升……雲南僉事范淵、揚州府知府鄧文質俱爲按察司副使。……淵，雲南；文質，廣西」。范淵卒於雲南提學副使任上，時夢陽在江西任提學副使。

〔二〕「珮聲齊散紫宸班」，杜甫冬至：「鳴玉朝來散紫宸。」

有哀〔一〕

漢陰丈人甘灌園，海上漁翁非避喧。零亂春鷗横夕浦，萋迷煙草入秋原。秪將華髮悲人世，不使黄金怨子孫。思向桂山歌偃蹇，月明天碧况聞猿。

【箋】

〔一〕據詩意，該詩似亦爲好友范淵所作，作時見前詩箋。

李夢陽集校箋卷三十四　五言絶句

大禮

神京樂〔一〕

薊谷襟東海，居庸鎖北門。王者本無外，天險壯乾坤。

其二

天回金氣合，星順玉衡平。雲生翡翠殿，日麗鳳凰城。

其三

鐘鳴長樂館，樂奏未央宫。壽域皇圖迥，鈎陳紫極通。

其四

衛霍干城舊，伊夔鼎鼐新。萬年天子壽，四海一家春。

【箋】

〔一〕據詩意，疑作於弘治六年或稍前夢陽初入京時。按，夢陽中弘治六年（一四九三）進士。

望南城〔一〕

南内夕煙斂，玉樓春望空。禁籞年年鎖，園禽巢殿中。

【箋】

〔一〕據詩意，疑作於弘治中夢陽初入京時，詳前詩箋。

晚出禁闥〔一〕

楊柳南城道，芙蓉小苑通。内使來調馬，君王敕射熊。

其二

夾城雲氣夕，露掌隱金盤。楊花白雪亂，風起滿長安。

【箋】

〔一〕據詩意，疑作於弘治年間夢陽任户部主事時。

東華門偶述〔一〕

銀甕爛生光，盤龍繡袱香。但知從内出，不省賜①何王。

【校】

①賜，詩綜作「試」。

【箋】

〔一〕東華門，明皇宫之東門，較它門低，供皇子出入。雍正畿輔通志卷十一京師載：「舊志：明初燕王府建於元之皇城舊址，即今之西苑，門四：東曰體仁，西曰尊義，南曰端禮，北曰廣智。至永樂十五年，乃改建皇城於東，去舊宫一里許，至東華門之外。宣德七年，始加恢廓，移東華門於河之東，遷居民於灰廠西之隙地。」有學者認爲「這首詩是在弘治六年，李夢陽二十二歲及第進士後，進行初拜禮時所寫的」（韓國學者元鍾禮李夢陽絶句的美感範疇之分布）。

【評】

王夫之明詩評選卷七評曰：裁篇迭致，兩美一色。

感述

采蓮曲

白鷺青天映，紅妝①緑水遥。笑語荷花裏，争蕩木蘭橈。

【校】

①妝，原作「粧」，疑誤，據詩意改。

大堤曲

臘月大堤邊，春風思宛然。楊枝摇白日，煙色裊金鞭。

艷曲

盈盈綺闥女，生長不知春。開窗見百結，背面掩羅巾。

其二

父母愛少女①，女是聰明子。生不識鴛鴦，繡出鴛鴦是。

【校】

①少女，詩綜作「小女」。

春曲

春風度山閣，凭軒望江路。簾動時有香，不見花開處。

其二

翩翩誰家燕，銜泥向何所？避人花叢裏，忽復梁間語。

楊白花〔一〕

三月大路旁，緑楊弄芳春。可憐雪白花，來往送行人。

其二

寧唱采菱曲，休歌楊白花〔一〕。菱生猶有蔕，花去落誰家？

【箋】

〔一〕楊白花，樂府雜曲歌辭題名。見楊花篇（卷十八）箋。

【評】

其二：皇明詩選卷十二：宋轅文曰：是樂府語。

王夫之明詩評選卷七曰：高脱。

相和歌〔一〕

美人羅帶長，風吹不到地。低頭采玉簪，頭上玉簪墜。

【箋】

〔一〕相和歌，文獻通考卷一百四十二樂考十五樂歌：「相和歌，相和，漢舊歌也，絲竹更相和，執節者歌。本一部，魏明帝分爲二，更遞夜宿。本十七曲，朱生、宋識、列和等復合之爲十三曲。」

月夜吟

月出東方高，刺刺燈下語。漂摇林中籜，淅淅如寒雨。

九月見花

長安桃李樹，秋晚復花枝。九陌寒煙裏，無風自落時。

聞笛〔一〕

白日挂雲間，誰家玉笛閒？北風吹楊柳，落葉滿關山。

【箋】

〔一〕據詩意，疑爲弘治後期任職户部時出塞（赴榆林、寧夏公干）之作。

曙

城雲白欲曙，沙月上猶殘。獨步憐紅葉，空庭玉露團。

望浦煙

客愁何處落，滌滌冬浦煙。日出浦煙歇，客愁還復然。

九日京中

白雁獨橫秋，黄花伴醉遊。眼看風物换，愁殺仲宣樓。

正月見雁〔一〕

憶昨辭京邑，相隨南雁歸。如何早春日，獨見北鴻飛？

【箋】

〔一〕據詩意，疑爲正德二年（一五〇七）春詩人因參與彈劾劉瑾遭解職離京時作。

出郭

出郭攜尊屨，尋園步屧遲。莫言春事晚，猶是百花時。

野望

夕静山容斂，秋凝野色淒。白雲留絶巘，蒼霧隔前溪。

晚出大堤姪葉來迓①〔一〕

裊裊緑楊西，雙翻碧玉蹄。何由識小阮，爲聽紫騮嘶？

【校】

①詩題，弘德集作「晚出大堤舍姪葉來迓」。

【箋】

〔一〕姪葉，即夢陽姪子李葉，即夢陽兄李孟和之子。按，夢陽爲其母所撰明故李母高氏之壙誌云：「子三：長孟和，義官，次夢陽，次孟章。……孫男四：曰根、曰木、曰枝，親見其長；曰葉，但見其生。」李枝爲夢陽之子。孟章早卒，僅有一女，見夢陽族譜家傳。則李孟和有三子：長曰李根，次曰李木，李葉爲李孟和之幼子。此詩似作於正德二年閒居開封時。

石頭口竹飲〔一〕

白日竹林中，隤然脱巾醉。風吹亂葉響，醒看江日墜。

【箋】

〔一〕石頭口，在今江西南昌北。讀史方輿紀要卷八十三贛水載：「繞城而流廣十里，度江之北曰石頭口。」該詩似作於正德六年（一五一一）夢陽任江西提學副使時。

南康元日〔一〕

此日故鄉酒，應憐千里違。是處萋萋草，王孫歸不歸？

【箋】

〔一〕正德八年冬，夢陽至南康（今江西星子）待罪。井銘（卷六十）曰：「正德八年冬至，予至南康府。」又，廣信獄記（卷四十九）：「李子寓南康府，卧病待罪。」該詩似作於正德九年正月初一。

龍沙晚行〔一〕

晚風度疏松，琳琅動仙闕。迴波滚明沙，錯認地上月。

【箋】

〔一〕龍沙，明一統志卷四十九南昌府載：「龍沙，在府城北江水之濱，白沙涌起，堆阜高峻，其形如龍，舊俗爲重九登高處。」詳見贈姚員外（卷十二）箋。該詩疑作於正德九年夢陽離開江西北返之前。

聞夜笛

五月梅花落，羈魂羌笛驚。孰能風月夜，更聽隴頭清？

龍沙見新月〔一〕

每訝沙如月，龍蟠作後山。如何今夜月，却又學沙彎？

【箋】

〔一〕龍沙，在南昌城北，見贈姚員外（卷十二）箋。詩似作於正德七年前後夢陽於江西離任時。按，以上「感述」詩二十四首均載於弘德集卷三十二，則皆作於弘治、正德年間。

村夜〔一〕

萬物既有息，我亦中林卧。雲開迴水白，地閃飛星過。

其二

清林不知暑，一覺群雞鳴。野曠①氣森颯，天空夜虛明。

其三

霞明鳥聲起，行人語中路。微微林下風，泫泫花上露。

【校】

①曠，黄本作「壙」。

【箋】

〔一〕據詩意，疑寫於嘉靖初年詩人閒居開封時。下首晚燒吟亦當作於同時期。

晚燒吟

早燒不出門，晚燒行千里。達人貴知時，天道有終始。

黄河冰〔一〕

黄河一夜冰，日光慘不發。安得萬里鞭，白馬弄晴雪。

其二

夜冰白莽莽，風來但飛沙。梁園一夜雪，枯樹皆梅花。

【箋】

〔一〕據詩意，似寫於嘉靖初年詩人閒居開封時。

游覽

宿蘇門〔一〕

朝發陽武城，暮宿蘇門里。卧聽青山鐘，遥在白雲裏。

【箋】

〔一〕蘇門里，即蘇門山，又名百門山，在今河南輝縣西北七里，見覽遊百泉乃遂登麓眺望二首（卷十三）箋。該詩似作於正德三年（一五〇八）春，時夢陽正因劾劉瑾案潛跡大梁，詳見遊輝縣雜記（卷四十八）。

是夜雨〔一〕

北風吹山雲，不見山上月。蘇門一夜雨，千峰盡成雪。

【箋】

〔一〕創作時間同前詩。蘇門，指蘇門山，見覽遊百泉乃遂登麓眺望二首（卷十三）箋。

泉上獨酌〔一〕

涌金亭畔路，細雨不思迴。獨酌看流水，山花映酒杯。

其二

白石誰家瀨，輕鷗二月湍。踏歌逢衛女，風景似長干。

【箋】

〔一〕明一統志卷二十八衛輝府：「涌金亭，在百泉亭東，泉從地涌出，日照如金，故名。内有宋蘇軾書『蘇門山涌金亭』六字，金主簿李添瑞重修。」清一統志卷一百五十八衛輝府：「在輝縣西百門泉上，每曉日初上則泉水照耀如金，故名。」按，夢陽遊輝縣雜記（卷四十八）：「予當正德戊辰，值春仲之交，而遊於輝縣。」是該詩疑作於正德三年春，時夢陽正因劾劉瑾案潛跡大梁。

黄州〔一〕

浩浩長江水，黄州那個邊。岸迴山一轉，船到堞樓前。

其二

日落清江遠，光摇赤壁山。無人説吴魏，來往釣舟閒。

【箋】

〔一〕據詩意，似作於正德六年（一五一一）夏詩人赴江西任官途中。黄州，今湖北黄岡。

【評】

王夫之明詩評選卷七：心目用事，自該群動，惟開、天諸公能之，此猶踞供奉爐上著火。

王夫之薑齋詩話卷下云：論畫者曰：「咫尺有萬里之勢。」一「勢」字宜着眼。若不論勢，則縮萬里於咫尺，直是廣輿記前一天下圖耳。五言絶句，以此爲落想時第一義，唯盛唐人能得其妙。如「君家住何處？妾住在横塘。停船暫借問，或恐是同鄉」，墨氣所射，四表無窮，無字處皆其意也。李獻吉詩：「浩浩長江水，黄州若個邊。岸回山一轉，船到堞樓前。」固自不失此風味。

鄱陽歌〔一〕

漢水亦太急，江渾只恁流。何如彭蠡澤〔二〕，清瑩解人愁。

【箋】

〔一〕據詩意，似作於正德六年夢陽赴江西任提學副使途中。

〔二〕彭蠡澤，即今鄱陽湖，見泛彭蠡賦（卷二）箋。

雙泉寺題壁〔一〕

寺僻無人行，夜雨長秋草。山僧出迎客，落葉不曾掃。

其二

我昔寺中遊，題詩在東壁。三年不見僧，見之頭半白。

【箋】

〔一〕雙泉寺，雍正江西通志卷一百一十三寺觀三九江府：「雙泉寺，在（瑞昌）甘露鄉，去縣西北二十里。宋慶曆四年建，明永樂十四年修。」夢陽於正德六年五月離開開封赴江西任官，正德九年秋歸，故詩中有「三年不見僧，見之頭半白」之句。詩疑作於正德九年（一五一四）詩人離開九江前。

書院〔一〕

書院今人蹟，繁臺古代名。樓花番入燕，塔樹不巢鶯。

【箋】

〔一〕此書院，指繁臺書院，在開封東南，見繁臺書院同邊子三首（卷二十五）箋。據詩意，當作於正德年間夢陽閒居開封時。

白塔寺〔一〕

遥訪青蓮宇，相將白塔原。春風亦自動，争奈碧莎繁。

【箋】

〔一〕雍正河南通志卷五十寺觀歸德府：「白塔寺，在柘城縣舊治東，始建未詳，宋大觀五年修，明洪武三年修，置僧會司於其内。成化十六年、隆慶二年重修，今在新城東關。唐楊巨源詩：『憑檻霏微松樹烟，陶潛曾用道林錢。一聲寒磬空堂曉，花雨知從第幾天。』」該詩當作於正德年間詩人閒居開封赴周邊遊歷時。

上方寺〔一〕

飲罷塔廊坐，塔深蘿葉垂。欲枕石頭卧，時①有清風吹〔一〕。

【校】

①時，弘德集、黄本、曹本作「待」。

【箋】

〔一〕上方寺，在開封東北，見初秋上方寺别程生（卷十）箋。據詩意，當作於正德年間夢陽閒居開封時。

釣臺〔一〕

終日釣石坐，清波閒我鈎。擲竿望山月，回見衆魚遊。

【箋】

〔一〕釣臺，即釣臺亭，在廬山白鹿洞附近。正德南康府志卷三：「釣臺亭，在白鹿書院西釣臺石上。正德六年，督學副使李夢陽偕知府劉章建，夢陽記石書額。」續通志卷一百七十金石略載：「釣臺亭記，李夢陽撰並書，正德六年。」又據詩意，疑作於正德六年夢陽任江西提學副使巡視九江時。按，夢陽釣臺亭碑（卷四十二）作於正德六年，此詩似作於同時。

白鹿洞〔一〕

白鹿昔成群，鹿去誰復來？樵子暮行下，洞中雲自開。

【箋】

〔一〕據詩意，當作於正德六年八月詩人任江西提學副使視學九江初訪白鹿洞書院時。九江謁濂溪先生祠告文（卷六十四）曰：「維正德六年，歲次辛未，秋八月，中順大夫江西按察司副使後學關西李某，以巡視事至九江府。」正德八年六月作再至洞院（卷二十七），可證此次是初訪。

聖澤泉〔一〕

嘈嘈鳴山泉，日日噴悲壑。日照一匹練，空中萬珠落。

【箋】

〔一〕聖澤泉，在江西廬山，泉水東流經白鹿洞。該詩疑作於正德六年八月詩人視學九江初訪白鹿洞書院時。

枕流橋〔一〕

峽急豈有心，臨橋石相激。藹驚橋上聽，夕陽人獨立。

【箋】

〔一〕枕流橋，在江西廬山白鹿洞附近。雍正江西通志卷三十四關津：「鹿洞口下即小三峽，石上刻『白鹿洞書院』五字，峽傍勒『枕流』二字。」該詩疑作於正德六年八月詩人視學九江初登廬山時。

風雩石〔一〕

倚崖坐孤石，北對五老峰〔二〕。中有千尺虹，挂斷巖上松。

【箋】

〔一〕風雩石，在白鹿洞書院内。據詩意，該詩疑作於正德六年八月夢陽視學九江初登廬山時。

〔二〕五老峰，在廬山東南，見余鄒二子遊白鹿書院歌（卷二十）箋。

門前溪〔一〕

山溪信清淺，入海作洪波。果向地中轉，應隨天上河。

【箋】

〔一〕門前溪，或爲白鹿洞前之貫道溪。據夢陽在廬山行迹，此詩當作於正德六年八月遊訪白鹿洞時。

迴流山〔一〕

登山眺四極，一坐日每夕。行看夜來徑，苔上有鹿跡。

【箋】

〔一〕迴流山，在廬山白鹿洞附近。時夢陽六合亭碑（卷四十二）曰：「亭在白鹿洞迴流山上。是山也，四面嶄峭而其上平。」該詩當作於正德六年八月夢陽視學九江，初訪白鹿洞書院時。次首〈井〉作時同。

井

新穿崖下井，微霞映深静。松風時來拂，娜娜匡嶽影。

開先寺〔一〕

瀑峽生煙暝，山杯坐不歸。籠燈過潭水，疑有玉龍飛。

其二

潭色何所似，黛玉空人心。可道清見底，龍蟠不在深。

其三

瀑布半天上，飛響落人間。莫言此潭小，摇動匡廬山。

其四

垂垂千仞瀑，隨風下山去。吹作半天雨，飄散不知處。

其五

飛瀑涌寒峽，流雲静幽壑。夕日倒峰影，杯中雙劍落。

【箋】

〔一〕開先寺，在廬山南麓。明一統志卷五十二南康府：「開先寺，在廬山下，舊傳梁昭明太子棲隱之地。」詳見觀瀑布賦（卷二）箋。該詩疑作於正德八年（一五一三）六月，夢陽任提學副使巡視九江第二次登廬山觀瀑布時。

【評】

楊慎李空同詩選：無愧太白。

宿開先寺〔一〕

僧閣暮鐘静，夏涼風色幽。月出照瀑布，猿啼西磵流。

【箋】

〔一〕開先寺，在廬山南麓，見觀瀑布賦（卷二）箋。據詩中「夏涼風色幽」句，可知該詩似作於正德八年六月夢陽任江西提學副使再遊廬山時。

歸宗寺王右軍故居〔一〕

夕日照何寺，夏雷喧此峰。惆悵昔人去，空餘山澗松。

【箋】

〔一〕歸宗寺，在今江西星子縣西。方輿勝覽卷十七南康軍載：「歸宗寺，在城西二十五里，即王羲之之宅，墨池、鵝池存焉。」又，明一統志卷五十二南康府：「歸宗寺，在廬山西，晉王羲之故宅。時僧佛馱耶自西來，羲之施宅爲寺。宋朱熹詩：『往昔王内史，願香有餘烟。千年今一歸，景物還依然。』」該詩疑作於正德八年六月夢陽視學九江再登廬山時。

吴溪〔一〕

三年作楚客，五月度吴溪。日射桃花嶺，松陰趧鳩啼。

【箋】

〔一〕據詩意，似作於正德九年詩人由南昌往九江途中時。吴溪，在江西新建（今屬南昌）。桃花嶺，雍正江西通志卷七山川一南昌府載：「桃花嶺，在府城西北五十里，隸新建桃花鄉。」

望龜峰〔一〕

龜峰歸遇雨，徹夜鳴不歇。起望昨遊處，惟見滿山雪。

【箋】

〔一〕龜峰，在江西弋陽縣南二十里，弋陽江經其下，有三十二峰，皆筍植笏立，峭不可攀，中峰有巨石如龜形，故名。見龜峰（卷二十七）箋。弋陽，明屬廣信府。該詩似作於正德六年冬視學廣信時，見鳶山訪汪氏因贈（卷十一）箋。

江行雜詩〔一〕

十八灘都盡〔二〕，舟人慣不勞。可言灘石險，難測是平濤。

其二

仄疊中江石，衝濤萬古存。遥看疑砥柱，偶問識銅盆。

其三

日月東西照，支江南北流。鷺飛如導鷁，橫吹不驚鷗。

其四

迎送山相似，舟移迷北南。回看皂口日，已照石華潭。

其五

錫洲潭古怪，攸鎮驛幽絶。四圍青山映，鷺棲滿林雪。

其六

日出青蘋濕，江渾路不分。昨宵驅雨至，知是海南雲。

其七

落日没前灘，雲移鳥欲還。除巾不即卧，恐遇絶奇山。

【箋】

〔一〕據詩意，疑作於正德八年詩人視學贛州時。

〔二〕十八灘，在今江西贛縣北、萬安縣南。據雍正江西通志卷十四水利一：章江與貢水於贛州合流，匯爲贛江，順流而下形成十八灘。十八灘由儲灘、鱉灘、橫弦灘、天柱灘、小湖灘、銅盆灘、陰灘、陽灘、會神灘（以上在贛縣境内）、良口灘、昆侖灘、曉灘、武術灘、小蓼灘、大蓼灘、棉津灘、漂神灘及惶恐灘（以上在萬安縣境内）組成。其中尤以惶恐灘著稱。

【評】

楊慎李空同詩選評曰：如此絶句，妙絶古今。世之愛空同詩者，只效其七言律，俗矣，畢矣。

明詩選卷十謝榛評曰：詩直而遠。

王夫之明詩評選卷七評「其六」：如此爲雄渾，爲沉麗，又誰得而間之。北地五言小詩，冠冕古今，足知此公才固有實，丰韻亦勝，胸中擎括亦極自珍重，爲長沙所激，又爲一群嗱蒜面燒刀漢所推，遂至戟手赬顴之習成，不得純爲大雅，故曰不幸。

新莊漫興〔一〕

昨來杏花紅，今來楝花赤。一花復一花，坐見歲年易。

其二

出城每自醉，斜陽坐芳草。黄鸝枝上鳴，花落有風掃。

其三

徑樹團成蓋，原草緑如翦。盈盈車馬客，時來弄春醆。

其四

未有此莊時，對酒無處飲。今來莊上遊，却恨酒杯緊。

【箋】

〔一〕夢陽有新買東莊賓友攜酒往看十絶句（卷三十六），詩作於嘉靖元年，其五云：「今春自買城東園，暇即郊行不憚煩。」該詩似作於嘉靖元年以後。李空同先生年表：嘉靖二年，「置邊村别墅，日親農事，有菟裘之志焉」，似即指東莊。年表記載時間有誤。

紫霞洞主歌〔一〕

朝霞弄海色，閃爍如金蛇。回光照巖洞，駕我青鸞車。

其二

雲洞窈谽谺〔二〕，行覓石髓食。蕤蕤古苔上，有書字不識。

其三

丹霞熨朝旭，桂葉一何芾。中有騎鶴人，下上隨雲氣。

其四

朝餐赤城氣，暮攬羅浮色〔三〕。常有瑶草花，寒至不曾識。

其五

石泉裊長蘿，煙翠滿山室。忽聞空中音，幽人弄瑶瑟。

【箋】

〔一〕嘉靖集收録此詩，故詩當作於嘉靖元年（一五二二）至三年間。紫霞洞主，疑即元末道士周顛，建昌（今江西南城）人。廬山有朱元璋所撰周顛仙人碑。

〔二〕「雲洞窈谽谺」，杜甫柴門：「長影没窈窕，餘光散谽谺。」

〔三〕羅浮，即羅浮山，在今廣東博羅西北，見廣州歌送羅參議（卷十八）箋。羅浮色，指梅花。

田園詩〔一〕

暑日郊出頻，野意差日適。鴉雀間繁陰，榴葵乃炎赤。

其二

初日暑力薄，單車歷城曲。隍飆卷蜻蜓，荇帶舒復促。

其三

掘塹不數尺，及泉水忽涌。誰爲辨佳藕，我今畜魚種。

其四

淤泥獲拳卵，蛇龍誰即分。夜看置頓處，似有五色雲。

其五

園荒蒿藋長，手鉏薙其穢。那解蓊蔚區，中有吐芳蕙。

【箋】

〔一〕按，據詩意，似作於嘉靖年間（嘉靖八年以前）閒居開封時。

贈答

寄徐子〔一〕

紫閣朝回夜，金尊月映空。秪應徐進士，遥憶李郎中。

其二

東省堂前樹，南陽宅裏花。春風如往日，夜月向誰家？

【箋】

〔一〕徐子，指徐禎卿，生平見贈徐禎卿（卷十一）箋。該詩疑寫於弘治十八年（一五〇五）至正德元年（一五〇六）末。按，弘治十八年，徐禎卿中進士，進而與夢陽相識，正德元年春，徐禎卿往湖湘，夢陽時任户部郎中。

贈何舍人〔一〕

朝逢康王城〔二〕，暮送大堤口。相對無一言，含悽各分手。

【箋】

〔一〕何舍人，指何景明，見送何舍人齎詔南紀諸鎮（卷二十）箋。正德十三年（一五一八）春五月，何景明升任陝西提學副使，由京師赴任，該年秋，景明回信陽探親，途經開封，與夢陽會面，此爲贈別之作。

〔二〕康王城，在開封城北，黄河南岸，故址在今河南尉氏城東北，見弔康王城賦（卷二）箋。夢陽河上草堂記（卷四十九）曰：「正德二年閏月，予自京師返河上，築草堂而居。其地古大梁之墟，今曰康王城是也。瀕河，河故常來。」

【評】

楊慎李空同詩選曰：絶似王摩詰。

寄都主事穆〔一〕

江草喚愁生，思君黄鳥鳴。遥心將夜月，同滿闔閭城。

【箋】

〔一〕都主事穆，指都穆。據胡纘宗明中憲大夫太僕寺少卿致仕都公墓誌銘（載鳥鼠山人小集卷十五）記載：「（弘治）甲子，拜工部都水司主事，……未幾，丁父憂。」該詩當寫於都穆丁憂守制居吴縣時期，時間大約在弘治十七年（一五〇四）至正德元年（一五〇六）間，時夢陽任户部主事。

送佘客〔一〕

自寄還家信，閨人數月圓。住近沙溪口，終日問來船。

【箋】

〔一〕佘客，疑指佘育，見佘園夏集贈鮑氏（卷十六）。該詩疑作於正德五年前後閒居開封時。

送人

頗訝楓林赤，無風葉自鳴。來人與歸客，同聽不同情。

贈客〔一〕

出郭江南望，暮天雲北飛。斷蓬寒更轉，長路幾人歸？

【箋】

〔一〕按，以上二首，弘德集卷三十二有收録，據詩意，似作於正德六年前後閒居開封時。

過夏口寄惲君〔一〕

君居楚城裏，我傍楚城過。相思連夜發，無奈是江波。

【箋】

〔一〕夏口，在今湖北武漢。惲君，不詳，疑即惲巍，武進（今屬江蘇）人，弘治十五年（一五〇二）進士。毛憲毗陵人品記卷八載：「惲巍，字公甫，武進人，弘治壬戌進士。由户曹歷湖廣兵備副使，嘗從王文成用兵，在武昌計擒叛魁趙燧，中丞毛伯温薦以自代，閹瑾索賂不遂，削其功，罷歸。所著有東麓存稿。」據詩意，疑作於正德六年（一五一一）五月夢陽赴江西途經武昌時。

諸公石頭口舟餞〔一〕

北巡寮寀合，舟餞此江潯。晚别隔煙浦，猶聞横吹音。

【箋】

〔一〕石頭口，在今江西南昌北。讀史方輿紀要卷八十三贛水載：「繞城而流廣十里，度江之北曰石頭口。」疑作於正德六年至八年間詩人任江西提學副使時。

寄黄子廣東〔一〕

昨遊梅嶺畔，翹望嶺南雲。恰屬梅黄日，何由攀贈君？

【箋】

〔一〕黄子，疑即黄省曾，見喜程生自吴中回致五嶽黄山人音問（卷二十七）箋。黄省曾曾遊歷嶺南一帶，黄氏與李空同書云：「省曾伏迹南海，企懷高風久矣。」（空同子集卷六十二附録載）據詩中首句「昨遊梅嶺畔」，該詩似作於正德七年前後任官江西時。

潯陽寄耿參政致仕〔一〕

連年卑濕地，無日不思歸。況在潯陽見，君帆獨北飛。

【箋】

〔一〕據詩意，當作於正德六年至八年間夢陽任江西提學副使時。潯陽，即今江西九江。耿參政，疑即耿明，館陶（今屬山東）人，弘治九年進士。過庭訓本朝分省人物考卷九十六：「耿明，字晦之，館陶人，登弘治丙辰進士，授貴州道御史。」又：「正德間，逆瑾用事，出知湖州府，賑貧救災，摧暴扶良，以治行最超擢江西左參政，督餉佐兵，翦除群盜，功成不受賞，以疾乞休。」

送鄭生〔一〕

桃花浪初起，三月爾江南。萬樹垂楊色，相留照暮酣。

【箋】

〔一〕鄭生，疑指鄭作。夢陽方山子集序（卷五十一）曰：「嘉靖五年，鄭生年四十七歲，病痰核，不忺於遊，將返舟歸方山，繹舊業，讀書巖穴松桂間。空同子送之郊。」據詩意，疑爲鄭生於正德年間赴京考試前夕夢陽爲其送別而作，次首送人赴舉同。

送人赴舉

寶劍動連星，金鞍别馬鳴。持將五色筆，奪取錦標名。

贈王左史〔一〕

林卧每倦出，時或一乘馬。來訪王相國〔二〕，醉歸月明下。

其二

君家百甕酒，留連胡不飲。花月我自來，醉即花間寢。

【箋】

〔一〕王左史，或即王春，見送王左史入覲（卷二十六）箋。該詩疑作於正德十五年（一五二〇）前後閒居開封時。

〔三〕王相國，卷二十三有城南夏望和王相國，當爲同一人。

贈劉東〔一〕

洎濱三月時，花滿扶亭道〔二〕。翩翩白馬歸，青袍亂芳草。

【箋】

〔一〕該詩當作於大梁，疑爲正德九年秋自江西罷官歸居家中以後作。劉東，不詳。何景明大復集卷十九有贈劉東之憲副、卷二十八有寄劉東之憲副二首，或爲夢陽、景明友人。萬曆開封府志卷十四贈蔭：扶溝縣「劉東，以子自强貴，贈吏部稽勛司員外郎」。或即其人。

〔二〕扶亭，在河南扶溝。輿地廣記卷五四京：「扶溝縣，縣有扶亭，又有洧水溝，故以爲名。」

戲鄭生求歐帖看〔一〕

徽州鄭季子，動輒古人師。昨特衝秋雨，因來問墨碑。

【箋】

〔一〕鄭生，疑指鄭作。據詩意，似作於正德十二年前後，時詩人正閒居開封。

送酒鄭生〔一〕

旅食沙林暮，年華北雁春。誰憐竹葉餉，同是采薇人。

【箋】

〔一〕鄭生，疑指鄭作。據詩意，疑作於正德十二年前後。

送王生北行〔一〕

紫轡銀鞍馬，青袍白面郎。揚鞭萬里去，謁帝入明光。

其二

朝散午門西，春風起御堤。上林花半發，幾處早鶯啼。

【箋】

〔一〕王生，疑爲王教，字庸之，祥符（今河南開封）人，嘉靖二年（一五二三）進士，官至南京兵部右侍郎，有中川遺稿三十三卷。該詩似寫於嘉靖元年詩人送別王教入京春試時。

【評】

王夫之明詩評選卷七：是送行語，妙。只「朝散」二字統下十八字。

觀袁永之樂府戲裁子夜歌寄之〔一〕

爲問閶門柳，年來青若何。館娃明月夜，醉擁越兒歌。

其二

日暖春波緑，湖平一鏡天。船船載歌舞，争向緑楊邊。

【箋】

〔一〕袁永之，即袁袠，吴縣（今江蘇蘇州）人，生平見相逢行贈袁永之（卷十六）箋。袁袠李空同先生傳：「余戊子歲使大梁，以書投先生，辱賦答相逢行，一見甚歡，談宴累日夜。是後，人從大梁來，先生必有書遺。辛卯，以所著集見託。」（載空同子集附録一）戊子，爲嘉靖七年（一五二八），該詩即作於此年或稍後，時夢陽閒居開封。

【評】

楊慎李空同詩選曰：是樂府體。「醉擁」字從越人今夕歌中來。

雜詠

詠李花

城東萬李樹，此樹獨鮮奇。竟日風開落，無人誰得知。

詠鷺

獨立娟娟鷺，驚人離石磯。遥看一片雪，深映碧山飛。

獲麑

小麑何山得，出山今幾時。笑爾深藏晚，無言獵者知。

饋雁

失却風雲翅，來遊君子門。未辭弋客慕，終荷主人恩。

花鴨

花鴨静雲衣，娟娟春草依。臨池捩頸卧，夢拂楚雲飛。

鶯曉①

睍睆夢中迷，流鶯碧樹西。起來紅日照，已度别枝啼。

【校】

①詩題，詩綜作「曉鶯」，陳子龍等明詩選亦作「曉鶯」。

【評】

皇明詩選卷十二：陳卧子曰：果爲合作。李舒章曰：此老亦解作閨中語。

明詩歸卷三：譚元春云：風趣入古。

詠螢

葉暗輝輝度，孤明炯自知。月臨光不掩，星亂影須疑。

名花〔一〕

名花似美人，娉婷代應絶。夕陽時獨立，風起滿林雪。

【箋】

〔一〕按，以上八首雜詠詩，弘德集卷三十二均有收録，是皆作於弘治、正德年間。

詠獄雜物

炭簍盆架〔一〕

編荆爲團籠，本以貯木炭。今匪用炭時，聊以助吾盥。

砂鍋盆

砂鍋注清泠，洗面還洗心。其器苟不潔，徒稱玉與金。

船板牀

船板胡在兹，而我寢其上。情知非江湖，夢寐亦風浪。

甎枕

盧生枕竅中，哀樂竟何用。我枕城磚卧，無竅亦無夢。

蘆蓆几

古人席地坐，飲食俱在兹。今人設高几，翻謂古人卑。

坏墩

晨興坐兹譚①，而亦坐兹食。爲言同寓子，尚念埴者力。

麻繩椸

何以架我衣，麻繩撑兩柱。諒有解脱心，與子同一處。

葛衫帳

酷暑睡不穩，解衫周四圍。但阻蚊蟲入，無遮明月輝。

【校】

①譚，弘德集、黄本作「談」。

【箋】

〔一〕按，正德元年，夢陽因協户部尚書韓文奏劾劉瑾，勒致仕，二年初歸，潛跡大梁家中。三年五月，「逆瑾蓄憾未已，必欲殺公以攄其憤，乃羅織他事，械繫北行，矯詔下錦衣衛獄」（李空同先生年表）。以上詠獄雜物八首當於正德三年（一五〇八）夏作於錦衣衛獄。

詠瀟湘八首

漁村夕照〔一〕

西暘下洞庭，網集清潭上。一丈黄金鱗，可見不可網。

山寺晚鐘

美人杳何處，盈盈隔秋水。遥遥雲外鐘，日落暮山紫。

平沙落雁

西風萬里雁，一葉洞庭秋。群浴金沙軟，瀟湘霜氣流。

江天暮雪

長江浪滚雪，煙黑花争飛。可怪横流者，孤舟一笠歸。

洞庭秋月

天水本自空，圓月況秋映。皛皛起霜色，千里一懸鏡。

瀟湘夜雨

夜響起秋竹，浩浩楚雲白。曉來看沙觜，新水添一尺。

遠浦歸帆

秋風五兩席，點點聚復散。不信小小烏，飛飛速征雁。

山市晴嵐

峰晴堆夜嵐，晨炊翠猶濕。但聞山鳥鳴，不見鳥出入〔二〕。

【箋】

〔一〕據詩意，以上八首均似作於正德九年（一五一四）夏秋之際。夢陽自江西北返，乘船自九江出發，逆長江至武昌，復經武昌至襄陽，此組詩似作於途中。

〔二〕「但聞山鳥鳴，不見鳥出入」，唐王維鹿柴：「空山不見人，但聞人語響。」

寄詠徐學士園詩

薜荔園〔一〕

芳園蓊薜荔，水石非人間。昔聞西洞庭，今爲學士山。

恩樂堂

肯堂欽古訓，修祀報前功。酌洞歌行潦，采蘩遵召風。

石假山

磊奇成我山，雲氣遽㠐㠐。衣水即溟渤，拳石是蓬島。

水鑑樓

風吹池萍開，天空水如鏡。幽人時凭闌，下看行雲影。

風竹軒

吾軒自有竹，暑月常寒聲。山静無風時，滿林空翠生。

蕉石亭

看石忽有詩，攀蕉書其上。夜來雨打葉，驚聞金石響。

觀耕臺

洞庭有興雲，太湖無落波。登臺問農者，不勤將如何？

薔薇洞

洞口薔薇密，石花壓雲濕。曉采枝上露，不知鶴飛出。

荷池

山風吹水香，脱巾池上坐。盈盈千歲龜，飛上荷葉卧。

柏屏

堂堂千尺材，爲屏忍屈曲。終抱凌雲情，不改歲寒緑。

留月峰

峰奇自成竅，似月非有心。月來爾何意，徘徊光與深。

通泠橋

雨過崖水響，石梁裊山澗。晴天挂一虹，溪斷雲不斷。

花源

落英泛流水，點點如飄霞。爲有問津者，不敢種桃花。

釣磯

磯根浸寒水，細草緑如髮。夜魚不受餌，石上坐秋月。

【箋】

〔一〕徐學士，即徐縉，字子容，吴縣人，弘治十八年（一五〇五）進士，官至吏部左侍郎兼翰林院侍講學士，生平見贈徐陸二子（卷十一）箋。薜荔園，在吴縣（今江蘇蘇州）徐縉家園内。邵寶容春堂續集卷一有徐太史薛荔園辭十三首，顧璘息園存稿詩卷四有徐學士子容薛荔園十二首，薛蕙考功集卷三有徐子容薛荔園十三詠。以上組詩當寫於嘉靖五年（一五二六）或稍後，因徐縉於嘉靖五年始任侍讀學士。

李夢陽集校箋卷三十五　七言絶句一

大禮

正德元年郊祀歌十首〔一〕

戈馬喧喧動萬雷，黄旗繞繞拂仙臺。天上再開新日月，南郊不改舊蓬萊。

其二

漢家天子自天威，春祀南郊春雪圍。片片瓊花飄玉路，五雲偏逐衮龍飛。

其三

壇官秉①笏候金鐘，月出西南照雪峰。不向蓬萊看五色，那知天子是真龍。

其四

中壇日月照天門，上帝龍行羽衛屯。烟裏桂花旋玉兔，火開三足抱金盆。

其五

外壇羅列黄金榜，海嶽齊開白石門。直使衡山馳薊域，更看西海過崑崙。

其六

神來擊鼓復吹簧，一道虹飛萬丈光。閶闔清風揺玉燭，至尊獨立殿中央。

其七

帝是高皇八葉孫，隆準龍顔稱去聲至尊。翠羽繽紛來衆聖，洋洋古樂亂雲門。

其八

漢主登封巨跡空，赭山秦帝洞庭中。何如黍稷天神享，萬歲高高太極宫。

其九

天馬元從天上落，七星裝入寶刀頭。壇空月照更衣殿，萬錦群中刷紫騮。

其十

金輿還内放人看，萬户千門震地歡。繡扇徐開龍虎氣，君身不動泰山安。

【校】

①秉，原作「乘」，據四庫本改。

【箋】

〔一〕明史武宗本紀：「正德元年春正月乙酉，享太廟。己丑，大祀天地於南郊。」詩作於正德元年

(一五〇六)春正月,時夢陽升任户部郎中。

帝京篇十首〔一〕

古時灞水即蘆溝〔二〕,今代車書似水流。日間五色龍文氣,天上春開五鳳樓。

其二

漁陽北塞古風沙〔三〕,二月春風萬柳斜。薊門轉作長安苑,燕桃開出武陵花。

其三

慷慨燕雲十六州,天門北極帝星頭。胡塵一洗桑乾浄〔四〕,萬載朝宗四海流。

其四

山作青龍左右盤,扶桑西影拂桑乾。日月光華朝萬國,天留北海作長安。

其五

天皇按劍據①金鞍,飲馬追胡翰海乾。歸來並立擎天柱,不數劉家承露盤。

其六

胡后妝樓换上陽,春風珠箔舞垂楊。半夜開城歸萬馬,至今迷失幾鴛鴦。

其七

今朝望海海雲生，五色雲中白玉城。金陵巧接盤龍勢，南北何如漢二京。

其八

塞上星飛化羽林，鼓音咸作管簫音。將軍把劍聞鷄舞，玉女朱樓學鳳吟。

其九

高鼻胡奴入漢關，皂旗千隊射鵰還。君看萬古昏星月，洗出中華疊翠山。

其十

自從黄帝破蚩尤，涿鹿雲黄黑帝愁。盤石果然爲碣石，幽州常作帝王州。

【校】

①據，弘德集、曹本作「拂」。

【箋】

〔一〕據詩意，似作於弘治年間或正德初年詩人在户部任職時。帝京，即明朝都城北京。

〔二〕灞水，渭河支流，也稱滋水、霸水，在陝西中部，關中八川之一。漢班固西都賦：「挾灃灞，據龍首。」此非實指。盧溝，即永定河。河上有著名的盧溝橋，在今北京西南豐臺區，爲北京最古老的聯拱石橋。盧，亦作「蘆」。明李東陽有京都十景盧溝曉月詩。明蔣一葵長安客話卷四盧溝河盧溝橋：「每當晴空月正，野曠天低，曙色蒼蒼，波光淼淼，爲京師八景之一，曰『盧溝曉月』。」

〔三〕漁陽，戰國燕置漁陽郡，秦漢治所在漁陽（今北京密雲西南）。史記陳涉世家：「二世元年七月，發閭左，適戍漁陽，九百人屯大澤鄉。」

〔四〕桑乾，今永定河之上游。相傳每年桑椹熟時河水乾涸，故名。李白戰城南：「去年戰，桑乾源。今年戰，葱河道。」

皇陵歌〔一〕

皇陵疊翠倚丹霄，絳節飛光夜夜朝。千古長風吹海月，萬山松柏照空寥。

【箋】

〔一〕皇陵，指明帝王陵墓，包括孝宗泰陵等，位於北京昌平區天壽山麓，其中明成祖長陵規模最大，參見明一統志卷一京師山川。據詩意，似作於弘治年間或正德初年詩人任職户部時。

傳聞駕回有紀二首 正德年間作。〔一〕

正月傳聞大駕還，七日已度居庸關。鐃歌擬續之回曲，塞外應添駐蹕山。

其二

白城新起望夷臺，黄鉞森森耀日開。六騾遠遁胡沙静，六龍騰踏駕空回。

【箋】

〔一〕據明史武宗本紀：正德十二年，武宗出關，「秋八月甲辰，微服如昌平。……丙寅，夜微服出德勝門，如居庸關。辛未，出關，幸宣府，……壬辰，如陽和，自稱總督軍務威武大將軍總兵官。……冬十月癸卯，駐蹕順聖川。甲辰，小王子犯陽和，掠應州。丁未，親督諸軍禦之，戰五日。辛亥，寇引去，駐蹕大同。……戊子，還至宣府。十二月癸亥，群臣赴行在請還宮，不得出關而還」。該詩似作於正德十三年正月，時詩人在開封閒居。

聖節聞駕出塞①〔一〕

千官北首望龍旂，萬國車書集鳳闈。八駿穆王②秋色遠，幾時親擁白狼歸。

其二

萬乘時巡萬壽臨，鑾輿漠漠磧沙深。悲忘殿闕呼嵩日，應繫單于款塞心。

【校】

①詩題，弘德集、百家詩作「聖節聞車駕出塞二首」。②穆王，詩綜作「瑶池」。

【箋】

〔一〕聖節，唐開元十七年（七二九）八月五日，玄宗生日，左丞相源乾曜、右丞相張説等上表請以是日爲千秋節，制許之。後歷代皇帝生日或定節名，或不定節名，皆稱爲「聖節」。明武宗朱厚照生於弘治四年（一四九一）十月二十六日。據明史武宗本紀：正德十三年八月乙酉，武宗「如大同。九月庚子，次偏頭關。癸丑，敕曰：『總督軍務威武大將軍總兵官朱壽親統六師，肅清邊境，特加封鎮國公，歲支禄米五千石。吏部如敕奉行。』甲寅，封朱彬爲平虜伯，朱泰爲安邊伯。冬十月戊辰，渡河。己卯，次榆林。十一月庚子，調西官廳及四衛營兵赴宣、大」。是該詩當作於正德十三年十月二十六日，時作者閒居開封。

【評】

皇明詩選卷十三：李舒章曰：有祁昭之風。宋轅文曰：景色天然。

正德七年正月黄河清自清河至於柳家浦九十里清五日焉〔一〕

黄河水自崑崙出，萬古東流元不清。今瑞定於今帝應，世人休擬聖人生。

【箋】

〔一〕清河，今江蘇淮安。柳家浦，不詳，或在今江蘇徐州境内。古代之「黄河清」爲祥瑞之兆。幼學瓊林：「聖人出，黄河清。」該詩似作於正德七年（一五一二）正月或稍後，時夢陽正任官江西。

【評】

陳田明詩紀事丁籤卷一引國史唯疑：正德七年、九年黄河連清，李夢陽詩云：「今瑞定於今帝運，世人休擬聖人生。」蓋婉辭也。至嘉靖改元，始直書其事，爲入繼大統之祥，云：「紫蓋復從嘉靖始，黄河先爲聖人清。」

嘉靖元年歌〔一〕

元年正月又王春，四海人稱拱聖人。已報岐山鳴彩鳳，更傳關内出麒麟。

其二

大明十帝轉神明，天意分明賜太平。紫蓋復從嘉靖始，黄河先爲聖人清。先是正德七年、九年黄河連清，今上入繼大統之兆。

【箋】

〔一〕該詩作於嘉靖元年（一五二二）正月，時夢陽閒居大梁。按明史武宗紀載有正德六年黄河清事，正德七年、九年失載，此可補史之闕。

赠答

送樂清少府〔一〕

羽騎驂驔簇晚洲，彭彭簫鼓引官舟。爲言獨對青松樹，何似逢迎緑水頭。

其二

雁蕩山前海色開，樂清城在白雲隈。紅桃碧柳津津勝，笑舞歡歌處處來。

【箋】

〔一〕樂清少府，不詳。樂清，或指今浙江樂清。東晉建樂成縣，隋唐屬永嘉郡，五代後梁開平二年（九〇八），爲避梁太祖父朱誠之諱，改爲樂清，屬温州，明屬浙江布政使司温州府。樂清北部有雁蕩山。少府本漢九卿之一，後改將作大匠，明清廢，此指縣令。據詩意，似作於正德七年（一五一二）詩人在江西任官時。

贈黄州牧〔一〕

黄州江比使君清，赤壁山留萬古名。黄州小兒騎竹馬，來時相送去時迎。

【箋】

〔一〕黄州牧，不詳，當爲黄州知府。黄州，今湖北黄州，見黄州（卷三十四）箋。據詩意，似作於正德九年詩人自江西歸大梁途中。

送友人

王孫笑向碧山棲，春日春蘿裊裊低。予亦悠悠芳草①者〔一〕，白雲愁色草萋萋。

【校】

①芳草，弘德集、曹本作「芳桂」。

【箋】

〔一〕「予亦」二句，唐崔顥黄鶴樓詩：「白雲千載空悠悠」、「芳草萋萋鸚鵡洲」。

送周判官〔一〕

明鐙緑酒五花裘，客舍新秋螢火流。商①君不飲真何事，明日出城風葉愁。

【校】

①商，弘德集、曹本、百家詩、詩綜作「問」。

【箋】

〔一〕周判官，不詳。明有鹽運判官、府州判官等，此當指後者。

【評】

皇明詩選卷十三：李舒章曰：真老。

明詩歸卷三鍾惺云：「直極唐人之盛，是空同本色。然空同本色，未嘗不妙。」

送人入蜀〔一〕

錦江風高生夕波，蘆荻蕭蕭秋雁多。問爾鄉關何處是〔二〕，巴人時唱下渝歌〔三〕。

【箋】

〔一〕正德十一年（一五一六）前後，夢陽作有繁臺送張内史侍母還蜀同毛袁監察，此詩中「送人」，或即張内史。據詩意，該詩似作於正德十一年秋。

〔二〕「問爾鄉關何處是」，唐崔顥黄鶴樓：「日暮鄉關何處是。」

〔三〕「巴人時唱下渝歌」，李白峨眉山月歌：「思君不見下渝州。」

詠東方朔贈馬吏部①〔一〕

據地酣歌金馬門，如花少女笑無言。不是偷桃太無那，人間那謫歲星魂。

【校】

①詩題，弘德集作「詠東方朔贈馬吏部應祥」。

【箋】

〔一〕馬吏部，即馬應祥，見君不見贈馬僉事應祥（卷二十）箋。馬應祥於弘治九年（一四九六）舉進士。據嘉靖徽州府志，馬弘治十六年任歙縣知縣，後又升吏部主事，故其任職吏部當在弘治十六年之後，是該詩似於此時作，夢陽時任户部員外郎。

王吏部惠太玄戲贈①〔一〕

吾家小子象童烏，蒙惠玄文掌上珠。笑殺街西王吏部，今朝猶得酒船無？

【校】

①詩題，弘德集作「王吏部納誨惠太玄戲贈」。

【箋】

〔一〕據弘德集詩題，王吏部，即王納誨。夢陽有與王獻可書（卷六十三），即此人。雍正陝西通志卷五十七上人物三載：「王納誨，字獻可，長安人，弘治壬戌進士，授工部主事。治漕臨清，嚴約束，謹蓄泄，公私便之。調吏部，課覈嚴正，倖路杜絶，忤當道，謫易州同知。覈軍實，繕城郭，晉河南按察司僉事。……晉副使，巡兩川，風裁肅然，蜀境爲之改觀。」按，王舉進士爲弘治十五年，任職吏部在正德初。又，雍正四川通志卷三十職官載：正德末王納誨任四川按察使司副使。該詩似作於正德初年夢陽任户部郎中時。惠，惠贈。太玄，揚雄太玄經。

月夜過訪王子〔一〕

率爾高陽飲博徒，酣歌擊劍膽何麤。金門貴客如相許，徑脱鷫裘付酒壚。

【箋】

〔一〕王子，不詳，疑爲王九思，見送王子歸鄠杜（卷二十一）箋。據詩意，疑作於弘治末年或正德初年夢陽任官户部時，王九思時任吏部郎中。

【評】

朱彝尊明詩綜卷二十九引蔣仲舒云：語爽。

僕思李白落雁之遊徐子亦有知章鑑湖之請念人悲離申此短贈徐子者禎卿也〔一〕

君擬天台度石梁，我歸沙苑望咸陽。予今夢寐蓮華岳，笑爾番躭瀑布長。

【箋】

〔一〕徐子，指徐禎卿，見贈徐禎卿（卷十一）箋。按，正德三年（一五〇八）五月，夢陽因劾劉瑾案被逮至錦衣衛獄，八月放出，該詩似作於此時。徐禎卿有贈別獻吉，即作於此時。「李白落雁之遊」，指李白西嶽雲臺歌送丹丘子。王琦李太白詩集注卷七引華山記云：「太華山，削成而四方，直上至頂，列爲三峰。其西爲蓮花峰，峰之石窳隆不一，皆如蓮葉倒垂，故名是峰曰蓮花。其南曰落雁，峰上多松檜，故亦曰松檜峰。」又卷三十六外記引雲仙雜記：「李白登華山落雁峰曰：『此山最高，呼吸之氣，想通天帝座矣！恨不攜謝朓驚人詩來，搔首問青天耳。』（搔首集）」「知章鑑湖之請」，宋祝穆事文類聚前集卷十七地理部詔賜鑑湖條：「賀知章請爲道士還鄉里，詔賜鑑湖剡川一曲。」李白有對酒憶賀監二首，其二有云：「狂客歸四明，山陰道士迎。敕賜鑑湖水，爲君臺沼榮。」

嘲陸子二首〔一〕

松江陸子〔二〕，以予久不造過，遂蒙嘲詠。然陸子往許以小楷南征賦貺我，久亦吝焉。予故得反嘲戲之，兼訊後約焉。

甚欲來餐張翰魚，只緣難換會稽書。西家愚夫莫浪謔，北海先生久索居。

其二

我今四海覓雲松，南遊笑指匡廬峰。他時倘慕金光草，與爾同鞭赤玉龍。

【箋】

〔一〕陸子，即陸深，字子淵，上海人。弘治十八年（一五〇五）進士，選庶吉士，正德二年，授編修。十三年，任國子司業。嘉靖初升任山西提學副使、四川左布政使。嘉靖十六年（一五三七）爲太常卿兼侍讀學士，後任詹事府詹事，致仕，卒謚文裕。陸深擅書法，工文章，著有儼山集，明史卷二百八十六有傳。該詩疑作於正德初年夢陽任官户部時。

〔二〕松江，今上海松江一帶，明屬南京。見沈大夫行（卷十八）箋。

晚過序公戲贈並喜徐編修縉迹訪二首〔一〕

月滿長安啼暮鴉，踏歌今夜醉誰家。青蓮大士迎予笑，背指秋鶯度落花。

其二

長安大道竹林西，李白尋僧花下迷。舉杯恰對青天月，檻外驚傳碧玉蹄。

【箋】

〔一〕徐編修，指徐縉，見贈徐陸二子（卷十一）箋。正德元年（一五〇六）徐縉似由翰林院庶吉士授編修之職。該詩似寫於此時，夢陽時任户部郎中，次年春夢陽遭劉瑾解職回鄉。序公，不詳，京城某寺僧，即序上人，見觀序上人所藏陶成畫菊石歌（卷二十二）箋。

夏口夜泊别友人〔一〕

黄鶴樓前日欲低，漢陽城樹亂烏啼。孤舟夜泊東遊客，恨殺長江不向西。

【箋】

〔一〕夏口，今湖北武漢。據詩意，似作於正德六年五月詩人赴江西任官途經武昌之時。

【評】

明詩歸卷三：鍾惺云：直極唐人之盛，是空同本色。然空同本色，未嘗不妙。

寄贈珙縣何氏夫婦〔一〕

太峨西來通蜀門，瀘江北接武陵源。翁姑壽比江山永，縣北芙蓉似子孫。芙蓉①，山名。

【校】

①夫蓉，弘德集作「芙蓉」。

【箋】

〔一〕珙縣，今四川珙縣。何氏夫婦，不詳。按弘德集卷三十收録此詩，似作於正德年間。下兩首作時同。

謝子饋笏答以駝布〔一〕

交州象簡白雲①光〔二〕，美人持贈意何長。洮西駝布雖微細〔三〕，被服能堪冷月霜。

【校】

①雲，弘德集、黄本、曹本作「雪」。

【箋】

〔一〕謝子，不詳。夢陽有贈謝子二首（卷十六），又有寄謝卿（卷三十五）或即後人。

〔二〕交州，即交州府，明永樂五年（一四〇七）置，屬交趾布政司，治所在東關、慈廉二縣（今越南河内）。轄境相當今越南河内及河山平省東半部，海興省部分之地。宣德二年（一四二七）以後地入安南。

〔三〕洮西，及洮水之西，洮水，黄河上游支流，在今甘肅西南部，源出甘肅、青海二省邊境，東流到岷縣折向北，經臨洮到永靖城附近入黄河。

送王呈貢赴縣〔一〕

二月扁舟過浙西，楚雲何日度浯溪。滇南小郭青山繞，花發流鶯一樣啼。

【箋】

〔一〕王呈貢，不詳。夢陽有贈王生滇南詩（卷十一），或即其人。呈貢，疑爲地名，即今雲南昆明市呈貢區。滇南，即雲南。

寄錢户部①〔一〕

春城雞啼月欲没，西雁東飛遲明發。風裏楊花不定飛，震澤迢迢限吴越。

【校】

①「部」下，弘德集有「兄」字。

【箋】

〔一〕錢户部，即錢榮，亦即錢世恩，錢水部，生平見紀夢（卷十六）箋。正德初，錢榮任户部郎中，上三疏劾劉瑾，辭官歸里。該詩疑作於正德二年（一五〇七）至五年間，時夢陽因撰彈劾劉瑾奏疏而罷官歸居開封。

酬姚員外龍興見寄①〔一〕

龍興龍沙一里餘，江風吹落錦雙魚。君覽浙潮須盡海，赤霞飛袂過匡廬。

【校】

①「外」下，弘德集有「泊」字。

【箋】

〔一〕龍興，元至元二十一年（一二八四）置，治所在南昌、新建二縣，轄境相當今江西南昌、新建、豐城、進賢、奉新、靖安、武寧、修水等市縣地，明初改爲洪都府。龍沙，又名龍岡，在今江西南昌城北。「龍沙夕照」爲南昌十景之一。姚員外，不詳。員外，此即員外郎，爲六部曹司之次官。見贈姚員外（卷十二）箋。據詩意，疑作於正德六年至八年夢陽任江西提學副使時。

贈丁生〔一〕

海涼秋水淨芙蓉，青天倒懸五老峰〔二〕。眼見排風生羽翼，行空那辨有真龍。

【箋】

〔一〕丁生，不詳，或爲其在江西所收學生。據詩意，疑作於正德六年（一五一一）八月夢陽任江西提學副使首次視學九江時。

〔二〕五老峰，在廬山，見余鄒二子遊白鹿書院歌（卷二十）箋。

别達生〔一〕

醉約金山看海流〔二〕，興飛江漢忽西遊。龍沙月色年年滿，獨照匡廬萬仞秋。

【箋】

〔一〕達生，不詳，或其學生。據詩意，似作於正德六年夢陽任官江西時。

〔二〕金山，在今江西進賢南四十里，讀史方輿紀要卷八十四進賢縣港南山：金山「地産金，有淘金井。界於臨川」。

寄别陶生〔一〕

青雲峰下紫雲生〔二〕，中有花樹春鳥鳴〔三〕。聽鳥看雲一杯酒，黄塵回首萬家城。

【箋】

〔一〕陶生，不詳，或其弟子。據詩意，似作於正德九年夢陽離别江西前。

〔二〕青雲峰，見較射畢青雲峰示諸生（卷三十）箋。

〔三〕「中有花樹春鳥鳴」，唐韋應物滁州西澗：「上有黄鸝深樹鳴。」

别李生〔一〕

華也南來送我行，青絲挈酒玉壺輕。滕王閣下江千尺，一曲滄浪萬古情〔二〕。

【箋】

〔一〕據詩意，似作於正德九年夢陽致仕離開江西前夕。李生，據詩意，即李華，爲夢陽在江西之弟子。見廣信獄後記（卷四十九）。

〔二〕此詩化用李白贈汪倫：「李白乘舟將欲行，忽聞岸上踏歌聲。桃花潭水深千尺，不及汪倫送我情。」

【評】

皇明詩選卷十三：陳卧子曰：似汪倫之作而意別。

贈鮑溆兄弟〔一〕

水學青龍左右盤，玉流雙瀉碧光寒。蘭昆並占空山月，分掣虹霓作釣竿。

【箋】

〔一〕鮑溆兄弟，即鮑演、鮑溆二人，乃歙人鮑弼之族子。夢陽有梅山先生墓志銘（卷四十五）曰：「嘉靖元年九月十五日，梅山先生卒於汴邸。……梅山姓鮑氏，名弼，字以忠，歙縣人也。」該詩當作於正德十一年前後閒居開封時。

贈劉君按察雲南〔一〕

碧雞金馬古黔陽，滇海秋摇日月光。自此蠻中無毒熱，行臺六月有飛霜。

【箋】

〔一〕劉君，即劉麟，見贈劉主事麟（卷十七）箋。明武宗實録卷一百二十五載：正德十年五月「己亥，升陝西布政使司右參政劉麟爲雲南按察司按察使」。正德九年（一五一四），劉麟升爲陝西左布政使，十年，遷雲南按察使，劉由陝西經河南赴雲南，二人或相見。詩疑寫於此時。

送蕭總制赴鎮〔一〕

漢家新拜霍嫖姚，司馬今年相宋朝。旌旗一舉三邊静，雁塞平沙演射鵰。

【箋】

〔一〕蕭總制，疑即蕭翀，正德十年（一五一五）任河南右副都御史，不久改任陝西右副都御史。按，談遷國榷卷四十九：正德十年一月「甲申，巡撫貴州右副都御史蕭翀改河南」，九月「巡撫河南右副都御史蕭翀改陝西」。國朝列卿紀卷一百零七有傳。該詩疑作於正德十年秋作者閒居開封時，爲蕭翀送行而作。

送修武知縣〔一〕

青山盤谷繞桑麻，赤水河陽接種花。琴罷吏希簾晝捲，自看雙柏哺慈鴉。

【箋】

〔一〕修武，即修武縣，北齊天保七年（五五六）置，屬汲郡。治所在西修武城（今河南修武），唐先屬殷州，後屬懷州。元屬懷慶路，明屬懷慶府。據詩意，似作於正德十一年前後閒居開封時。

贈李沔陽〔一〕

雲夢茫茫繞一州，滔滔江漢古今流。問俗不須乘五馬，畫船簫鼓水鄉遊。

其二

楚人抽棘霸江湖，萬載孤城剖一符。從此沔陽爲渤海，直教雲夢作蓬壺。

【箋】

〔一〕李沔陽，即李濂，見田居左生偕二李見過二首（卷十七）箋。正德十年（一五一五）李濂官沔陽（今湖北仙桃）知州，夢陽已閒居大梁，該詩似寫於此時。

寄郭帥〔一〕

匡廬彭蠡兩蒼蒼，月館花城古豫章。誰信罷兵張宴地，夜深偏醉郭汾陽。

【箋】

〔一〕據詩意，當作於正德六年至八年作者任江西提學副使時。郭帥，不詳，疑即郭韶，正德中任江西寧國府同知，正德七年升湖廣兵備僉事。本朝分省人物考卷一百有傳。

寄謝卿〔一〕

擲笏南還尚黑頭，移家西郭興全幽。春晴定上滕王閣，日暮江平起白鷗。

【箋】

〔一〕謝卿，不詳，疑即謝麒，弘治九年進士，名臣謝一夔之孫。國朝列卿紀卷一百五十三載：「謝麒，字□□，江西南昌府新建人，弘治丙辰進士，任兵部主事。正德二年改吏部文選，四年升文選員外郎，五年升考功司郎中，改文選，七年升太僕寺少卿。」據詩意，疑作於正德八年詩人任江西提學副使在南昌時。

贈陳氏

萬龍岡上古靈冢〔一〕，男樂耕耘女績麻。客到大開萱草閣，春風時動紫荆花。

【箋】

〔一〕萬龍岡，汴京遺蹟志卷九：「在城東南五十里。」清一統志卷一百四十九載：「亦名望龍岡。」該詩疑爲正德十年後詩人閒居開封作。陳氏，不詳。

【評】

皇明詩選卷十三：宋轅文曰：田家詩，喜無犁犢氣。

贈蔡帥〔一〕

時清晝卧銅牙弩，客散宵披玉檢文。可道將軍渾是武，曾將三策獻明君。

【箋】

〔一〕蔡帥，或即蔡霖，據夢陽壽兄序（卷五十七），蔡時任河南都指揮同知。生平見送蔡帥備真州（卷十一）箋。疑作於正德十五年（一五二〇）左右詩人閒居開封時。

送王韜〔一〕

王郎口談金虎文，自稱師是紫陽君。挂帆明月①忽南去，影落龍江五色雲。

【校】

①明月，黄本、百家詩、詩綜作「明日」。

【箋】

〔一〕王韜，不詳。詩中「紫陽君」或即紫陽真人張伯端，北宋南宗道教領袖。

贈羅氏〔一〕

羅隱北下黄金臺〔二〕，牡丹芍藥次第開。極目長江渺天際，八閩秋盡一帆迴。

【箋】

〔一〕羅氏，不詳。疑爲正德十年後所作，時在開封賦閒。

〔二〕羅隱，原名横，舉進士六上不第，改名隱，字昭諫，自號江東生，唐餘杭（今浙江杭州）人。有詩名，尤長於詠史，然多所諷，爲衆所憎。唐廣明中還鄉，節度使錢鏐辟爲從事，掌書記，著有讒書、甲乙集、淮海寓言等。此以羅隱喻羅氏。黄金臺，即燕臺，見梁園歌（卷十八）箋。

送熊進士入朝三首〔一〕

武帝南征並海迴，九天雲罕拂天來。縹緲群仙朝絳節，五雲宫闕是蓬萊。

其二

蒼蒼玄武鎮皇州，天上銀河轉地流。言君不是乘槎者，昨夜分明到斗牛。

其三

金馬岧嶤接鳳臺，石渠高閣倚天開。仲舒早備天人策，漢主臨軒問自裁。

【箋】

〔一〕熊進士，疑即熊爵，字獻子，祥符人，正德十六年進士，見雨後往視田園同田熊二子（卷十）箋。

此詩疑作於正德十六年，時熊爵初登進士，返開封省親，再北上京師任官，夢陽爲其送行。

二月望丘翁林亭二首①〔一〕

今日花朝好風日，梁園酒新花更開。走覓南鄰丘處士〔二〕，月明騎馬醉深迴。

其二

南鄰處士閉柴門，竹樹春風野徑昏。痛飲狂歌人不識〔三〕，客來惟欲酒盈樽②。

【校】

①詩題，弘德集作「二月望日丘翁林亭二首」。②樽，黄本、百家詩作「尊」。

【箋】

〔一〕丘翁，即丘琥。夢陽丹穴行悼丘隱君（卷十九）小序：「丘名琥，號松山，夷門隱人也。」詩題，曹本作「丹穴行悼丘翁」。據詩意，當作於正德年間詩人閒居開封時。

〔二〕「走覓南鄰丘處士」，杜甫江畔獨步尋花七絶句其一：「走覓南鄰愛酒伴。」

〔三〕「痛飲狂歌人不識」，杜甫贈李白：「痛飲狂歌空度日。」

東鄭生二首〔一〕

東園紅杏日紛紛，東望無烟蝶滿雲。少出違期因怯馬，獨吟停盞爲思君。

其二

城門春禁不行車，病懼攀鞍只在家。昨日東風來着意，庭前忽放數枝花〔二〕。

【箋】

〔一〕鄭生，指鄭作。夢陽方山子集序（卷五十一）曰：「嘉靖五年，鄭生年四十七歲，病痰核，不忺於遊，將返舟歸方山，繹舊業，讀書巖穴松桂間。空同子送之郊。」據詩意，似爲正德末年作。

〔二〕「昨日東風來着意，庭前忽放數枝花」，杜甫絶句漫興九首其三：「恰似春風相欺得，夜來吹折數枝花。」

雨俟屠君不至〔一〕

暮倚高樓因候客，雨來如注復如絲。試看春日洪州道〔二〕，可是山陰夜雪時〔三〕。

【箋】

〔一〕屠君，或即屠奎，正德間任江西布政使左參議，詳見螺杯賦（卷三）箋。該詩當作於正德七年（一五一二）至八年任江西提學副使時。

〔二〕洪州，隋開皇九年（五八九）改豫章郡置，治所在豫章縣（今江西南昌西）。元和郡縣圖志卷二十八：「洪州因洪崖井爲名。」貞觀中，徙治今南昌市。天寶元年（七四二）再改爲豫章郡，北宋復爲洪州，明代爲南昌府。

〔三〕「可是山陰夜雪時」，李白單父東樓秋夜送族弟沈之秦：「疑是山陰夜中雪。」

寄顧台州二首〔一〕

巾山何似峴山遊〔二〕，雲島長和海色幽。定有兒童笑山簡，君今孰與鄭台州〔三〕？

其二

怪爾分符坐赤城〔四〕，東南遥見海霞生。梅開莫寄西來使，春到煩求碧玉精。

【箋】

〔一〕顧台州，即顧璘，生平見聊城歌送顧明府（卷二十七）箋。顧璘於正德十一年（一五一六）任台州（今浙江臨海）知府，時夢陽已歸居大梁家中。該詩當作於此時。

〔二〕巾山，在浙江台州臨海，一名巾子山，山頂有雙峰。峴山，在今湖北襄陽南。見襄陽篇奉寄同知李公（卷十二）箋。

〔三〕鄭台州，即鄭虔，唐代文人，善詩書畫，因安史亂中受僞職而被貶台州，乾元二年（七五九）卒於台州，新唐書卷二百零二有傳。鄭虔與杜甫有交遊，見杜甫陪鄭廣文遊何將軍山林。

〔四〕赤城，指赤城山，在浙江天台山。太平寰宇記卷九十八載：「赤城山在縣北六里，孔靈符會稽記云：赤城山土色皆赤，狀似霞雲。」按，顧璘息園存稿詩卷十四有寄李獻吉二首，其一云：「一醉洪都金屈巵，再吟臺海赤霞辭。梁王臺上青春月，共折桃花未有期。」其二云：「太史論文戰國同，杜陵詩體次王風。即看今代詞林伯，未覺前賢采筆雄。」亦作於此時。

太白山人仙遊吴越稔矣日者卜居吴興而婚施氏妻妹予聞之輒詩嘲焉二首①〔一〕

范子無端出五湖，西施並載有耶無？詩人只合鶯鶯伴，施家今是大姨夫。

其二

見説仙人萼緑華，萼緑華，晉升平中降羊權家。麻姑亦降蔡經家。即防獅子河中②吼，背癢無言爪得爬。

【校】

①詩題，弘德集作「太白山人仙游吴越稔矣日者卜居吴興而婚施氏妻妹予聞之輒詩嘲焉不知山人以何復我二首」。②河中，弘德集作「河東」。

【箋】

〔一〕太白山人，即孫一元，生平見太白山人傳（卷五十八）箋。夢陽太白山人傳曰：「而湖舉人施侃者，雅喜山人而病其放，因説之居，山人然之，於是買田苕溪之旁，又説之婚，則婚侃妻妹張氏。」明劉麟清惠集卷八有孫太初墓誌銘，曰：「太初，不知何許人，自稱曰關中人，人亦曰關中人，湖南雅社西溪龍致仁題其名曰：『太初，關中人。』正德戊寅秋八月，僦居湖南之後林村。是歲娶妻，己卯舉一女。庚辰二月二十日卒。」是該詩似作於正德十三年（一五一八）。

雲中曲送人十首①〔一〕

壯士驅車出漢關，馬頭絲絡紫金環。莽莽黄雲迷代北〔二〕，淒淒白霧滿燕山。

其二

季冬飲馬長城窟，沙礫飛揚帶白骨。榆臺嶺邊聞鬼啼〔三〕，猶是今年戰亡卒。

其三

黑帽健兒黄貉裘，匹馬追胡紫塞頭。相逢不肯通名姓，但稱家住古雲州〔四〕。

其四

城上黄旗張暮天，元戎宅内鼓闐闐。底是鄰悲並巷哭，雲州明日是新年。

其五

紫水東來入黑河〔五〕，紇干山下雪花多〔六〕。小兒攔街吹觱篥，婦人能唱海西歌。

其六

白登山寒低朔雲〔七〕，野馬黄羊各一群。冒頓曾圍漢天子，胡兒惟説李將軍。

其七

自從虜逼雁門關，漢家四野多空壘。行子遥遥看獨戍，桑乾水冰暮沙起。

其八

黄毛愛子出打圍，昏宿李陵古臺下〔八〕。忽傳風火入邊城，城中將軍夜秣馬。

其九

戰士黄鬚立道傍，自言曾射左賢王。可憐孤績無人論，贈與青裘白馬郎。

其十

北風吹日馬毛僵，腰間角弓不可張。馮②君莫唱雲中曲，臘月雲中更斷腸。

【校】

①詩題，列朝、詩綜作「雲中曲」。②馮，曹本作「逢」。

【箋】

〔一〕雲中，即古雲中郡，約在今山西大同、内蒙托克托一帶，在黄河南岸，見出塞曲（卷十七）箋。據詩意，該組詩疑作於弘治末年任官户部時。「送人」，或爲送别楊一清。按，楊一清於弘治末年任陝西巡撫，旋升三邊總制，兼右都御史，負責西北邊疆軍事。

〔二〕代北，泛指漢、晉代郡和唐以後代州北部或以北地區，當今山西北部及河北西北部一帶。唐陳子昂送魏大從軍詩：「雁山横代北，狐塞接雲中。」

〔三〕榆臺嶺，即虞臺嶺，也稱虞臺，見榆臺行（卷六）箋。

〔四〕雲州，即雲中。唐貞觀十四年置州，天寶初改雲中郡，乾元初復改雲州。在今山西大同及内蒙托克托東北。

〔五〕黑河，今作金河，即今内蒙古呼和浩特南之大黑河。明一統志卷二十一大同府：「黑河，在府城西北四百里古豐州界，源出官山，西流入雲内州界，至東勝州入黄河。」

〔六〕紇干山，一名紇真山，在今山西大同東北，見送李帥之雲中（卷二十一）箋。

〔七〕白登山，也稱小白登山，今名馬鋪山，位於山西大同城東。西臨御河，東接采涼山，南傍張同公路，北靠方山。西漢白登之戰正發生於此處。

〔八〕李陵古臺，在今內蒙古正藍旗南閃電河旁之黑城子。明一統志卷二十一大同府：「李陵臺，在府城西北五百里古雲內州境，高二丈餘。唐地志：雲中都護府，有燕然山，山有李陵臺，蓋陵不得歸，登此以望漢。」

對菊懷鄰菊子三首　己巳年閏月①。〔一〕

舊種寒株傍吹臺，重陽今歲不曾開。遥思爛熳還憐汝，欲比馨香恐見猜。

其二

睡起今晨看菊花，霜枝冷蘂忽參差。非時未必輸桃李，三徑遥憐是一家。

其三

爾家堂閣皆鄰菊，秋至滿地黄金錢。不信南州能暑熱，直將花蘂破霜天。

【校】

①詩題，弘德集作「對菊三絶句有懷鄰菊子」。

【箋】

〔一〕鄰菊子，指佘育，字養浩，號鄰菊居士、潛虬山人，歙縣人，有潛虬山人集、美牆集，見佘園夏集贈鮑氏（卷十六）。父存修，著有缶音，夢陽作有缶音序。自注「己巳年」，指正德四年（一五〇九），時夢陽閒居大梁。

送吴生〔一〕

吴子乘春東入吴，飛花獻舞鳥提壺。此去囑君多載酒，直收春色過西湖。

【箋】

〔一〕吴生，不詳。或爲夢陽弟子。嘉靖集收録此詩，當作於嘉靖初年閒居開封時。

東園贈鮑演〔一〕

修竹南窗花北窗，翠陰濃色兩無雙。隔城走馬催銀燭，今夜留君倒玉缸。

【箋】

〔一〕嘉靖集收録此詩，故當作於嘉靖元年（一五二二）至三年間。鮑演，歙人鮑弼之族子。夢陽有梅山先生墓志銘（卷四十五）曰：「嘉靖元年九月十五日，梅山先生卒於汴邸。李子聞之，繞楹彷徨行，曰：『前予造梅山，猶見之，謂病愈且起，今死邪！　昨之暮，其族子演倉皇來，泣言買棺事。予猶疑之，乃今死邪！』於是趣駕往弔焉。……梅山姓鮑氏，名弼，字以忠，歙縣人也。」

春日東莊要杭子〔一〕

白首春風獨種瓜，故人常恨隔天涯。今游莫憚騮行遠，十里柴門有杏花。

【箋】

〔一〕要，通「邀」。杭子，疑即杭淮，見酬秦子以曩與杭子併舟別詩見示余覽詞悲離愴然嬰心匪惟人事乖迕信手二十二韻無論工拙並寄杭子（卷十五）箋。據明實録卷二十四載：杭淮於嘉靖二年（一五二三）三月，由湖廣按察使升任山東右布政使。又卷四十載：嘉靖三年六月，升河南左布政使劉文莊爲都察院右副都御史巡撫雲南。又卷五十六載：嘉靖四年十月，升河南左布政使杭淮爲南京太僕寺卿。據此，杭淮當於嘉靖三年六月至四年十月任河南左布政使，該詩即作於此時。又，夢陽有新買東莊賓友攜酒往看十絶句（卷三十六），作於嘉靖元年。李空同先生年表云：嘉靖二年，「置邊村别墅，日親農事，有菟裘之志焉」，是爲東莊。年表記載時間似有誤，營建東莊當在嘉靖元年。

柬雙溪方伯〔一〕

十旬不見雙溪子，白晝看松只自眠。君對紫薇誰是伴？相逢還似未逢前。

【箋】

〔一〕雙溪方伯，指杭淮。按，據前詩箋，杭淮於嘉靖三年六月至四年十月任河南左布政使，該詩即作於此時或稍後。杭淮任官河南事見酬秦子以曩與杭子併舟别詩見示余覽詞悲離愴然嬰心匪惟人事乖迕信手二十二韻無論工拙並寄杭子（卷十五）箋。

送人之南郡三首〔一〕

梁園千古見風流，醉上任樓復謝樓。相遇片言心便倒，腰間含笑解吴鈎。

其二

鼓刀朱亥本微寒〔二〕，白首侯嬴是抱關〔三〕。不爲千金增意氣，秖緣一諾重丘山。

其三

南陽帝里近親多，岡勢盤龍繞白河。便欲臨分留寶劍，方城漢水待鳴珂〔四〕。

【箋】

〔一〕南郡，秦昭襄王二十九年（前二八〇），白起攻楚取郢，置爲南郡，在今湖北江陵北。漢移治江陵，即今治。南郡有江陵等十八縣，見史記秦本紀、漢書地理志。詩疑作於嘉靖年間（八年之前）閒居開封時。

〔二〕朱亥，戰國時俠客，魏大梁人。有勇力，隱於屠肆。秦兵圍趙，信陵君既計竊兵符，帥魏軍，又慮魏將晉鄙不肯交兵權，遂使朱亥以鐵椎擊殺晉鄙，奪晉鄙軍以救趙。事見史記魏公子列傳。

〔三〕侯嬴，戰國時魏國人，隱士。家貧，年七十爲大梁夷門監者，信陵君迎爲上客。秦攻趙，圍邯鄲，趙求救於魏，魏王命將軍晉鄙領兵十萬救趙，屯兵不進。嬴獻計信陵君，借魏王寵妃如姬竊得兵符，並薦勇士朱亥擊殺晉鄙，奪取兵權，因而救趙。嬴終自刎而死。

〔四〕方城，春秋時楚北的長城，由今之河南方城，循伏牛山，北至今鄧州，爲古九塞之一。淮南子墬形訓：「何謂九塞？曰：太汾、澠阨、荆阮、方城、殽阪、井陘、令疵、句注、居庸。」

【評】

其二：皇明詩選卷十三：李舒章曰：古樸。

陶子見過草亭遂以留雲名之大書刻木我亭增色爰賦二詩酬陶亦兼自意〔一〕

小構茅亭傍一松，雲來雲去寂無蹤。晴天户牖濛濛濕，遂使人疑有卧龍。

其二

茅亭自得陶公筆，盡日光芒動白虹。山澤不煩通地氣，片雲時起墨花中。

【箋】

〔一〕陶子，疑即陶諧，生平見水司陶君種桃柳成各有詩予和二首（卷十六）箋。據明史陶諧傳，嘉靖三年，陶任河南按察司副使分司河南水道，六年，升任河南左、右布政使，該詩當作於此時。陶諧有題留雲亭詩，小序曰：「崆峒園有一亭，予以詩句内『留雲』二字名之，因題二絶。」是夢陽東莊有留雲亭。

春日宴王孫之第二首①〔一〕

紫宫華宴敞春風，密樹初花日映紅。向暮酒闌香不斷，始知春在綺羅中。

其二

迴廊曲樹②稱春游，緑酒紅花白玉甌。借取遊絲繫西日，晚風吾上海棠樓。

【校】

①詩題，清卞永譽式古堂書畫彙考卷二十六李獻吉春日東莊帖（草書絹本）、倪濤六藝之一録卷三百

九十李獻吉春日東莊帖作「春日宴豫齋王孫之第」。②榭，卞永譽式古堂書畫彙考、倪濤六藝之一録作「樹」。

【箋】

〔一〕據六藝之一録所録詩題，豫齋，即封於開封之明藩王之後，名朱同鍩，參見胡纘宗明故鎮平王府輔國將軍□□朱公合葬志銘（鳥鼠山人小集卷十六）。朱睦㮮空同先生傳：「始，公江西之歸也，與先大父豫齋府君談經榷藝，至相密也。」詩當作於嘉靖初年。

要謝憲使南莊泛舟〔一〕

柳塢荷塘野意寬，操舟曳杖獨遊難。春來欲製東山屐，倘許花樽共謝安。

【箋】

〔一〕謝憲使，不詳，或即謝迪，見東莊謝臬司諸公攜酒見過（卷三十一）箋。南莊，不詳，當在開封。唐以後御史臺或都察院官員皆稱「憲使」。據詩意，似作於嘉靖年間（九年之前）在開封賦閒時。

江上逢鄭南溟〔一〕

楊子灣頭紅蓼秋，水邊樓閣樹邊舟。一日長風破萬里，爲君三醉過瓜州〔二〕。

【箋】

〔一〕據詩意，似作於嘉靖八年（一五二九）夢陽赴京口（今江蘇鎮江）治病之時。江上，指長江上。鄭南溟，疑即鄭天鵬，字子沖，別號南溟，世居紹興諸暨，正德八年舉人，任弋陽知縣，嘉靖三十五年（一五五六）卒。善詩文、書法，雍正浙江通志卷二百五十著録其閩遊倡和、北行野操及南溟存稿。駱問禮萬一樓集卷四十四有故弋陽知縣鄭公墓誌銘，詳記其事。按，夢陽任官江西時或即與鄭天鵬相識，此時在鎮江相會。

〔二〕瓜州，在今江蘇鎮江。

感述一

白鼻騧①〔一〕

羽箭銀鞍白鼻騧，春日徐行踏落花。揚鞭突入章臺去，背指垂楊問酒家。

【校】

①詩題，黄本、曹本、李本、百家詩作「白鼻騮」。

【箋】

〔一〕白鼻騧，古樂府名。樂府詩集横吹曲辭五高陽樂人歌郭茂倩題解引南朝陳智匠古今樂録：「魏高陽王樂人所作也，又有白鼻騧，蓋出於此。」似作於弘治年間任户部主事時。

少年行〔一〕

漁陽突騎幽并兒，彎弓射獵南山陲。横行未遂爲人下，意氣憑何結主知。

【箋】

〔一〕此首與以下四首皆似作於弘治年間出塞公幹期間。

春遊曲

騮馬銀鞍金市頭，都門掣電落花流。揚鞭笑指胡姬肆，轉拂垂楊向玉樓。

其二

大道紅樓珠箔垂，風起楊花欲暮時。胡姬半醉半遮面，惱殺幽州遊冶兒。

【評】其二：皇明詩選卷十三：陳臥子曰：自佳。

明詩歸卷三：鍾惺云：此亦盛唐作，而雜風趣出之，便不覺有盛唐習氣。吾願學盛唐者，當以此種爲法。

絶句

將軍鐵騎戰金微，八月長安盡搗衣〔一〕。砧聲欲落三更月，翡翠樓頭雁却飛。

【箋】〔一〕「八月長安盡搗衣」，李白子夜吳歌之三：「長安一片月，萬户擣衣聲。」

【評】皇明詩選卷十三：宋轅文曰：直造江寧佳處。

壽歌二首〔一〕

沙溪三月杜蘭香，錦浪千層碧玉光。勝日賓筵開玳瑁，檻花飛入萬年觴。

其二

門對黄山第幾峰，翩翩白鶴舞青松。玉童來授軒轅訣，素女邀乘赤色龍。

【箋】

〔一〕疑此詩或爲丘琥生日所作。按，夢陽丹穴行悼丘隱君（卷十九）小序云：「丘名琥，號松山，夷門隱人也。」夢陽三鶴歌爲丘三公壽亦載厥實事焉（卷二十），即此人。詩或作於正德九年歸居開封後。

松鶴壽歌〔一〕

松梟石門千仞開，天風吹鶴下瑶臺。傳書爲問西王母，别後蟠桃熟幾迴？

【箋】

〔一〕疑此詩亦爲丘琥所作，似作於正德十年後詩人閒居開封時。參前箋。

夷門十月歌〔一〕

小麥青青水半陂，半落不落楊柳枝。回風忽送天南雁，恰似春江二月時。

【箋】

〔一〕夷門，大梁城東門，此指大梁（今開封），見贈張含二首（卷十二）箋。似作於正德九年自江西致仕後詩人閒居開封時。

【評】

明詩歸卷三：譚元春云：爲十月作歌，而語語不離十月，故妙。究竟歌十月何意？似一月也。情興所至，無意有意，詩正妙於無意而有意。

黄河風雪詞〔一〕

渺渺黄河風雪生，雲愁海思不堪行。陽春白雪非難和，公無渡河無限情。

【箋】

〔一〕據詩意，此詩及下首異景同作於正德年間夢陽閒居開封時。

異景

異鄉異景客中身，秋雨秋烟無那春。梁園八月如三月，笑殺桃花更笑人。

暮春佘莊〔一〕

暇即來遊困即眠，玉杯①長醉彩雲前。春風暮起楊花亂，疑是梁園雪裏天。

【校】

①玉杯，黄本作「玉林」。

【箋】

〔一〕佘莊，即佘育家園莊。佘育，字養浩，號鄰菊居士、潛虬山人，歙（今屬安徽）人，有潛虬山人集、美牆集，見佘園夏集贈鮑氏（卷十六）箋。該詩似作於正德十一年（一五一六）前後閒居開封時。

潯陽歌〔一〕

百尺高樓横映江，江花朵朵照成雙。風波隔浦遥相唤，腸斷南來北去艭。

【箋】

〔一〕潯陽，即江西九江。潯陽歌，似夢陽自擬詩題。據詩意，當作於正德六年至八年夢陽任江西提學副使時。

【評】

楊慎李空同詩選曰：七言絶之佳境也。

汴中元夕五首〔一〕

花燭沈沈動玉樓，月明春女大堤游。空中騎吹名王過，散落天聲滿汴州。

其二

玉館朱城柳陌斜，宋京燈月散煙花。門外香車若流水，不知青鳥向誰家。

其三

中山孺子倚新妝，鄭女燕姬獨擅場。齊唱憲王春①樂府，金梁橋外月如霜〔二〕。

其四

四海煙花逢上元，中州行樂競千門。大江不辨魚龍戲，珊瑚寶玦是王孫。

其五

細雨春燈夜色新，酒樓花市不勝春。和風欲動千門月，醉殺東西南北人〔三〕。

【校】

①春，詩綜作「新」。

【箋】

〔一〕據李空同先生年表，該組詩當作於正德十六年正月，夢陽時閒居開封。

〔二〕金梁橋，在今河南開封，見送友人之京（卷十六）箋。「金梁」句，唐李益夜上受降城聞笛：「受降城外月如霜。」

〔三〕「醉殺」句，唐高適人日寄杜二拾遺：「愧爾東西南北人。」

【評】

王世貞弇州四部稿卷一百五十二藝苑巵言附録卷九：周憲王者，定王子也。好臨摹古書帖，曉音律。所作雜劇，凡三十餘種，散曲百餘。雖才情未至，而音調頗諧，至今中原弦索多用之。李獻吉汴中元宵絶句云：「齊唱憲王新樂府，金梁橋上月如霜。」蓋實録也。

其三：皇明詩選卷十三：陳卧子曰：汴城風月，遂不可問，讀此作，轉覺淒然。

朱琰明人詩鈔正集卷五：憲王，周定王長子，明太祖孫，製誠齋樂府、傳奇若干種，内府流傳，中原弦索多用之。空同父正官周王府教授，因家開封。此詩蓋有東京夢華之感也。憲王有緑腰琵琶詩云：「四面簾垂碧玉鈎，重重深院鎖春愁。緑腰舞困琵琶歇，花落東風懶下樓。」風情豔冶，想見當日聲伎之盛。

汪端明三十家詩選初集：自然華妙。

七夕〔一〕

雲寂露涼叢蕙悲，意銜情恨隔年期。殘機夜歇金螢度，怨女啼春玉箸垂。

【箋】

〔一〕按，正德三年五月，夢陽爲劉瑾逮至京城下錦衣衛獄，八月，得放歸大梁。據詩意，似作於正德三年秋詩人尚在錦衣衛獄時。

獄雨〔一〕

冷雨橫天八月來，黑雲來往赤雲開。潯陽李白何如此，宋玉悲秋未是哀。

其二

雨打潮門流海煙，隨風散落鳳城前。愚臣獨抱枯魚泣，何日金鷄下九天。

【箋】

〔一〕按，正德三年（一五〇八）五月，夢陽爲劉瑾逮至京城下錦衣衛獄，八月得放歸大梁。據詩意，當作於正德三年秋詩人尚在錦衣衛獄時。以上二十首「感述」詩，均載於弘德集卷三十，則皆作於弘治、正德年間。